何處是吾家

越南逃難330天紀實

山中來人———著

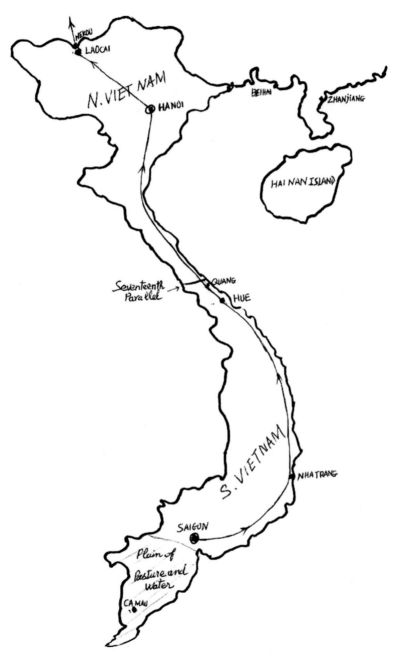

國示威群眾要求美國政府停戰及撤出越南，竟然扯起越共旗
來，顯示出這些示威都是共產間諜所搞的

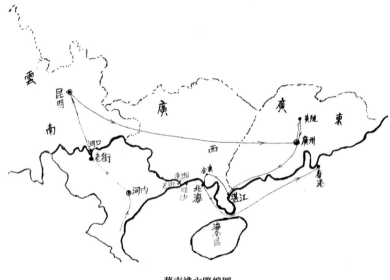

華南逃亡路線圖

前言

　　一九七五年，共產黨佔據了整個中南半島之後，一場舉世驚聞的難民潮即時展開其中以越南難民為最多。當時越南的逃難者，絕大多數都是由海上逃亡，他們在海上所遭遇到的慘況故事，想大家已聽得多了。至於那些從陸路逃亡的故事，相信聽過的人還很少。本書是一部陸上逃亡故事寫實，內容描述一對滿懷抱負和正走在蒸蒸日上的前程中的年輕夫婦，忽然遭受變天之劫，霎時間一切夢想均化為烏有。直至到一九七八年才以極度傷的心帶著三個小孩依依不捨地離開那曾經耕耘多代之原居地去尋覓新的理想。逃亡的過程是漫長艱苦又驚險。

　　或許大家還記得一九七九年間，香港有個難民潮，它是怎麼來的？緣由是一群誤入歧途的難民，他們由一個木籠竄進一個鐵籠，再由鐵籠竄出來。既是鐵籠，怎麼還能竄得出來呢？這便是本故事所記述他倆如何推動一群難友與共產黨鬥爭的經過，既悲痛又絕望，但終於得了自由。這對夫婦倆便是帶動香港難民潮而不為人知的男女主角。途中對每個境遇主角都有他獨特的見解，尤其是對共產主義的分析合理詳盡。

　　到了自由世界後，他很讚賞西方人的愛心及社會優點，同時也宣揚東方道德的典範。這是一部高趣味政治性，歷史性的逃亡故事，內容廣泛，有苦有悲，又有豐富的笑料，以及鮮為人知的內陸人民生活慘況。對於政界人物，可作有價值的參考；對於廣大的民眾，可作增廣見聞，為人的借鏡，和怡情的讀物。

序言

　　越南原是東南亞得天獨厚的一個小國，有悠久的歷史文化，善良的民族，漫長的海岸線，廣大的原始森林，和暖的氣候，四季分明的北越，四季如春的南部高原，終年夏天的南越，並享有名副其實在那湄南河水草平原上的「魚米之鄉」的美譽。可惜得很，紅顏總是多薄命，一波又一波的災難降落在這片美土上。百多年前為法國人所佔領接下去就掀起一連串的抗法戰爭，二次世界大戰末期又被日本入侵，大戰結束，日軍投降敗退，不久奠邊府（Dien- Bien- Phu）抗法大決戰展開。之後，便是一九五四年日內瓦條約南北越分割。北越人民即時淪為共產統治，南越暫保著自由二十年之久，但在南北分割後不到幾年，北越即向南越發動侵略戰，一個長達十五年的內戰從此展開，整個越南漫天戰火，人民天天都在槍林彈雨中偷生，危險是固然，緊張的精神也難以形容，尤以適齡兵役的青年更甚，他們隨時隨地被捉送到戰場上去與越共戰鬥。

　　下圖所示，警察到處絕查適齡青年，晚上還突擊檢查戶口捉兵役。所以那個年代的年輕人時刻都處於精神緊張狀態。

這場戰爭不僅是越南的內戰，還是自由與共產兩個集團在政治，軍事，團結等多方面的較量。結果自由不敵共產，代表自由集團的美國終於一九七五年擔著失敗和恥辱的旗幟「光榮撤退」。這場戰爭還帶給人們很大的啟示。（一）一個貧窮落後的國家，能以古典戰術戰勝最新科技的美國。（二）越共在這場戰爭中，已付上了一百多萬士兵性命，連平民算在內，死亡人數不下於兩百萬。但越共仍然能堅決戰鬥到底。而在美國方面，只損失了五萬士兵，就遭到全國起來反戰。結果的是，美國雖強，但仍以失敗為收場。美國在這場戰爭中的失敗，不是敗在軍事，而是敗在政治（註一）。假如有一天，美國又要向共產或獨裁國家開戰的話，美國政府和人民應該以此作為寶貴的教訓，要戰勝就要暫時犧牲部份自由民主和人權。就是說，美國沒有打長期戰爭的能力；美國人民要是爭取戰爭的勝利，就不要作反戰示威運動，此舉還會向敵人顯示出美國人的懦怯。

一九七五年四月三十日南越政府宣布投降，有自由不懂珍惜自由（註二）的南越人民從此得以嘗試強權獨裁專政的共產滋味。共產黨即時展開一套完整的共產政策施於人民，對舊政權的軍政人員及中等以上的富商即以仇恨雪憤的手段對待。一場舉世聞名的東南亞逃共難民潮便揭開序幕。

逃亡者大多數都是從海上逃走，只有少數是北上中國，其中就有有坤的家庭在內。由於他的出現，才帶動一九七九年香港難民潮，使到十多萬個中國歸僑獲得在自由世界裡生活。這批人的自由，對東南亞的共產國家及共產中國今後在政治上及經濟上都有深遠的影響。

【註一】

　　在政治方面的失敗因素有三：（一）南越人民有居住遷徙的自由，此點極利於敵人的滲透，有如水銀瀉地無孔不入，從最低層到最高層無處不在，也因這個緣故，共軍容易入侵實行農村包圍城市的戰略，兼且破壞南越的經濟。（二）南越有示威的自由，敵人正好利用這一點搞示威運動。學校，工廠，宗教是敵人搞示威的好對象，天天示威直到南越政府垮臺。相對的，在北越這兩方面都沒有，新聞被封鎖，糧食受控制，人民任由政權的擺佈。（三）越共利用消耗戰，把世界第一經濟強國拉垮，人民怨聲四起，加上敵人間諜的滲透也天天搞示威反戰，因此美國不得不收手敗退回國。由上面三大因素，享有二十年自由的南越就此結束。

　　雖是短短二十年的政治區別，使到逃出去自由國家的越南人民，南北卻有很大的不同。南越人民是社會的主動，而北越人民處於被動（Passive）。如社會活動的各類社團組織宗親會，同鄉會，學校，年節活動等；在經濟方面如醫生，牙醫，律師，會計師，技師等，直到二零零零年代都是南方人為主；各行商業，和進入各大學的青年還是南方人領先，北方人後來才出現。尤其是傳媒界的報業，電視，電台；文學界的著作以及歌曲戲劇等文藝創作，更被視為南方人的專利。原因是兩地的文化水平相差太遠所致。由此可見一個政權的愚民政策對社會所造成的災害多麼大！同時也證明美國為了阻止那殘害人類的共產主義的擴張至整個東南亞而在越南展開抗戰是十分正確。

【註二】

　　所謂不懂珍惜自由，是當內戰期間，由於南越是自由制度，政治經濟上各方面都很鬆弛，共產黨就藉機滲入大量間諜特工潛伏份子，利用南越人民擁有自由集會自由示威的權利，煽動他們起來反政府。首先是在各大工廠如那幾間擁有數千工人的越南紗廠（VINATEXCO）越美紗廠（VIMYTEXCO），合成尼龍織造廠（SYNTHETICTEXCO）等，起來示威反對政府及打倒資本家和過份要求加薪；學生方面因進口的紙漿漲價，以此藉口策動數以萬計的大中學生上街遊行示威說政府實施愚民政策；宗教方面，佛教，天主教也群起反政府示威；在新聞界方面，因有一間報館為共產

黨作宣傳而被關閉，兩百名記者就扮成乞丐在市中心行乞，故意抹黑政府。示威鬧事此起彼落，天天鬧個不停，為共產黨製造入侵南越的機會，以自由去毀滅自由。到頭來，那些鬧事者和被利用者統統都要投奔怒海。那些曾經要求廠方加薪的工人，到了共產黨進入首都西貢統治南越之後，工資不但沒有增加，反而在共產黨的槍桿下大家都籤下減薪同意書。理由是，剝削工人的資本家被打倒了，現在工廠是由工人們當家作主，不必要那麼多的薪酬了。這時才知道上當，可是來時遲矣！這是歷史的一面好鏡子。

　　自由就像是一個新鮮空氣的環境，平時大家都不覺得它的重要。一旦失去之後，換來一個污濁空氣的環境在抵受不了時，才覺得新鮮空氣的可貴，再拚命去把它尋找回來。

美國示威群眾要求美國政府停戰及撤出越南，竟然扯起越共旗來，顯示出這些示威都是共產間諜所搞的。

CONTENTS

第一節　淪陷後

淪共後初期概況

在共產黨統治的初期，沒收人民財產是其首要任務。稍大的房屋即被共軍共幹分住或乾脆整間奪取，將主人趕出屋外甚至將其全家送進荒山野嶺任由自生自滅。人民每年要做兩星期的自備糧食義務勞動，挖河溝，搞水利，清潔道路等。還要經常開會，少則三兩百人，多則數千，大家蹲在街邊的行人道上或廣場上聽那乳臭未乾的小共幹洗腦辱罵資本主義社會的墮落和剝削，盛讚共產主義的優越性。最令人驚心動魄的就是鬥爭大會，冊子上有名者，就等於死

越共奪取人民的家和
財產之後把他們趕進
死亡地帶的經濟區，
受不了又逃回來但已
無家可歸，在路邊或
公園幕天蓆地棲身的
慘景。

神的來臨，有些只聽到自己的名字，就雙腳發軟昏厥過去。這個時刻沒有任何親人朋友能幫得自己，也沒有人敢出來伸張正義。所謂鬥爭大會，就是共產黨想要將南越共和時代的軍官，行政人員，商家，工廠主人，把他們拉到鬥爭大會去讓人民指出罪狀，然後拉去槍斃或勞改，可是這一套辦法在南越完全行不通，原因是沒有人肯站出來指證任何人的罪狀，共產黨只好給予他們心腹中的仇人一個罪名如強盜或是美國的CIA便拉去槍斃或勞改。

為了要徹底奪清人民的錢財，除了凍結銀行之外，黏封駐守貨倉，小商店也要清點貨物並查封，並逐家搜索，鑿牆挖土，翻箱倒篋，打破花盆，挖掘後園，盤問小孩，希望多找財路，強奪的程序都做足了。但共產黨仍然不滿足，他們認為南方人民的財富尚有很多，最後一招就是換錢幣，每家庭只能兌現一個極小數量的新幣，餘下的強迫存進銀行裡，因為南方的錢幣也是世界貨幣之一。經過一次二次的換幣，這一來每個家庭只有數量接近的金錢，是真正的「共產」了！就是說，沒有你多我少之分。買糧買日用品要按戶口分配，來往要申請路條才能購買車票船票，抵達目的地要向公安申報，有禮的君子也變成無禮的小人，寸步難行。

沒收財產，兩次換鈔以貧窮化人民，強迫離開城市進去那死亡地帶的新經濟區，禁絕私人經營，貨物一天天的枯涸，人民生活如鍋裡的螞蟻在掙扎，控制糧食，控制來往，學校三縮為一令許多青少年失學，且入學的又以共幹子弟為優先，封鎖外界訊息，大舉控告鬥爭，擅闖民居抓人。整個社會變得黯然無光，恐怖絕望。有能力者無不爭先逃亡，無能力者亦在盼望。所以當時流行一句「電燈柱有腳都要逃」、由此可知人民對共產世界是如何的恐懼徬徨。

與公安鬥智

這對引人注目的夫婦，太太曾是舊政權的首都西貢市議員，公安天天都想加罪於她，曾傳令她到公安局審問寫自白書。由於出身清白，在丈夫的影響下為人廉潔，樂於助人，甚得地方民眾的愛戴。因此公安找不到整肅的藉口，同時還顧及民眾對共產政權的評估，故暫時不敢輕舉妄動，只得暗中監視。這對夫婦對公安的行動瞭如指掌，為了分散公安的注意，夫婦倆經常申請路條到處探親和作農業上的考察。

有一次，蓮芳申請路條到下六省水草平原（Southern swamp land）去探親，探親為名，探路為實，為期兩星期。但到第十天才去，抵達後便在當地申請加簽續期。那天晚上公安經過她家看見有坤和三名小孩在用飯，沒有蓮芳，公安便起疑心，一連觀察了三個晚上都如此，於是就在蓮芳離家第三天的半夜十二時，五名荷槍實彈的公安到他家急急敲門闖進去查戶口，叫家裡的人統統出來客廳。

「我太太前兩天去探親還未回來，三個小孩正在睡覺。」有坤說。

「把所有小孩叫出來！」

「小孩尚小正在熟睡，把他們吵醒恐怕會哭，你可以叫一位兄弟進去裡面看吧。」

「不行！快點把他們帶出來！」

有坤只好把一個個小孩抱出來，大女兒勉強地在沙發上坐起來，兩個小的在沙發上繼續睡。

「你太太去探親有沒有申請路條？」公安。

「有啊！」

「我已翻看一個星期以來的記錄都沒看見，他甚麼時候申請

的？」

「甚麼時候申請我就不太明白，不過的確是有，等她回來我會叫她到坊辦事處去向你們報到。」

公安聽了只好無奈，找不出捉人的藉口，此時便有兩名公安進去廚房，睡房到處查看，並無發現可疑的地方，出來商量幾句之後即拉隊離去。

過幾天，他的太太回來，夫婦商量之後便漏夜打稟上告城委公安總署，大意是說，「自從革命政府接管政權以來，我們民眾雀躍不已，是全體人民的新希望，可是有為數極少的一些地方官員未能貫徹革命政府的政策濫用職權，就像我內子的場合，坊公安辦事處發給探親路條，又是坊公安來找麻煩，不但矛盾，而且在行動中強要把三個天真無邪正在熟睡中的小孩吵醒帶出客廳去。簡直是對胡伯伯（胡志明的尊稱）好兒童的虐待。地方官員不合理的行為實有損革命政府的聲譽，敬請徹查為盼……」

這對不同凡響的夫婦真了不起，以其人之道還治其人之身。坊公安受到上級的譴責後，並向這對夫婦道歉。從此監視工作得以鬆懈，後來更得到越共官員的賞識，以重金及優厚條件禮聘為農業發展計劃，並有專車接送，上尉為司機，令到街坊和當地公安另眼相看。

一段艱苦的回憶

在這個完全沒有自由和人權的世界裡，每當夜幕低垂時，人們心中便起恐慌擔心，會否有甚麼災難降臨在自己和家人的身上。每個夜晚都生活在戰戰兢兢，生命毫無保障的恐懼氣氛中。街上行人已顯得稀少，偶而有一二輛正在那絕望的景象中掙扎以免被送進美

名的地獄「新經濟區」的腳踏三輪車經過。路旁街燈，在它壽終之前盡量地有一分熱發一分光把這悲慘暗淡的世間照亮。在一間簡單樸素，但卻是涼爽舒適怡人的小樓房裡，住著一對鬥志極強的年輕夫婦和三名年幼的小孩，男主人有坤，女主人蓮芳。天真無邪的小孩們都已入睡了，客廳中只剩下那帶著一片無奈心情的夫婦倆。有坤站近窗口苦悶地向外張望，稍一會，把窗關上，隨後走向正在沙發上發愁的太太身邊坐下望瞭望她那副像發牢騷似的臉孔。一下子還說不出話來，意恐觸怒了夫人。明知她心情不好，但有事總是要商量，他才慢吞吞地站起來走了兩步交著手向她說：

「看來我們實在沒法從海上逃了，下六省（The Southern swamp land，plain）那幾個靠海省份沿岸的城市鄉村我們無處不到，連那以前越共的藏匿地，今天仍然沒人敢到我們也去過。它是在海水上面長出高大的樹木所形成的大森林，裡面看不見泥土，當小船慢駛進這個海水森林時，飛鳥叫，猴子聲，好像在歡迎我們的光臨。起初我在想，在這裡買隻小舢舨做個假漁民，等待時機成熟即約定我們那隻大漁船在就近的海面等候，想辦法將那幾百名同道客人分批在半夜時刻運到大船去。可是我們乘坐那隻小船駛了兩個小時就像在森林底下走，都沒看到有人住的地方，心中已知不妙，這不是所要尋找的目標。駛了四個半小時，遠處出現了一間木柵小屋，幾根木柱頂離水面，屋頂蓋著的是椰子樹葉，挺直的小樹枝編成的牆再加外面一層椰樹葉。船慢慢地靠近，這位剛認識兩天的新朋友向我們介紹這是他的家時，我也領會到你那副無奈的表情，只是勉強接受這份人情所表露的笑臉。當我們跟著主人爬上他屋前的柵棚時，我一開口說話就給數不清數量的蚊子往口裡衝，趕也趕不及，你還聰明地掩著嘴巴來笑。主人很快地把我們引進他那原始人住的家

裡，原來裡面尚有蚊帳紗布包圍整個牆，沒有桌也沒有椅，大家蓆地而坐。當我跟他家人寒暄時，你就急不及待地問主人是否天天有船出去城市，我也明白你的用意想明早就離開，當主人說要四天才有一轉船經過時，連我也差一點忍不住要長嘆『我的天啊！』，只是強忍，這四天裡真是度日如年，不堪回首。」

蓮芳聽了有坤的一番回憶後已改變了她的愁臉，便發問說：

「你還記得那個地方叫甚麼名嗎？」

「記得，剛進樹林頭兩個小時的地帶叫做『烏鳴上』（U-Minh-Thuong），我們住過那一帶叫『烏鳴下』（U-Minh-Ha），這兩個地方都是著名的越共巢穴，以前國家軍都不敢冒昧闖進。裡面景象的確奇特，出去外國之後或許我會組團回來游覽。」他微笑望她。

蓮芳又起了愁臉白他一下眼說：

「我不是跟你在說廢話。」

有坤更加微笑走到對面的沙發坐下，繼續說：

「你還記得那次我們在金歐（Ca-Mau）市過了一夜第二天才坐六個小時的船，沿五更河（Song-Nam-Canh）到了那條小河再坐兩小時小艇沿著森林進去那塊住有大概十家左右的耕地裡面，叫甚麼地方？」

「我們去過的地方太多了，我也不知道你要問的是那裡？」蓮芳。

「哪！你還說那兒有點像彈簧床，彈彈震震，我給你解釋說，這是數千年來由於森林的落葉沉積在海底然後堆積上來而成的，所以不很結實，或許下面還會有大量的沼氣（Methane），我們曾涉水去探望另一個家庭時被那水裡的大毛蟲嚇到魂不附體，記得了

嗎？」有坤。

「噢！記起了！記起了！叫做督翁河（Song-Ong-Doc），那個地方怎能落足做個假農夫？要坐一個半鐘小船的路程才能運回一缸淡水，怎可以生活？進去不到兩個星期我都已經嗚呼哀哉還用逃？況且那裡離海尚有一段長長的水路，根本不用打那條路的主意。」蓮芳。

「我不是這個意思，而是想問你，去找碼頭的苦味嘗夠了沒有？」有坤。

「談到去找碼頭我心尚有餘悸，想起還怕，每去一次都要花上十來天，沒有一天是吃得成餐睡得成覺。雞啼半夜就要起來趕路，趕了水路又趕車路，當中不少是涉水田行荒山，你把持的手電筒晃來晃去弄到我頭暈眼花而摔倒田間。腳都給摔傷了，痛到不得了，勉強站得起來，腰都還沒挺直又給你催快走！快走！好像鬼催命一樣，我的腳傷到現在還未好。」她氣怒的說。

「在那個時刻再無別的選擇，我怕的是，萬一趕不上那轉船，又要多待幾天，那一幕趕程又要重演，你想想看。」有坤。

她聽了，怒氣也減了下來。

有坤繼續說：

「南部水草平原（Southern swamp land）的蚊子聞名天下，一到黃昏大家就要竄進大蚊帳裡去吃飯聊天，口也不敢張大。」

說到這裡她突然地笑起來，大概是她想起上一次在鳥鳴下的趣事罷，她說：

「尤其是睡前和早事時，成大群的蚊子一起撲過來，驅也驅不去，現在想起還要起雞皮。」

「當然囉！你的屁股那麼白，蚊子們難得一見，牠們也會尋好

處嘛！」有坤笑嘻嘻的。

「你這個討厭鬼，我不是跟你在開玩笑。」她氣中帶笑的說，恢復正經臉孔繼續說：

「有一次使我心驚膽跳的，你還記得嗎？我們從西貢（Saigon）到芹苴（Can-Tho）下車後進去那間旅館時，一進去看見裡面掌管的人全部都是土頭土腦的甕菜頭（共軍），心裡就忐忑不安，但又不敢退走恐怕惹起他們更大疑心，於是耐煩地住下去，裡面的東西真叫人噁心，原本是一個美好的旅館，而現在的桌椅睡床都是箱頭板做的，蚊帳不再是尼龍帳，是粗糙的紗布弄成，還補了幾個洞，墊褥也是破爛的東西，用麻包蓋住再鋪上一層白布，簡直比監獄還要差。」

越南鄉村到處可見的廁所。下面是魚塘或河流。

「南方人民的財產都是他們的戰利品，早就給他們搬回家去換上這些垃圾。」有坤。

「第二天一早出去趕路時，我就發覺有一名共軍隨後跟踪，我們在護防鎮（Ho-Phong）下車時，他也跟著下來，好在我們機警，

詐不知，走進街市裡人多竄來竄去終於擺脫了那個僱青鬼，兜個大圈後及時趕上船，機聲卜卜卜的離岸時，那塊心頭大石即時掉進河裡，輕鬆舒暢的感覺難以形容。回來後還經常發夢被公安跟踪而驚醒，那次幾乎被嚇破了膽。」蓮芳。

「當時我也吃了不少的驚，萬一給公安嫌疑扣留的話，全盤逃亡計劃都完蛋，往往坐上一年半載的牢都沒有人去審訊，就算審訊也只有他說不由你辯，該當何罪？『莫須有』。不過當抵達目的地阿五哥的家時，他家人對待我們都很熱情還算得了點補償，他很希我們在那裡買地耕田做他們的鄰居，他的太太就拿來個蝦簍浸在門前小河裡，河水稍退後拿起來就有半簍的魚和蝦，我貪玩地到屋後的魚塘裡撈了好幾條魚，你還幫他太太用乾椰子葉燒飯弄白灼蝦蘸魚露。五哥採了一大串的椰菁給我們解渴。這個時刻我才體會到南越這個魚米之鄉的真義，和所謂的世外桃源，已在這裡找到，差一點我被陶醉而忘卻了我們的目標。當時我還以為他們永遠不會受外界政治的影響，因為這裡耕作簡單收穫豐富，穀倉裡滿滿的糧，魚蝦拜天然湄公河（MeKong River）之所賜不勞而獲，如你所見，雞鴨一大群也不用勞力去餵養，乾椰子樹葉當柴燒用之不盡，同時他們生活要求不高，對改朝換政的事幾乎與他們無關。可是到了晚上，我和幾位熱情的鄰居竄進大蚊帳裡，他們在喝酒我以茶奉陪聊天時，他們竟然破口大罵共產，埋怨他們所種出來的米糧不准私賣，只能以公價賣給政府，穀米拿走了留給賣主一張欠單收條，從來沒有人可以提取過一塊錢，大家群起追討時才給兩包水泥作抵償，簡直是搶，同時還唱幾首罵共產的打油詩，我那還有心裝載。」

蓮芳不笑不怒也不出聲，有坤講得口有點乾了，走到廚房打開冰櫃倒了杯冰水先喝為快。然後拿到客廳放在廳中的茶几上，蓮芳

也拿來喝了一啖，有坤坐下繼續說：

「到了第二天五哥帶我出去觀看周圍環境，講述那裡的耕作概況，叫我放心有困難他會協助我，當時我甚麼也聽不進耳，等他停話時我就問他門前這條河通去那裡，他回答說只通到另一條較大的內河，沒有向海流，我頓時失望，又找錯了地方。無奈的熬了四天，表面看來好像在那裡度假享受數天那魚米之鄉世外桃源的生活樂趣，其實內心十分煩躁急著要回去。」

「回想那次出差是時間最長，在幾處最偏僻的地方竄來竄去總共待了十四天，俗語有說，在家千日好，出門半朝難，真沒說錯。每次想起寄托在他們婆婆家的三個小孩，幾乎令我斷腸，欲哭無淚苦不堪言，又是最驚慌最『獸權』的一次。」蓮芳。

有坤詼諧地回問：

「怎麼你曉得應用『人權與獸權』了嗎？」嘻嘻地笑。

她自己也覺得好笑。

「人跟豬一起做乘客（註）簡直是人獸不分，這是拜共產之所賜，臭到不得了，回來洗了整塊肥皂都還去不掉那些臭味。」她發牢騷的說。

有坤也失去笑臉恢復正經，大家稍停一會，她繼續說：

「那天雞啼三點鐘就要起來趕船，接了兩駁船，一駁車到了芹苴（Can-Tho）已是晚上八點了，其實回西貢只有兩百公里的路程，以往年來說，就算半夜仍然有車，可是現在晚上七時就絕了車，歸心似箭，不能再拖多一夜了，所以我才堅持出去截搭貨車，那知這麼倒楣，截獲這部運豬車。當時又不敢放棄，恐怕再沒有別的車了，只好認命上去受刑接受人生的考驗。」

「現在你已明白那裡的鄉村居住條件是何等的艱難了吧，你還

想先把這間房子賣掉搬到鄉下去等候時機。這個提議我絕對不能接受。原因是萬一找不到逃亡的機會，共產黨的政策只許下鄉不許進城，到時回不了城市孩子們的前途就會盡毀，為的只是一千塊的美金你認為值得嗎？所以無論如何我都不能這樣做。」有坤很莊重地說。

註：自從共產接管政權後，在運輸方面，大的公司早已歸國有，即沒收的意思。老闆被共產所組織的工人團拉出去鬥爭，給予一個「莫須有」的罪之後，便押進勞改營，死活天定。至於那些擁有一二輛貨車的私家式經營，則幸免被沒收和監獄之苦，但是要公私合營，主人變受薪工人，即變相被沒收，每月的工資是沒法活家。因此他們都想盡辦法找外快來活己活家，正如這部運豬車主，一部十公尺長的豬車分上下兩層，在上層近車頭部份騰出四分之一的地方用板條隔開，又在向前的一方，在司機頂位之上開個秘密拖門窗，客人就從司機的車頂爬進去，把窗關上便可過關，如圖所示：

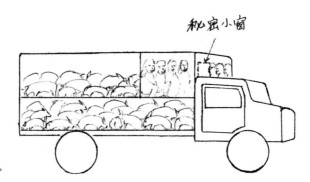

秘密載客的貨車。

商討逃亡計劃

有坤家人早已買好了一隻船，只是缺乏運載搭客上船的碼頭。他夫婦倆一連數個月，日以繼夜的到南端沿海各處或近海的河流鄉間去探索，看可否找到適合的地方。但所到之處，都已為先逃者

所披露，而被公安嚴密把守，行動不得。在他倆的心中，如能找到碼頭，是最理想的事，要不然就找一個可以立足的地方作為長期作戰，等候機會實現小家庭的逃亡計劃。可是連這個想法都不能實現，最後一次又是失望的回來。蓮芳開始氣餒了，好幾天都沒說話，兼常發牢騷，有坤便找個良機再跟她商量。

「好了！牢騷已發夠了，談談我們下一步的計劃吧，反正我你都有個同感，碼頭固然難求，從水路去往往不是船壞漂泊大海就是遇上泰國海盜，船毀人亡，想起來，令人夜半驚魂，況且第一次換鈔票後已身無分文，幸得大哥之所賜做些小生意輾轉之間賺了些錢，就在上幾個月為找碼頭之事幾乎用光了，能力有限，就打消這個念頭吧，從另外一條路想辦法。」

蓮芳聽了丈夫這句結束海路計劃的話之後，她心情似乎輕鬆起來，望了他一會才說：

「你既然有意尋覓新計劃，也好，我們研究另一條路看看行不行？」

「你有甚麼路？」

「媽媽年輕時有一位情如姊妹的街坊，我們都叫她做三姨，幾天前從北越河內來探媽媽，她說，早在三個月前已有很多北越華人越過邊界回去中國，我們不妨試一試，經由陸地到香港難民營總會覺得好過和安全過由海路逃亡。」

「可是北越來南越就容易得多，北越仍然是南方人的禁區，非要重金買路條不可，明天我出去試籌些買路錢和途費。前幾天你申請去蜆港（Da-Nang）探親的路條只能到禁區的邊界十七度緯線，還有幾天到期？」有坤。

「還有四天，明天你也申請路條到蜆港去探親，讓我們倆人都

有同目的地的路條，抵達後就在蓮姨的家住幾天再想法搞紙張去河內，見一步行一步，到時才算，不再猶豫那麼多了。」蓮芳。

　　「我也聽說已經有人啟程北上，不外都是這條路。好！就這樣決定，太晚了先去休息明天再說。」有坤。

第二次換鈔票

　　換鈔是共產黨徹底貧窮化南方人民的最後手段。自從越共進城後一年光景，有一天突然宣布戒嚴，人民不得來往以恐分散財產，漏夜換鈔。五百元舊幣兌一元新幣，每人只得兌換三百元新鈔，餘下便要存進銀行，不存者作廢。其實當時存進銀行的數量不很多，因為大家都心裡明白，存進銀行的錢就像玩數字遊戲，永遠拿不出來是其一；更可怕的是向共產黨顯露自己的價值身份，富者是罪人，命運堪虞。所以半夜焚鈔處處，真鈔當冥錢，共產黨以為如此即可達成貧窮化南方人民，以便今後可以扼住南方人民的喉嚨，乖乖聽他的話。可是南方人真有辦法，幾個月的周轉，大家的財富又多了起來，社會上的各行各業又慢慢的正常活動。這一輪掀起搶購美鈔和黃金熱，餘下就存進自己的肚裡。因此街邊及地下食肆非常旺盛。共產黨感到莫明其妙，南方人真難搞，好又來一次換鈔吧。在共軍入城將近三年即一九七八年五月初又突然間宣布戒嚴換鈔，過程與上次換鈔時大致相同，不過這次對有坤家庭卻是一大衝擊，原因是他經過多少困難才籌得這一筆途費，即將起程又遇上換鈔，打回原形，「錢」功盡廢和前功盡廢。他的太太欲哭無淚，後來在家人積極的解囊相助下，雖然仍是有所不足，但由於路條日期所限和情勢所迫，此地不能久留，不得已逼著如期上路。在第二次換錢後的第二天，即一九七八年五月六日，夫婦倆緊張地收拾細軟和小

孩們的一些衣物，不能帶走的東西，就隱蔽地運去就近蓮芳的母親家。一切準備就緒，行動就要在明天凌晨開始。

第二節　北上

悲痛緊張驚慌的一刻

一九七八年五月六日晚上，有坤夫婦和三個小孩到他們婆婆家裡與婆婆舅父舅母幾個阿姨見面後回來，打發小孩上床睡覺，夫婦還在整理一些行裝，兩中一大的旅行袋弄好放在廳裡，夫婦也相繼上床，有坤把小鬧鐘調到凌晨三時放在枕邊，他躺下眼望向蚊帳頂，一條人生漫長艱苦的路途就在腦海裡展開。成功失敗時運未卜，如能成功抵達北越，只不過是艱苦路途的開始，要是失敗了，命運就堪虞，孩子們的將來，如何向他們交代？加上緊張的心情使他整夜難眠，輾轉床上。

吟吟吟小鬧鐘響起來，他張開眼睛，伸手按住鬧鐘，值時五月七日凌晨三時正，他坐起來輕輕的把太太搖醒低聲說：

「喂！起床吧，時間到了。」

太太張開一雙睡眼，以疲乏的目光望他，此時不再是眉目傳情，而是緊張辛酸和人生進程轉捩點的開始。他們快速地將早事做完，蓮芳便換上一套越南婦女裝束。有坤走去查看衣櫃，注視著他倆一件件掛得直挺挺的衣服，摸來摸去，心有不捨。走到書架去，撫摸他數年來曾付出了多少心思，三更半夜趕功課的書本，筆記簿和參考書，好像觸發了多少學生時代的回憶。走到書桌拉開一個個的抽屜翻來翻去，在其中的一個抽屜裡看見有很多照片，他每包打開略看一下，選了一些裝進另一個小包，把它塞進已爆滿的行李袋

裡。走進廚房，走出客廳回顧一下廚具和傢俬桌椅，望向四幅牆壁之後坐下沙發好像發呆似的，腦海裡不知顯現了多少回憶。他很不幸的出生在一個非常貧窮的農村家庭裡，曾捱過以水充飢和長時期的無米只吃雜糧。六歲才開始穿褲，八歲開始讀書，又經一連串的輟學，堅毅努力向上爬。這間屋子不能說是華貴，但卻是給人很舒適的感覺，也是他倆輝煌前程剛起步的象徵。這樣就要放棄，無限的人生感概就在這一短短片刻中湧現出來。

蓮芳走進孩子們的睡房裡，把他們一個個叫醒起來，給他們做完早事後，帶出客廳換上衣服鞋襪，給他們掛上自己的書包，裡面不再是書本而是他們自己的鞋子和日用品，臨走前還吩咐他們：

「出去時不要張聲，知道嗎？」

他們都很聽話的點頭，大女兒苦臉地問她媽媽：

「爸爸媽媽帶我們去那裡？」

蓮芳蹲下把女兒抱緊撫摸她的背，望著可愛的女兒說：

「爸爸媽媽帶你姊弟們去一個很遠的地方。」

「甚麼時候才回來？」

「等到沒有共產的時候我們才回來。」

女兒很是懂事，帶著苦悶的語氣對媽媽說：

「我們的家很美，家裡又有很多東西這樣就丟棄，我很捨不得。」

這時蓮芳再也隱瞞不住她心底的悲痛，再次抱住女兒的頸放聲哭著說：

「爸爸媽媽也很捨不得，多少辛苦才建立起這個家，是媽媽和你爸爸事業的剛開始，一下子就要丟棄（嚎啕大哭），天都不憐惜我們，給我們這個很不公平的對待，現在爸爸媽媽的前途都寄望在

你們姊弟的身上，能到達外國你們好好做人，爸爸媽媽就得以最大的安慰（哭）……」

一陣的悲傷過後，蓮芳把一切的心酸苦楚往肚裡吞，抹乾眼淚，光華仍然心有不甘的說：

「又不見婆婆阿姨和奶奶（祖母）。」

「到了外國之後，婆婆奶奶阿姨都可以見面，乖乖，時間不早了，我們快點起程。」

蓮芳站了起來，把一個旅行袋掛在肩膀，有坤肩負兩個，他把廚房燈熄掉。蓮芳把門輕輕打開伸頭向外面看個究竟，沒有任何人只是一片靜寂，便打發三個小孩先走出去她跟在後，有坤把燈熄掉，步出去然後輕輕關上門但沒有把它鎖上就此告別。兩雙白手多少奮鬥，多少心血與汗，才建立起這小小無比溫馨的家，就在這一刻無條件的把它棄置，帶著他倆唯一的財產——三個小孩走向一條不知方向，也毫無目的的路上，去迎接人生另一道新挑戰，此去並無約定時間回來。

趕程

街燈因失修很多街道都變得暗淡，一家大小就在朦朧的街燈下行走，只走了三分鐘便到了大街，他們站在一處原是明亮街燈而現在卻是黑暗的街角上。淪陷前這個時分，那些靠夜間幹活的計程車，機動三輪車仍然川流不息的來往。淪陷後的今天，因缺油缺零件，加上合營制度所綁束，致使這些車輛的活動大不如前，偶而才有一輛機動單車經過。很不耐煩才看見遠處有一輛亮著兩盞小燈的機動三輪車卜卜卜的走來，有坤滿懷希望的揮手招停，可是來近一看已被捷足者先登，他失望地垂下手目送它走，惟有耐心在等。一

面等一面在微弱的燈光下看表，心中已開始焦急起來。好不容易才再出現一輛，這次有坤揮起寄望不大的手向他招停，不過這次真的達願，正所謂無心插柳柳成蔭，車子慢慢地停下來，他向機動三輪車夫問道：

「去火車站多少錢？」

車夫向這五口之家及三個旅行袋打量一下說：

「拾銅（元）。」

這拾銅新幣，等於當時一個普通工人十天的工資，雖是貴了一點，尤其是剛換錢後的第三天，大家在銀根上都相當的短缺，能夠不還價就允付者可說是不多。但對於一個被迫拋棄一切財產心痛欲絕的人來說並不再計較這區區小錢，問價只是循例，同時也避免打死狗才講價的場合。但也不要連口允價，以免車夫後悔他出價過低才會連口允價的生意人心理，所以他凝視車夫，又望回他家人好像在想甚麼然後說：

「好的，就這樣子吧！」

當時西貢的機動三輪車是前兜開蓬式的。先把三件行李放進伸腳處，兩大人進座之後才將小孩一個個接上抱在懷裡擠得密密實實，可說是超載和超重。不過平日他一家五口騎在一部機動單車上去游街兜風也不足為奇，這種現象在越南是很普遍的事，不算犯法。車夫踩踏發動機，沉重的車子慢慢地前進。

走了一段路後，機聲出現時斷時續的發動聲便漸漸停了下來，車夫努力地踩踏打火，一次又一次都沒成功，他怕乘客埋怨他的壞車子，不問自語：

「現在汽油都摻雜了過多的柴油（diesel）致使火花塞（start plug）被濕而死火，不是車子壞。」

一次又一次，一次又一次的踩踏，車子都沒發動，車夫下車，取出工具箱找來道具把火花塞拿下，用沙紙又擦又吹，吹了又看然後裝上去，踏了幾下，才一聲不接一聲的慢慢響起來。這次走的路途更短，卜卜卜的又停了下來。車夫又像剛才那樣修理一番。兩夫婦焦急得從臉上表露出來。

「甚麼時候了？」蓮芳。

「還有十五分鐘火車就要開了。」

這時候路上來往的各種車輛，擔挑的小販也漸漸多了起來，有坤深呼吸了一下，低聲對太太說：

「今天要是去不成，車票作廢是個小問題，重要的是，這樣回去，公安一定懷疑說我們偷渡不成功而折返，哪問題就大了，以後就休想行動。」

太太也深呼吸了一下，好不容易車夫才騎上去用力踏了兩下機器才發動，車夫急急把車子往前開，真不爭氣的東西，走了一段總共路程只得一半又停下來。兩夫婦心急如焚恨不得一飛就飛到火車站。

「火車就要開了！現在怎麼辦！」蓮芳焦急到不得已的說。

正在萬般火急中，還算天無絕人之路，迎面來了一輛空車，有坤揮手截停，跳下車，從衣袋裡掏出幾銅給車夫，車夫很不好意思的收下，並說謝謝。這次甚麼價也不再多問就搬運過去，告訴車夫趕去火車站。車夫也知道此是緊急時刻特地為他們加油趕路，到了車站一停下來，那兩名閘門查票員一男一女便急急的向他們招手呼喊：

「快！快！快！車就要開了！趕快！趕快！」

兩夫婦躍下車，有坤快手的付了車租，把小孩一個個抱下去，將行李各挽上肩拖著最小的孩子，一家衝衝向閘門趕去，到了閘門有坤想停下來呈票，兩位查票員一起說：

「不用看票了！趕快去！趕快去！車開了！車開了！」

一家人快步趕到車廂，第一聲警號響起，車輪慢慢的轉動，此時蓮芳肩負李行袋先攀了上去，有坤急急放下兩個袋，將小孩一個個擠上那已正在開動的車廂，然後箭步走回拾起那兩個袋追趕那越走越快的列車。他先把行李拋了進去然後兩手握住車門兩邊的扶手一躍而上，此時站在車門等候的蓮芳一手把丈夫拉了進去。

火車廂內

剛才的緊張和焦慮已成過去，像是肩膀卸下了千斤，放下心頭大石，周身感到無比輕鬆舒服，喜悅的心情已從兩人的臉上流露出來。

列車上滿滿的乘客一半是軍裝不整的共軍，另一半是穿著無領黑色民裝的婦女，還有少數穿軍服的女兵，他們的舉止跟南方人很有區別，男的則笑嘻嘻地在欣賞他們剛從南方買回來的半導體收音機，手錶，娃娃等；婦女和女兵則欣賞剛買回來的女性用品和衣物，笑口常開，他們個個都滿載而歸。行李架上座位底甚至通道上為他們的軍包行李包所塞滿。有坤肩負兩袋，手拿車票帶著三個小孩和太太困難地跨過一袋又一袋，一包又一包去尋找他們的座號，很不容易的越過了兩個車廂才找到座號。有坤停下來對看，使他有點詫異，怎樣一張座椅原本是兩個人的坐位，現在竟劃為三個，靠窗邊已坐著一名便服男子，有坤看了前後及另一邊的全部都是一樣。兩個人的坐位要擠上三個人，真難承受，而且還有三個小孩更加難以解決。可是也沒有別的選擇，惟有勉強接受。他把兩個行李袋強勁地壓進行李架上，還有一個就放在伸腳處，給太太坐進去，三個小孩擠在媽媽的面前，他自己便靠在椅邊站。不一會，三個小孩支撐不住紛紛坐在地板上。那名男子見狀便自動地站起來，好聲

好氣的對有坤說（越南語）：

「老兄你進來坐吧。」

有坤很愕然的望住他說：

「哪老兄你那裡還有位置坐？」

「可以了，我到別地方去找。」

那名男子便從行李架上取下一個包裹，兩人笑臉相望。

「老兄，我非常的感謝你。」

男子肩托包裹向車廂前面走去，有坤目送他一段便坐進去。

在南北越戰爭期間，越共要破壞南方的經濟，這道貫通南北的鐵路幹線是他破壞的主要目標之一，故早已停航了十五年之久。最近在北越的強侵硬佔下成了統一再修復通行，動力仍然是燃煤蒸汽車頭，所以不時噴出大量煤灰鋪滿了座位前的盛物板。大女兒光華和第二的光民他們已不耐煩地睡在爸爸為他們用塑料布鋪好的地板上；小的光凱就睡在媽媽懷中，抱著孩子的蓮芳頭貼靠椅邊閉上眼睛養神。有坤卻有著無數的心思湧現心頭。目不轉睛地望向窗外那茂密的原始森林，高大的樹幹一棵棵從他眼前飛過。這裡有蘊藏豐厚的天然資源，土地肥沃，氣候宜人，人情味十分濃厚，堪稱稀世樂土。他幾代的祖先曾在這裡灑下不少血汗淚水，他本人也已奠下了美好前程路基，正是旭日初升，大地就變得黑暗無光。不少滿懷抱負的男女青年因突然之間失去理想而瘋癲。但意志倔強百折不撓的他，仍然堅毅地站起來接受現實的打擊，無條件的靜悄悄地帶著妻兒在鐵軌上飛跑離開這塊依依不捨的美土去尋找另一個不知名的地方。火車路過海邊，碧水藍天相映而成的美景，向它行最後一次臨別依依注目禮，它像是在問「何日君再來」？他的前途是像海天那樣無限量的，抑或是像它那樣渺茫？他深深地呼吸了一下，心中

有說不盡的感慨，一切盡在不言中。

　　人有三急──屎急，尿急，心急。夫婦倆的第三急已暫告一段落。現在輪到老三的第二急，為了避免公安對華人偷渡北上的嫌疑，他媽媽已吩咐他們在車上不得講中國話，可能是「急」的關係，一下子忘記了便用廣東話說：

　　「媽媽，我要小便。」

　　他媽媽聽到孩子的廣東語心裡駭怕起來，便暗中用手捻他屁股一下，可鄰的小孩反應過來，很快就用越南語說一遍。他爸爸帶他小心越過障礙物到了廁所門口，把門口拉開，裡面是個極為古老的無水蹲廁，中間有個洞可以看見下方移動的車軌，地板周圍滿是糞便，臭氣薰天，真叫人作嘔。他把小孩抱起小心翼翼的進去，居高淋下，不敢讓孩子的腳碰到這遍地黃金之地。對於大人有急，往往都要忍到火車停站加水時才去找那有水蹲式公廁。小孩完事後，在回位途中，有坤發現車廂裡有一對年齡與他相若的年輕夫婦，女的抱著一個約兩歲男孩，前排座還有三名少女，看樣像是女方的妹妹，他們也打扮成越南婦女裝束，不難可以看出這家也是同道中人。回到座位，看見老大和老二毫無愁意地在欣賞窗外風光，老二還是第一次看見牛隻，他發狂地叫他姊姊看，與他分享這隻從未見過的龐然大物。

　　沿途車站並無餐廳供乘客充饑，一天兩餐都在車上由專責伙食的車廂供給，各人自備盛器排隊購買，形如公社食堂，夫婦倆也擠在人龍裡半個小時後帶回來一頓粗飯菜刻苦地一家享用。

　　入夜時分，車廂裡只有兩盞四十火的燈泡顯得一片朦朧。車廂的人多數都在開啟他們視若珍寶的半導體收音機尋找他們的黃金節目，不過收音機的聲音都被那穩定有節奏的車軌聲和車頭的噴氣聲

所沖淡，所以並不造成不便的騷擾噪聲。對於一向處於多姿多采鬧市的家庭來說，這個時刻就給他們一百八十度的大轉變，變得無聊和苦悶。孩子們都蜷曲的睡在地板上，有坤僅靠窗邊側頭倚牆閉目養神不能言睡。蓮芳就蜷曲躺在坐板上，雙腳伸到丈夫的腿上。

好辛苦的一個晚上已經過去，天亮了，火車也停站加水，大家都紛紛下車鬆弛筋骨。有坤一家也不例外，他們的首要工作是去排隊做早事，還好這裡有充足的水可用，公廁尚可接受。第二個工作也像火車頭一樣，補充能源。這裡仍然是南方，物質的供應還是那麼的豐富。每到一個站，小販的數目也長如列車，他們手捧一箚箚，一托托的各種食物，飲料和用品，盡量把握這個短暫的時光，繁忙地穿梭其間大聲兜售。有坤一家已找到他們的小食，尤其是孩子們仍然可以嘗到他們所喜愛的早餐，吃個不亦樂乎。列車裡的北越軍民除了品嘗南方的零食外，他們更是喜歡南方的白米，因為米在北方被共產黨用作控制人民生命的利器，所以不能自由買賣，想多吃也不行。在南方共產黨也實行這一套來控制南方人民，但效果不大，就以每個火車站來說，米的供應仍然充裕，北方人民看這裡是他們的救命天堂，大家都盡量多買幾包（每包十公斤）帶回去。可是他們又怕帶得多會被公安查問，明顯的每當小販叫他們多買時，他們都不約而同的如是說。聰明的小販就教唆他們，說這是親人送的禮物，這個提議是否有效就不得而知，不過米的交易確是旺盛，米販們雙手各夾一包走個不停，車就要開了，窗口間的傳遞仍然忙個不停，直到警號響，車開走了，米的交易才告終止。

車廂驚魂

在火車已熬過兩個晚上，現在是第三天的上午，下一站便是他們路條的目的地——蜆港（Da-Nang），有坤注視窗外路旁的指示牌後低聲對太太說：

「下一站就是蜆港（Da-Nang），我們下不下車？」

「不管他，我們衝過去。」蓮芳。

「萬一給查到了怎樣？」有坤。

「到時才叫他給我們補票。」蓮芳。

「補票事小，但是我們的紙張不是去北越的，查到了就知道我們在偷渡。」停了一下繼續說：

「不過無論如何都要嘗試闖關，但要小心和隨機應變。」有坤。

火車行駛好一段路後慢慢地停下來，一如曾經路過的車站，小販忙著穿梭人群中買賣，喊聲叫個不停。下車離站的人幾乎沒有，只有三兩個新客，打尖式（插隊）的上去。有坤一家原位不動只在窗口買些零食和飲料。半小時已過，警號鳴響，列車啟動，夫婦倆目送目標地蜆港（Da-Nang）車站，在他們的後面加速離去。他們心中惆悵和緊張以應變即將來臨的驚慌。

列車離開了蜆港（Da-Nang），到了古都順化（Hue）只作十分鐘的停留之後即繼續前往。順化（Hue）是南越第二個最北端的城市，車開了不久即抵達南北越分界的十七度緯線，以邊海河為界，以賢良鐵橋相連。在越戰期間，橋的兩端各有守軍，槍口相對，直到一九七五年才解除戒備。有坤一家順利的通過這座歷史性的政治鐵橋，進入分割了二十年的北越領土。這時已是中午時分，也是大家正準備排隊買膳的時候。這對夫婦倆原本想等候人潮稍過才去排

隊，可是蓮芳向後一望，當場使她大吃一驚，原來她看見查票員正在後面逐行查票而來，她很機警的從行李架上取下兩個飯具遞給丈夫一個，兩人便擠進輪候買飯的人堆中。查票員來到看見三個子孩便問大女兒光華：

「你父母去那裡了？」

「我爸爸和媽媽買飯去了。」

查票員聽了，也不再多問就到前排去。擠在一個人多又髒的供膳車廂裡的夫婦倆，不時用眼瞭住查票員的動態，看見他輕易地走過才鬆一口氣，蓮芳拍拍胸膛喜悅地四眼相對。飯拿回去一家人為渡過這場驚慌而作慶祝喜宴。

在火車途中有個舉止像是公安的人經常盯住這對夫婦倆，蓮芳低聲對丈夫說：

「對面座裡那個人整天盯住我們，你有留意到嗎？」

「有，我有留意到，不過不用怕他，他有個弱點給我捉到。」

「甚麼弱點？」

「你看他座底下不是放著一大堆的走私米嗎？他望我的時候，我也望住他那堆米，暗示給他知他也在犯法，叫他不要輕舉妄動。」

鬥智的結果這對夫婦已操勝券，終於平安抵埠。

下車後的驚險

一路上雖遇上了不少驚慌，但總算托賴，化險為夷，有驚無險地抵達河內市時間是上午八時。可是別以為驚險已經過去，驚險仍是重重圍繞著他們。不少運氣欠佳的南越華人都是在河內失手被捕一如被視為偷渡罪入獄。一下車夫婦倆便發現自己所持的藍色車

票有異於周圍人們的紅色車票。而出口閘門兩邊共有四名人員，兩邊各一男一女站在兩張長凳上查收出閘乘客車票。這一輪果真難倒這對足智多謀勇於闖關的年輕夫婦了。頓時想不出對策來應付這一關，怎麼辦？又不能士急馬行田硬來，惟有拖延出閘時間，故意為孩子們整裝弄頭弄腳好觀察情勢，以不變應萬變。不知道是耶穌抑或是菩薩的打救，就在這短短兩三分鐘的時間，出閘的人群蜂擁而至成千人在一個只有兩公尺多三公尺闊的出口處，一起擠出去，造成水泄不通插針不進的混亂秩序。大好時機來了，有坤吩咐太太帶三個小孩走在前，他持票跟在後，故意拚命擠進中間，擠到氣也喘不過來才越過閘前。其中一名票員發覺尚未查收有坤的車票便大聲叫：

「那位叔叔還沒有繳票。」

有坤將票舉高回應說：

「票在這裡！票在這裡！」

人群如潮湧湧而上，將有坤越推越遠，他很費力才能擠得回把票交給查票員，查票員這時因過於繁忙應接不暇，只把票一手抓去就算，不分青紅皂白。有坤就像是被順水推舟那樣被推了出去。身體減壓精神也減壓，這一回真的又鬆了一口氣。又一次渡過驚魂鬼門關，快步前去與在遠處停下的家人會合。透過車站的圍牆欄杆夫婦倆看見剛才同車那個家庭怎麼他們不出來的？前面還有一名穿軍服的人帶領他們朝鐵軌走，走到不遠的另一列車廂去，難道他們出了事？夫婦倆以驚奇和同情的眼光望著他們。不！原來他們是有通道而來，他們早就接通天地線付出重金（黃金）給有組織的人搞路條和帶路直接駁車不用離站。這對夫婦倆在西貢時缺少這條天地線所以才險象環生。也好，錯有錯著，這次孤軍作戰給他倆省了一筆「重金」。

一家站在路旁等了好一會，才截停一輛機動三輪車，這輛車真具代表性，是北越人民在共產統治二十年生活的典型物。它的結構是一個舊式法國摩托車發動機，載人的車兜是用箱頭板釘嵌而成。天真活潑的第二孩子光民笑嘻嘻的跟他媽媽說：

「媽媽！你看這架麻瘋三輪車多好玩（越南語）。」

一輪例行的還價後，大家上車，可是老三光凱老是在扭身扭勢反抗不肯給他媽媽抱上車，正當天降毛毛雨，他媽媽問他：

「怎麼你不上車？」

「這是麻瘋車來的我不敢坐。」

「哥哥姊姊都上去了你還怕甚麼？雨愈來愈大不坐也再找不到別的車了！快點上去。」

無可奈何之下他媽媽抱他上去，車夫朝向已給的地址前往。

抵河內的第二次驚險

河內的街道很窄小，屋宇多是兩三層或平房而且殘舊骯髒。車子也路經一些法國時代所遺留下來有鐵杆圍欄的別墅。現在已用作政府或外國機構。河內的公共交通不像西貢那樣繁忙，以電車為主，兩廂相連在一起拖行。光民一眼看見給他感到非常奇特的東西，便高興地叫起來：

「哪！哪！像狗公狗母（配種時）一樣的轆孖車。」年紀小小天真活潑的光民，想像力夠豐富，名詞夠新鮮，他父母都給這個新名詞引致微微發笑。因為在西貢隨處都可看到那些無人管的狗男女隨處亂搞，屁股黏屁股，所以給小孩引發這個新名詞。

車子在毛毛雨中行走了一段路之後，夫婦倆發現遠處某家的門口站有一批穿黃衣公安像在抄家似的，心裡已感不安，車子走近那

批公安便漸漸地停了下來，夫婦倆大吃一驚還以為車夫載他們到來報警，最後也逃不過噩運。公安個個都望住這一車人也以為是送羊進虎口，把夫婦倆嚇到驚慌失色，不過表面仍然裝得自然以待應變。

「哪！到了，公安站著隔壁那家就是了。」車夫說。

夫婦倆子細認一下屋號之後說：

「對了！是這一間了。」

整條街的人都以奇異的眼光站在門口望向這輛滿載客人的三輪車。一家五口下車付錢，車子離去了，他們也走向目標停在門口，一位年約五十多歲的男人和兩名穿對胸藍色衣黑色褲，長得婷婷玉立的女兒一起站在門口，以好奇的眼光望住這個少小離家老大回的蓮芳，蓮芳認得長者是主人家便以越語對話：

「三姨丈！我是蓮芳呀！還認得嗎？」

主人家凝視了一會愕然地說：

「噢！你就是大姨的女兒蓮芳是嗎？」

「是呀！三姨還正在我家和我媽媽在一起。」

「快點進來，外面很濕。」

主人家的屋是一列平房中的一間為政府所配給，從門口一進去便是個名稱上的客廳，面積約十平方公尺，擺放一張大床，床上鋪的是草蓆，床前放置一張日字檯和三張椅。他們走了進去把行李放到床上，那兩位小姐中的一位拿了兩件毛巾遞給他倆抹濕。另一位親切地為小孩們抹頭，主客幾句寒暄之後，兩姊妹便走進廚房裡拿來煤碳發火，不是發火趕客，而是弄飯，主人家親切地相請：

「坐休息一下之後吃飯，小孩都已肚餓了。」

話剛說完，門口突然出現三名黃衣公安，家裡的人都很驚慌的望出去，夫婦倆心中在想這次劫數難逃了，聽天由命順其自然。其

中一名公安走進屋內，主人家前去以便對應。

「我們前來檢查生面人。」公安。

「我的親戚從西貢胡志明市來探我。」主人家。

「有沒有申請紙張？」公安。

主人家望向有坤像要發問似的，有坤不讓他開口就搶先說：「有」

便從衣袋裡拿出一個透明塑膠袋搜出一張路條交給公安，這名公安是否識字還是個疑問，他看了一會沒有查問所到的目的地便說：

「將行李袋裡的東西全部拿出來看。」

夫婦倆將三個袋裡的東西全部拿出來擺放在床上，公安翻開查看他認為可疑的衣物，並搜索袋裡，他拿起一包彩色相片看了一下又放回去，拿起那本有坤多年來精心傑作畢業論文封面寫著「改良種雞的飼養及疾病管理」（越文）並有典型的良種雞相片和作者的玉照。

「這是甚麼書？」他看不懂而問。

「這是農業技術書。」

公安把書放下問道：

「來探親怎麼會帶這麼多的衣服？」

蓮芳搶著回答：

「有些是自己用，有些是帶來送給親戚。」

公安望了有坤一下把路條交還給他便走了出去。好在行李袋裡一塊黃金也沒有，要是有的話麻煩就大了。

主人家用手抹去額上的冷汗。有坤鬆了一口氣，蓮芳兩手合拜自言自語：

「多謝祖先保祐，南無觀世音菩薩（華語）。」

一場恐慌過後有如雨過天晴。蓮芳和有坤要小解以輕鬆身心一下。他們發覺原來屋的後段還住有兩對不同戶籍的夫婦共三戶人共住在這麼窄小的屋子裡。一個共用的無水高廁，它的骯髒把蓮芳嚇呆了，但在主人家的指引下，又已到達忍無可忍的程度，只好默默接受爬上去受刑。

　　不到一小時，飯菜已弄好，桌子上已擺放五碗飯，一個盤子盛有五個荷包蛋，一盤甕菜，一碗魚露，這是款待客人的上菜，一家人吃得津津有味。與主人家的太太三姨到西貢時，餐餐待以大魚大肉沒得相比。

逛河內街市

　　飯後夫婦倆與主人家道出這次前來的目標，並且商討好今晚的行程後，趁尚有幾小時的時間出去逛逛闊別了二十多年的河內街市。這一天整天都下毛毛雨，陰霾沉沉的街道，太太吩咐小孩呆在屋裡不可到處亂跑，他倆共撐一把雨傘走出去。

　　街道上行人也不少，女的全部都是穿著傳統婦女長袖無領對胸衣，又名「三娘衣」（Ao ba ba），色澤以黑色為多，藍色灰色也有，看不到花衣。褲就一律是長闊的黑色褲，也看不到穿長衣（越式旗袍）婦女。且是衣衫襤褸；男性的服式都是白襯衣藍褲。由於生活貧困的因素，白衣多變黃，藍褲也褪色縫補也多。因戰時全民皆兵的關係，許多男性都以軍裝當便服，處處可見。河內的交通並不繁忙，沒有警察指揮交通更看不見自動交通燈，道上的交通工具除了雙廂電車外，還有貨車，但數量不多且是中共援助的軍車型，運貨用的人力牛車（Ox-cart trail by man）到處可見。騎腳踏車是人們的主要個人交通工具，間中才看到一輛從南方買回來的摩托車。

北方人民生活的體現，與南方人民有天淵之別，難怪在奪得南方後不到三年期間，就有數百萬北方人民湧到南方去。夫婦倆走過幾條街，走到一間高大建築物門口停下來蓮芳說：

「哪！這裡就是河內街市了。」

她把雨傘收下，向周圍觀望了一下令她非常詫異的說：

「怎麼跟以前完全不同的？！」

「有甚麼不同的地方？」有坤問。

「建築物仍然一樣沒有改變，但二十多年前這裡是非常熱鬧的地方，做生意買賣的人潮湧湧，怎麼現在變成了冷清清的一間空殼呢？我真的不敢想像會變成這個地步。」她感嘆的說。

「在共產制度下這個現像是必然的，不准人民私有，做生意的被定為資產買辦罪，捉起來送進荒山野嶺去任由自生自滅，我們南方還不到三年時間已是百業盡廢，大家要轉向地下式經營，如此下去不要說二十多年那麼長，只要五年也跟這裡一樣的了，這就是南方人民大舉逃亡的原因嘛！你已忘記我們現在正在逃亡途中了？」他微笑地說。

「好了！不要說了，等一下我會暈倒下去。」

儘管是個冷清清的空殼，既來到也要進去看個究竟。這麼大幅地只得幾個肩挑小販在裡面賣甜品和零食，買的人也寥寥無幾，小販們個個都作出高度戒備，分秒都在逃避中。再走進去蓮芳忽然間像喜出望外的說：

「哪！這裡有荔枝，好多年未嘗過荔枝的味道了，買幾把帶回去給孩子們嚐嚐。」

一個不大不小的箃（篾織的盛器）裡盛有十多把荔枝，賣的人是一個年約十一二歲的男童，上身著一件比他體型來得寬大又褪了

色的襯衣，下身也是一件寬大的短褲。蓮芳向男童問了價後便選了幾把交給丈夫拿住，他打開荷包翻來翻去想要拿出如數的鈔票給小販。就在這一剎那小販們發現有公安在遠處正朝他們而來，男童急促地催促蓮芳：

「快點！快點！」

蓮芳也急著沒有細數便遞給他，男童接過去只略看一下就快速放進袋裡，拾起荔枝箭和一群小販發腳（跋足）就跑。夫婦倆眼看這個情形感覺到現在的南方也一模一樣。他倆走出去再逛多幾條街，蓮芳又覺得奇怪大惑不解的說：

「以前這幾條街間間都是商店，怎麼現在都變成了住家？」

「這個還要感到奇怪，西貢不也是一樣了嗎？整個城市的商店都大門深鎖，把藏起來的私貨分擺在街邊，還天天被追趕一如剛才的小販。」

「是了！一下子我也忘記西貢的商店全部都關了門，還天天抓人送去新經濟區，連我們的小生意都要偷偷摸摸來幹。」

「你現在是身歷其境，都有不可能發生的感覺，假使有一天能到外國去告訴別人，人家怎能理解而相信？」

「這也是。」笑嘻嘻的。

兩人在毛毛雨中走回去。

回到主人家

兩人回到主人家，小孩們第一次看到這些北方特產不知道是甚麼，哄來問長問短後，即作首嘗，當然也請大家分享，不過主人家老是客氣，意在讓遠方來客多嘗本土特產。

主人家的兩位小姐一個在搓飯糰，小孩們都好奇的在飯桌旁圍

觀和短語；另一個在廚房裡炒芝麻鹽為有坤家庭做乾糧，既親切又殷勤，蓮芳客氣地說：

「我一家打擾了你們很多，吃了飯還要為我們弄飯糰真不好意思。」

「不要客氣啦！我們一家有幾個勞動力所分配的米糧還可以過活，你們從那麼遠的路來到，只吃得兩餐而已。還有我母親到大姨家一住就是幾個月餐餐大魚大肉我們才是不好意思。」大姊。

「南方是不同嘛，雖然米糧都已受到限制不像以前那樣自由購買，但黑市米仍然很多到處都有。」蓮芳。

二小姐拿來一碗剛弄好的芝麻鹽從廚房裡出來說：

「表姊放心，近兩年來，這裡也有黑市米買賣，不只是米，很多南方的貨品都可買到。」

蓮方為了表示謝意便從行李袋裡搜出大小衣物數件。

「這幾件小的是送給家裡的小孩們，還有這兩件長衫（越南旗袍）是給你兩姊妹的」蓮芳。

長衫在南方本是婦女們的便服，但在南北分隔後長衫在北方被視為貴重禮服，只有高官貴婦在特別節日或官式宴會裡用作身份象徵，甚至藝員們都只能在演戲時才得借用，過後就要交還給國家保管。這對姊妹倆接過來一看，想不到是這麼美的長衫頓時笑不合攏，雖是心中極喜但仍然不忘客氣：

「表姊你不留來帶回中國去穿？」大姊。

「你們拿去吧我還有。」蓮芳。

姊妹高興到不得了把它貼在身上看，禁不住地說「好美噢！好美噢！」

「我們這裡的女文工（女藝員）自己都沒有一件這麼美的長衫

哩！」大姊。

「哪她們演戲唱歌時拿甚麼來穿？」蓮芳。

「她們演戲唱歌時所穿的長衫都是國家借給用的，用完後又要
交還給國家。」二姊。

離開河內到老街

　　當天下午五時多，天已晴，只是地面仍然潮濕，有坤一家急著
要到火車站買票候車，招來一輛像是上午所租用的「麻瘋」車，既
無力又超載拖著沉重的步伐慢慢地向前推進。還好，總不會出現像
西貢時的驚險鏡頭。抵達車站時，展現在這位年輕有抱負的技術人
員眼前的景象，河內火車站就是這麼的髒亂，候車的人有些是一家
大小，有些是三五成群，男的多是綠色軍裝大帽或布帽，有些就穿
著褪色的白襯衣和寬大的褪色藍褲；女的則是鄉村裝束對胸（開）
無領衣，一律黑色大褲。他們七橫八豎，蜷蜷曲曲的躺在地上，加
上大包小包的行李，使這個範圍不大的候車室寸步難行。小孩子的
便溺形成了遍地黃金。一不小心便會腳踏金磚不知如何處理是好，
這就是社會主義的產品。好不容易才找到一處稍可容身之地，蓮芳
拿出雨衣鋪下讓孩子們有地方可坐。有坤急去買票，他經過好多個
窗口都是滿牌高掛，心中在想難道今晚又要在這裡與眾共樂？再
走多幾個窗口看見有一條人龍這正是他要找的目標——老街（Lao
Cai）他便接在龍尾，心中在想千萬不要剛輪候到他時，就滿牌高掛
哪就大麻煩了。還好，皇天不負有心人，等候了將近一個小時終於
輪到他，女售票員看見他一副中國人的臉孔便問道：

「回中國是嗎？」

「是的。」

「幾個人？」

「三小兩大，請問今天去中國的人數多不多？」

「今天只有幾百而已，前幾天就多了！幾乎整個列車都是去中國的。」

他付了錢拿著票便離開回去太太和孩子們身邊，這時光華光民正從外面走回來。

「媽媽，光民踩到滿腳都是K（糞便）。」光華。

「哎呀！骯髒到死弄乾淨了沒有？」

「只是在地上擦擦而已。」光華。

光民還得意地說：

「好大的一間屎坑屋，滿地都是青蛙。」笑嘻嘻的。

「臭死臭命還說是青蛙，快點去找水洗乾淨你那些臭青蛙。」氣惱地說。

光民仍然笑嘻嘻的，他媽媽起來把他帶走。

上老街的車廂裡

在車站裡苦候兩小時才可上車，這是屬於北部內地交通網絡的車輛，設備比南北幹線的列車更差。木條座椅、沒有電燈漆黑一片，好在有坤早有準備手電筒，現在派上用場。一輪嚴厲掃黑行動找到座號，一家人便擠進一個小小地方裡。行李架上已被人佔只可用勁塞進一個，餘下的就地安置罷了，走廊上已無半寸空地，連廁所門口也塞滿了行李和人堆，這種情景對於自由制度的南方人來說也實在難以接受。可是在一個貧窮落後的北越樣樣缺乏，這種景象人們都早已習以為常不足為奇。時約晚上十時，警號響起車輪慢慢地轉動，數分鐘後便以平穩程曾程曾的鐵軌聲衝破那靜寂的夜幕向

中越邊界前進。在這段行程中，險境雖不如前，但這對夫婦仍然不敢掉以輕心。車裡的人大家都在黑暗中閉上了眼睛，車擺頭搖，動作非常整齊有趣。光凱在他媽媽懷抱中低聲用越語說：

「媽，我要喝水。」

他媽媽小聲地噓了一聲說：

「說中國話。」

環境的改變使小孩們不知所從，難為了他們，光華在她爸爸耳邊小聲問道：

「爸爸，為甚麼又不許說越南話的？」

「我們南方人與北方人的越南話口音不相同，怕給公安聽到了知道我們是從南方偷渡來的懂嗎？」

光華點點頭。光凱在喝水。蓮芳也順便拿出飯糰來切開一人一塊，蘸芝麻鹽作為宵夜晚餐。

如售票員所說今天去中國的人數只有數百，不像前幾天幾乎整個列車都是去中國的華人。中國對這些回歸祖國的華人謂之「歸國華僑」。他們的回歸是出自兩國的利害矛盾因素，在過去二十多年間，曾高唱「……中越兩國，山連山水連水，同志加兄弟……」當我年幼時，經常聽到大人說，國家之間所做的事那會像小孩玩泥沙一時一樣，意思是說不可隨意反覆無常。哪倒真是的，國與國之間也只不過像小孩子玩泥沙一樣，高興時就玩在一起，不高興時就大打出手。只為利益那有甚麼感情和友誼？世上那有友誼萬歲？有的是金錢掛帥和利益萬歲。我這個說法，只是對那些沒有道德修養的政治領導者而言，並非是鼓勵大家這樣做。一些缺乏良知的人說，搞政者要夠狠夠辣，無毒不丈夫，這才是政治家。不！錯了！這是野心家，獨裁家，是強盜行為，最無道德的人才這樣做。

好了，話又說回來，友誼之歌唱完了兩國準備開戰，成百萬散居整個北越的華人，他們多數都已住下了好幾代甚至更久，他們在這片廣大土地上，胼手胝足開山闢地辛勞耕耘，為立足地的社會經濟建設而貢獻，現在卻成為不受歡迎的華人份子，被趕回祖宗發源地去。所以他們堂堂正正的舉家返回祖國；然而南方的華人居於經濟背景的不同，越共還要在南方華人身上榨金條，所以還沒有像北越的排華現象。北上的南越華人要是不幸被捉到的話，哪就給他們一個榨金條的大好機會了。

列車在夜裡行駛，停了多少個站似乎無人留意，在經過八小時的路程後，已是黎明晨曦時，列車停下加水添碳。這一站停留稍久足夠讓大家下車做早事，和受整夜的委屈後出來抖擻筋骨，鬆弛一下精神以減輕昨夜的疲勞。在這裡與南方很不相同之處是沒有熱鬧的小販群，找不到小孩們愛吃的早點，一片寧靜空虛只好上車去吃隔夜飯糰充饑。

當天下午三時列車抵達了終站，這也是越南最北和最接近中越邊界的一個站：老街Lao-Cai。老街在中越地理上是個非常著名的地方，人們心中都以為起碼也是個較有規模的成市，有坤也不例外。當列車停止時，車上發出一陣嘈雜聲說這是終站老街了。大家紛紛收拾行李下車。下車後給有坤一個料想不到的感覺，怎麼這裡不是城市，連鄉村也構不上來，只有孤令令的一間法屬時代所建而佔地不大的站房，上面寫Lao- Cai的越文字。他向四周張望只見一片荒蕪，在較遠處隱約看到幾間小屋，在地理上聞名的老街就是這麼多。下車的人群分成兩路，一群向南，一群向北，正所謂的南轅北轍。他倆看了一回也不知所從，蓮芳慌忙地問她丈夫：

「怎麼有些向北走，有些向南走，哪我們應該向那方走？」

「我們最好走中間路線。」笑嘻嘻的（意思是在政治上不走左派，也不走右派）。

「你這個討厭鬼逃命還要開玩笑！」氣惱的。

在他倆的想像中下了車便渡河，怎麼還看不到河呢？

正在疑慮中有坤仔細觀看兩隊人的行李有所發現。

「向北的一隊是對的。」有坤。

「你怎會知道？」蓮芳。

「你看那些挑東西的婦女，他們的裝束不就是中國鄉村婦女的裝束嗎？他們所挑的都是被窩，蓆，矮凳，廚房用具之類；還有那些男性肩上負的床架，床板看來就是舉家回歸的樣子。」有坤。

「怎麼舉家回歸帶的都是破蓆爛凳之類的東西？」蓮芳。

「這些就是他們唯有的財產，不帶還有甚麼可以帶？那裡像我們整間房子和齊全的傢俬各種電器都一拚棄之。」

正在討論的片刻，迎面出現前兩天在車上相遇的一家人，大家好像好奇地相望。這一回不用再猶豫了就一起跟著走。

蓮芳肩負一個稍大的袋，對於一個從來都未曾擔挑過東西的女性肩膀來說，是個過荷的負重；光華背著她自己的書包跟在媽媽後面；有坤肩負兩個大袋還拖著兩個小孩，夾在人群中浩浩蕩蕩的向前推進。由於超荷，蓮芳的步伐越來越慢，走了十多分鐘便成為落伍之軍而停步。有坤恐怕與隊伍脫節拖著小孩仍然前進。蓮芳在呼叫：

「等我一下有坤！」

有坤和小孩都停下來等她拖著那疲乏的步伐慢慢走。

「還有多遠才到河邊？」她問。

「剛才聽他們說大概還有一公里半。」

「哎呀！耶穌菩薩救救我吧！」拍拍自己的額頭。

「忍耐一點，我們總會走得完這條人生的荊途的。」有坤。

蓮芳氣惱的白他一下眼說：

「討厭！我就快沒命了還在這裡作文章。」

她提起了行李袋盡快趕上人群。這段大約三公里的路對蓮芳和這三個幼小兒童來說實在是太長了，所以遠遠落在隊伍之後。不過比起第一天趕路的情況，這裡要算輕鬆得多，是在其不受時間上的限制，只要不休止下來遲早都會抵達目的。可憐的小孩年紀小小就要在這條漫長高低坎坷的泥巴路上走，踏出他們人生過程的第一步，去那裡？還不知，只知到跟隨父母的腳步去尋找失去的自由，請問蒼天自由何價？只怪過去在共和時代，那些不懂珍惜自由的人，以自由去毀滅自由。

當共和國政府懲罰那些搗亂份子時，被國際人權組織加以干涉，給他們作有力的支撐；同時的，美國的反越戰份子，也給他們很大的鼓勵。終於自由政府被推翻了，舉世驚聞的難民潮從此產生。致使幾歲的兒童攀山涉水千里迢迢去尋覓自由。更慘的，那些從海路逃走的逃難者，竟被全家覆沒，有些卻遭到海盜慘無人道的姦殺和虐待，幾十萬逃難者葬身海底。那些國際人權組織人士和那些反戰者有何感想？那裡才是真正的人權？對他們的做作有否感到後悔和內疚？是否要負上部份責任？

好辛苦才熬到一處小山隘（廣東音讀拗）（Defile pass）。所謂山隘就是兩山之間的通道。這裡仍然還看不見河邊，但已不遠了，只要向前拐個左灣便是。山隘（Defile pass）在古時代是強盜出沒打劫路人的險要理想地點，但今次出現的卻不是被官兵所追捕的強盜，而是越共政府的黃衣佩槍警察，他們比強盜要善良得多，並沒有打劫只是唾手可得而已。剛才那隊人龍尾段還在接受檢查。公安

在選擇檢查對象，看見裝束老土和擔挑不值錢行李的就讓其通關。至於外表和裝束不像本地人而肩上所負的或手提時髦旅行袋的家庭，都被留下搜索。有坤的家庭也不例外這是越共邊境警察公安擇肥而食的貪污行為。

近三個月以來，為何每天都有成千上萬的北越華人，公開浩浩蕩蕩的坐火車到邊界渡河回歸祖國呢？這是兩國開始惡交的默契。事因自從中共支援韓戰結束後，於一九五四年越南奠邊府（Dien Bien Phu）之役又全力支持越共趕走法國。繼之又鼎力支撐越共南侵，旨在把美國趕出亞洲。而當時中國正處於一個極度窮困的地境，是中共國內正蒙受一場極其嚴重的人為大饑荒餓死了超過三千萬的中國老百姓。然而支援打美國的軍火糧食，仍然源源不絕的運往北越供南侵。最後美國要擔著恥辱的「光榮撤退」旗幟，捲蓆回歸。可是事成後，越共的親蘇派恐怕以後會成為中共的附庸國，因而不顧情義地背棄那多年曾經極力支撐過的「同志加兄弟」而走向親蘇，以秦晉之交對付中共。對中共來說，好辛苦才能把法狼和美狼趕走，現在又引進了一隻西伯利亞虎，形成前後包抄的更危險局面。中共對越共的忘恩負義恨之入骨。另一方面愧對那些在極力援越期間枉死的中國人民。又因北越奪得南越後，便擺出一副驕傲的態度入侵柬埔寨，以實現他在東南亞稱霸的野心夢想。中共對此既怒且懼。在恨愧交集之下便伺機報復。首先通知邊界的華人離開準備開戰地點，越共也藉此良機排斥那些已被視為不利和多餘的華人份子。就這樣越方開始排華，中方也大開方便之門讓回歸無阻。一場小孩子玩泥沙的政治戲劇就此揭開序幕，三十萬華人充當演員，又可說是政治棋子，其中就有有坤的家庭在內。越方明知北越

華人在二十多年的共產窮產之下都已一清二白，那裡還須查關的多餘手續。

只不過是自從那些邊界警察公安發現有南方的肥羊夾在其中，食髓知味而刁難，藉此發他們從來未發過的財而已。當公安們看見這個珊珊來遲的家庭步步走近時，自然心中沾沾自喜，以為又一隻肥羊送上來，當然不輕易讓他們通過這道鬼門關便截下來。留在那裡受檢的共有十多個家庭全部都是背提旅行袋的，年齡介於十七到五十，還有一個男子抱著一個兩歲左右大的幼兒，全部由兩名持長槍公安看守；另兩名腰佩手槍的公安正在逐袋搜索。公安在一名男子其中一個袋裡搜出一個小包內裡似乎有價值的東西，公安望向物主男子，一聲不響便把小包放回原袋，之後叫那名男子提袋站過一邊。如此情況的一共有三名男子被叫去站在一堆由一名荷長鎗的公安監視著。現在輪到有坤，公安在他的三個袋裡翻來翻去找不到任何有價值之物，似乎很失望，便命令他倆把三個袋裡的東西全部拿出來擺在地上，讓兩名公安逐件搜。一名公安搜出一本相簿，他一張張翻開來看，這本是在南方生活的彩色照，似乎是他第一次所看到如此美的相片。他看得著迷了，翻到一張有坤和幾名穿著特製制服的福德女子銅樂隊學生的合照，這張照片的確是美麗，公安捨不得放手說：

「這張照片裡所穿的衣服很像偽軍（越共稱南越共和國的軍隊），你不能帶走。」便取出來放進他衣袋裡，再搜出一張有坤的高中教師證明書，他看了一下說：

「這張證明書印有偽政權的稱號你不能帶走。」

另一名公安搜出一本書，封面印有「改良種雞的飼養及疾病管理」是一部文圖並茂的農業技術書，他打開看了看說：

「這本書國家很需要不可以帶走。」

有坤眼看這部聚集數年大學心得，和曾為它下了不少功夫的畢業論文，就此被拿走心有所不甘。對公安說：

「這是我手上唯一僅剩的一本論文，我已留有幾本在國家圖書館內，請你給我帶走吧！」

「如果你想要取回，我就帶你去見我上司讓你跟他說。」

有坤知道公安垂涎他這部不可多得的技術書籍，而故意為難他。找不到金條，相片紙張書籍都要，只好一臉無奈的讓他拿走。夫婦倆趕快把衣物塞回原袋。看見大家都就緒了公安說：

「現在大家可走了，還有這幾名留下來跟我回公安局。」

之所以公安要這幾名男子留下，是不想在眾目睽睽下行動而已，其實並沒有要回去公安局的必要，是大家心知肚明的事。當聽到公安的「解放」令後，人群一湧而走，那三名青年男子目送急急而逃的人群。他們的親人也傷心流淚地回首。

走不到十分鐘便開始走下斜坡，下去就是中越分界的河邊，四名黃衣越共公安站在那裡像是迎接湧到的人群。這條河不算很寬，約有一百多公尺左右。那天的天氣很好有陽光水流不很湍急，對面岸就是逃亡者心中的目的地——中國大陸。岸上站著一批較有坤早到的捷足先登者，岸邊浮著兩台竹排，在涉足河水之前，公安對大家訓話：

「如果腳已浸在水裡就不能回頭是岸了，所以在下河之前大家可考慮清楚。」

第三節　踏進中國國土

河口

　　這時一片鴉雀無聲，面面相覷似乎要在幾秒鐘內就要為自己的命運和孩子們的將來作出最後抉擇。可是已經到此地部還有甚麼可再猶豫，就做個過河卒罷（有去不回）。男子壯丁先下水，停在對面河那兩台竹排（竹筏）看見對岸人群開始下水，便慢慢地撐過來停在離這邊岸數公尺的河中接載行李和小孩。此時大家不分你我將一個個小孩和一件件的行李接下帶去置在竹排上，一回又一回的運到對面岸上去。光華光民已被送上竹筏，還有小光凱由他父親背著。有坤一面背上光凱還要一手拉著不諳水性的太太。水及腰間雖不很深但卻是水流湍急，對不諳水性的女性們會生畏懼。其他的同道中人在此情況下也很自然地大家守望相助，心連心，手牽手，腳踏實地一步一步的摩索石頭過河。二十分鐘的緊張和恐懼終於過去，個個全身濕透有如落湯雞似的爬上岸，小孩包裹也陸續地從竹排上登陸。

　　登岸後，滿懷喜悅的有坤蹲下攬著三個小孩對他們說：

　　「這裡就是中國喇！幾代以前我們的祖先是從這裡過去越南的，現在爸爸又帶你們從這裡回來，知道嗎？」孩子們點點頭以示領會父親的家史訓諭，他似乎對這祖宗發祥地寄以滿懷希望。

　　站在這裡向西望大約五百公尺的地方有座火車橋是連貫中越的橋梁，兩端各有守軍，經這鐵橋來往的人都必需要有正式紙張手

續，沒有紙張的政治棋子就要在橋底下涉水而過，雙方都已經有了默契，那邊不阻這邊不攔。三個月以來天天都有渡河者，多則數千，少則兩三百，這天也算是少數目的一天。來者都得安置在臨時收容所的營幕裡，五天左右才得分配到各個農場裡去，所以每天仍然有上萬滯留者。每當有新客登岸時，便有大批先登者湧到採訪最新消息問長問短，岸上一時呈現得十分熱鬧的場面，有坤被一名採訪者問及：

「後面還有人嗎？」

「還有三個被拘留。」

「哪現在怎辦？」

「我也不知道。」

人群開始向收容所湧往，兩部手扶犁田機及時趕到，幫助須要運行李的人。有坤將三個小孩抱上去，浩浩蕩蕩地前往，竄過好幾個瓜棚底，經過好幾幅寬長的菜地。有坤看見幾名正在澆菜的婦人衣著十分破爛，這是他在中國大陸的第一個印象，對中國人民的生活水平有了大疑問。走了十多分鐘到了剛才所看到那座鐵橋頭，附近豎有一個不很大的白牌，黑字寫著「河口站」下面有拉丁文He Kou兩字。人群越過火車軌向右拐便是收容所的接待處。

到達這個邊疆小鎮已是黃昏，一道朦朧的街燈從南至北，並無橫街，兩旁屋宇矮小簡陋，難民歸僑穿梭來往顯得一片熱鬧氣氛。

登記處很擠擁，有坤在排隊輪候。在他前面的輪候者登記員查問職業時，絕大多數都說是農民和工人，其中有兩家說是漁民。有坤聽了像是感到有興趣似的望了他們一下，不過還沒有甚麼表示。輪到有坤時向他登記的是一名年約五十歲左右的女幹部，問他：

「你的職業？」

「我是農業專科人員。」

「屬於那一部門的？」

「專門於動物的。」

她望了有坤一下才寫，登記完後她轉身拿去跟那位男主管幹部說：

「這個是西貢來的專家。」

主管拿來登記表看了一下，又望有坤之後對女幹部說：

「給他家庭好好照顧一下，不要給住在帳幕裡，並打個報告。」

於是有坤的家庭得分配住在旅行宿舍裡。這個旅行宿舍有點兒像歐美的汽車旅館形式，是一棟有約十間房和兩層高的排樓，有坤家庭就住在樓上的一間。房裡放置三張單人床，有墊褥，床單和蚊帳，還擺放一張日字檯和三張椅，桌上放有一個暖水壺，四個茶杯和幾個代替晚餐充飢的大餅，室內亮著一個六十瓦電燈泡。有坤和太太在桌的兩端靠牆而坐。天真無邪的小光凱和光民就在桌上畫畫，太太有已擺脫魔掌的感覺，舒暢地說：

「在越南時公安天天都在對面屋盯住我們和處處跟踪我們，隨時都會有進去監獄的可能，尤其時被關過一個晚上之後，我實在怕得很，何時放出來才覺得自己是人，在那種情景裡呼天不應喊地無聞，簡直就是個白色恐怖世界，心有餘悸，真不敢回首……（嘆了一口氣停了一下），你也一連四個晚上都沒躺過一陣子，今晚可以安然地度過一夜明日有愁明日憂，有一步行一步。」

有坤默默無言，伸手拿個大餅來吃。

兩個小孩在欣賞他們的作品嘻哈大笑，沒有半點陌生環境的感覺。

「你們畫甚麼鬼東西這麼好笑？」蓮芳問。

「我不是畫媽媽，嘻嘻。」光民。

「阿哥畫他剛才大便。」光凱。

兩兄弟嘻嘻在笑。

兒童的腦子裡所儲藏的東西尚少，他看見對他有深刻印象的事物往往在圖畫裡表達出來，是個典型的兒童心理學。

門口站著一名男子手拿一本簿和筆。

「請進來吧！」有坤。

臉帶笑容的走進去自我介紹，

「我是組長專門負責派糧票的，在這裡沒有糧票就沒得吃，你的家庭有十元的零用錢。」

那名男子數好了糧票和錢交給有坤簽收，簽收後有坤向他道謝便走了出去。

這是有坤家庭第一次看到中國的糧票和人民幣。在滯留期間憑票免費取食，每日供應三餐，暫給三天，以後再看逗留的日子長短而定。蓮芳拿起糧票看了說：

「這裡的箝制工作比越南更勝一籌，在越南公安怎樣的管制，民眾仍然有辦法對付正所謂上有政策，下有對策，在這裡看來就大不相同了。」

這是蓮芳進入中國的第一個感想。有坤望了門口一下又望向她，示意她說小聲一點。

「爸爸，我不敢上廁所，廁所好多蟲噢！」光華。

在一九八〇年以前的中國大陸到處都是傳統式的大糞坑或叫大糞池，沒有衛生可言，臭氣遠播，池裡黑色的糞叫人噁心，蛆蟲周

圍爬，看不慣的人會令毛骨悚然，無奈的爸爸只好跟女兒開個玩笑說：

「蟲多就把牠趕走。」她父親微笑地說。

「我好怕！不敢趕牠。」光華。

「光民！去幫姊姊趕蟲。」有坤。

「姊姊！我告訴你這樣哪。」光民。

他彎腰屁股擺來擺去像扭腰舞似的向他姊姊示範，還笑嘻嘻的。

雙親看到活潑可愛的孩子不會因為環境的突然改變而發愁已感到安慰，對他的滑稽動作微微發笑。光華一片苦臉望弟弟不作聲。

「在這裡上廁所都要有技巧才行，太先進了，好！爸爸帶你去。」

有坤找來兩張紙帶女兒出去。走到幾百公尺遠的大糞坑屋附近鋪下兩張紙讓女兒放便，之後包起來扔進糞池裡。

在中國傳統文化裡有兩樣東西最為聞名的，第一樣是吃的，另一樣是痾的。吃的香味和廁所的臭氣同樣遠播中外。

在一連五日四夜的行程中沒有洗過澡，所以到河口第一個晚上洗澡也是當務之急。洗滌處是集體式，七八個水龍頭排在一塊長水泥板上，另外有一個燒煤熱水爐，周圍有四個龍頭供放熱水。已是晚上八時多，洗滌的人逐漸稀少，有坤兩夫婦用剛才分派的水盆在露天水泥場上為孩子們洗澡，幾天污積一洗而淨，舒服地走回去。小孩子可在露天操作，大人當然不行，這裡是咫尺之地，一目了然，但找不到浴室的所在。一名中年婦女正在為熱水爐加碳，蓮芳便向她請問：

「阿嬸，請問浴室在那裡？」

「噢，這裡是沒有洗澡房的。」

「哪你們在那裡洗澡？」

「我們雲南人不洗澡的，恐怕洗澡會惹來傷風。」

蓮芳聽了覺得很稀奇的微笑望住她說：

「我以前曾聽人說中國有些地方的人不洗澡的，我還以為只是傳說，原來真有其事。」嘻嘻。

有坤走回去拿了一塊膠布在一個角落處為太太建造一個臨時浴室，幾天的疲勞一沖而走，好舒服。

當走回去時，組長早已在房門口等著叫他們去開會。

會場是一間小學的操場，他倆進去時數百名當日新到的歸僑已就地坐滿在操場上，數名男女幹部有些穿著藍制服，有些穿平裝，在周圍來往巡視。一名持話筒的男幹部在前面訓話。進去時便聽到：

「……這次越南排華是忘恩負義的行為，過橋抽板，在我們國家長期的支援下，現在統一了就投靠蘇聯跟我們作對，把華僑趕走，我們中國人民在共產黨的領導下過著最艱苦日子期間（意指六〇年初一場人為大饑荒餓死幾千萬人那段時間）都要綁緊褲帶去支援他。坦克，槍支子彈，糧食，藥物，衣物，帽，鞋，從頭到腳的軍需品，源源不絕的運去供應。我們無條件的援助給這個過去的兄弟國總數達三百億美元之多。還有人命損失，尚未算在內（說到這裡有坤突然想起，怪不得在南方捉到一些戰俘怎樣審問也不開口說話，原來就是中共軍），如果早知道有今天，就將這大筆金錢用來建設自己的國家還好過，我政府以前簽下援助給他尚未付運的五百萬美元財物在停戰後不久，越南總理范文同曾經到訪我國，目的是想討清這筆餘數。周恩來總理告訴他說：「戰時的物質是從我們軍中抽調部份給你們的，其實我們沒有多餘的物質，現在戰爭停止了，也沒有援助的需要了」為我政府所拒絕（當時美國之音有播

此消息）。現在就全部留下來以建設今後的華僑農場（一陣熱烈掌
聲）。到今天為止已有總數十六萬的華僑回到祖國來，其中有南越
的，北越的，和各處海上生活的漁民，他們將漁船賣給公社之後就
陸上去建設祖國（聽到賣掉漁船陸上，有坤突然提神的望了訓話的
幹部，他心裡在想為甚麼他們不懂逃去香港呢？），我們還準備撤
回全部一百多萬的越南華僑，不止說是越南，就算是全世界的華僑
我們祖國都可以容納得下。你們回來之後，就是國家的工人，樣樣
有政府照顧，醫療免費，生活必需品國家也以公平方式來分配，不
會像資本主義國家，工人受到剝削者無人道的剝削（聽了這句，南
越回去的華人不約而同的大家心照地相望）。你們的兒女可以免費
讀書到高中，畢業後政府會安排工作，退休後有退休金，年老有養
老金，兒童有國家照顧一切都不用父母操心，這都是社會主義國家
才有，也就是社會主義國家的優越性，如此的國家好不好？」

「好！」群眾。

「大家愛不愛國？」幹部。

「愛！」群眾。

「不過我早已經知道有一小部份人，不是回來建設祖國，而是
想借路去香港，那有這麼容易！」這句話是針對從南越回去的華人
而說的，是因早批南方回去的華人不識時務者隨便向幹部透露目標
被他們視為別有用心的一群加以留意。

開完這場會之後有坤夫婦已知道這條路的艱難程度。回去後默
默相對，有話說不出，因為他們感到實現這個夢想，看來是遙遙無
期。身疲力竭了，有事明天才說吧。

離開過度驚慌的境界，也熬過了一連四夜背未黏過床極度疲勞
之苦，昨夜是他一家人回到祖宗發祥地度過安然無憂無懼的一晚，

起來時周身舒暢。孩子們也幾天沒吃得好，一早起來便叫肚子餓，解決小孩的早餐是當日之急，蓮芳找來糧票交給有坤帶孩子一齊出去公共食堂的河口粉店吃個早點。

在中國第一個早餐

河口粉店是一間小店舖，室內沒有桌椅供應食客之用，櫃台在後段靠近廚房，一碗碗的食物就擺放在櫃臺上。當有坤一家走到店舖門口停下來一望：

「哇！怎麼這個樣子的！」他詫異地說。

室內滿是人，個個都端起一大碗的湯粉站著吃，有些還站在門口以外的地方去。這種情景對於南方回去的人來說真看不慣，而且全是穿著破舊藍褪色的制服，是他所想像不到的祖國形象。有坤一家大小的衣著與他們大不相同，令地方上的人個個都向他家庭行注目禮。當然有坤不能也像他們那樣站著吃，他想了一下對太太說：

「你們在這裡等一下，我回去拿東西來盛。」

他走回去。蓮芳便帶小孩到鄰近店舖逛逛。她發現這裡的商店都是國營，貨品數量不多而且都很傳統的東西。還觀看了兩個修補店，進出的人還不少，他們手裡拿著破衣褲破襪進去修補，這也是料想不到的現象。西貢在淪陷前根本看不到有人穿破衣出街，而這裡每個人的身上都是襤衣破襖，補衣店比比皆是。她開始體會到共產統治下三十年的中國原來如此。在西貢不時會聽到那些地下共幹的宣傳說共產制度的中國人人生活平等，那是真的，大家都在生活在貧窮底線下再窮也沒有了。

有坤提了一個鋁皿走到服務台遞出五張免費糧票，服務員將五大碗湯粉倒進皿裡給他，加上蓋便從人群中走出去。孩子們看見

爸爸捧著一大皿的東西走出來很高興的陪爸爸一起回去展開他們在祖國第一個早餐。中國為了備戰美帝和兄弟邦的蘇修而實行儲糧計劃，所以當天所吃的米是數年前儲藏在地洞裡的舊米，失去了米的香味，顏色也變得淡黃，做出來的粉條自然不能吸引這些從西貢回來的嬌孫。蓮芳拿杓子攤分一人一碗，有坤望了碗裡的東西不敢作聲恐怕影響小孩的食慾心理，望向太太微笑說：

「肚子餓了塞飽才算吧」。

可是對於這幾名祖國的嬌孫就通不過關，光民光凱望瞭望碗裡的東西只拿到嘴邊舔舔就把碗推到父母親的面前；光華剛嘗一口立刻吐回碗裡。

「嗯！這麼難吃的，我吃不下。」

「你們不吃就沒有別的東西可以吃的了。」蓮芳。

有坤一面吃一面望住他們說：

「哪你們要吃甚麼？」

「我要回去西貢喝早茶吃蝦餃。」光凱。

「我要回去吃潮州煎糕。」笑嘻嘻的光民。

「你們剛才不是看見人家吃得津津有味嗎，還在這裡嫌？」有坤。

「這裡是中國呀！那裡還是越南？」蓮芳

「是爸爸啦！要帶我們回來這裡，連廁所都沒有。」光華發牢騷的埋怨父親，他父親看見了孩子們的表情很過意不去，深呼吸了一下，好像有點悔意。孩子們的前程就在父母的足跡裡走出來的，他已帶錯了路。

接受北京電視台採訪

第三天的早上，組長通知有坤夫婦說下午一點鐘北京電視台到來採訪，叫他夫婦找多幾名從西貢回去的同道者作伴。他倆便在同座樓的左近識別了幾名到時一起去。

採訪室是一間臨時借出來的空房，裡面擺放馬蹄形的檯和長凳，兩盞射燈，一部十六厘米（16mm）的膠片攝影機放置中間對向被訪者。三名工作人員，當地幹部四五名在旁協助。座上有約十名的被訪者，有坤夫婦坐在正中面對鏡頭，同排還坐有一男一女在夫婦的兩旁。男的名叫老溫是有坤夫婦在大陸認識的第一個朋友也是日後的得力同伴。門口擠滿了旁觀者。

採訪員拿著麥克風走近有坤向他發問：

「聽說你是越南南方回來的農業專家，你這次回到祖國有甚麼感想？」

「關於感想方面當然很多，只是現在我心情尚未穩定，所以說不出來。」

「你能不能講述一下目前南方的情況？」

「關於南方的情況，自從北越共產黨統治南方之後，就已全面改觀，我不知道你要我講的是那一方面？」

「就關於華人的一方面。」

「自從共產黨進入西貢之後，華人的財產在不同形式不同名稱不同手段之下全部被沒收，之後又被趕進他們所謂的新經濟區，其實就是荒山野嶺，任由自生自滅，很多人都在那裡餓死病死，還沒有被送進去的，就天天生活在精神恐慌的世界裡，因此大家都想轉回中國國籍，希望中國政府派船去撤僑，這就是全體南方華人唯一

的大願望。」

說到這裡婦女們不約而同地嚎啕大哭包括蓮芳在內。一名婦女一面抹眼淚一面哭說：

「還有我母親和很多親人不知怎麼辦？哭……他們隨時都會有被捉的命運。」嚎啕大哭……。

場面很激動，採訪員也暫停一會，鏡頭轉向那悲痛的婦女們去。過了一陣子場面回復正常，採訪員繼續問：

「你有沒有聽到蘇聯船隻在越南海域出沒的消息？」

有坤知道中共最想瞭解的敏感問題，他慎重地想了一下：

「在西貢碼頭常有蘇聯的商船停泊，至於有沒有蘇聯的軍艦停泊在越南海域裡就不得而知。」

聽完了這段回答之後，採訪員回到攝影機去幾個人細語一番後再繼續最後一個問題：

「你可以講述一下你們從南方回來的過程嗎？」

「在這裡我也順說一下，自從越共進入西貢後，大家都各有不同的方式從海上逃亡，但從陸上逃回來的，就差不多同一個形式，就是給金塊給包辦的人，他幫搞路條到河內去探親，到達河內車站時，便有人帶上老街列車，列車抵終站後大家便一起渡河過來。在渡河之前還有不少人被越共公安警察搜身榨金條。」

「好的，我們會將你們剛才的意見從電視上播出去，希望我們政府從這方面去考慮。」

這場採訪很容易激起悲傷的場面，而且道出的事都是罵共產，與中共有息息相關，所以採訪時間不長，大約半小時左右便結束。數天後在北京電視台播出，並得到北京政府的回應。約在兩個月後，中國政府派出四艘船到西貢去撤僑，僑務委員長廖承志親自到

廣東去送船（難民當時在美國之音收聽到），但為越共政府所拒絕不得進入海域，四隻船只好停留公海多時。期間帶給南方華人很大的騷動，不少華人將房屋賣掉天天出去白藤碼頭盼望船隻進來，可是最後還是一場空。當時正在廣州進行爭鬥要離開中國大陸的有坤知道此消息後感到非常內疚，後悔他對北京政府發出撤僑的呼籲。

第四節　去昆明

車上巧遇

　　河口是個山鎮地方不大，過河的人數每天還不少，故不能久留。已經逗留了六天的有坤家庭得以打發離開河口，下一站地點是昆明，同日離去的有兩大批，一批乘搭火車，另一批則乘汽車，其中有有坤家庭在內。列車共有六輛，每輛有四十多個乘客，每部車都有一個佩帶醫療藥箱的女醫療員隨後。

　　雲南是個崇山峻嶺的省份，列車沿著懸崖峭壁彎彎曲曲的山路，穿上雲層，雲在山腰凸顯出一個個的山頂便是俗稱的雲海，令人有騰雲駕霧的感覺。過去只從畫中認識，現在有坤竟然身歷其境，可說是難得的機會。但懂得欣賞的人不多，個個都閉上眼睛疲憊地挨靠背椅頭隨車擺，蓮芳和小孩們也不例外。一個奇怪的是，坐在有坤旁邊是一位個子矮小的老人，在雜談中，他突然說起一件事，他說在一九六幾年時，國民黨曾經派過一批間諜越過越南與雲南的邊界進入中國，這個計劃早就落在中共的反間手裡。當他們剛越過邊界時全部就擒，全部遭槍決，其中有一個還高呼中華民國萬歲便壯烈犧牲。有坤聽了這小段故事好久不作聲，心中好像有著難以告人的心事。原來這件事曾經與他有過關連，事情是這樣的：

　　約在一九六三、六四年間，有坤的哥哥有一位非常要好的朋友，有坤也叫他做義兄，他的為人很不錯，家人都視他為家庭中的成員。有一天他對有坤說：「中華民國有一個組織是派學生回去大

陸讀書，在那裡生活很好，不過要有使命的，要是你認為有興趣的可寫一份履歷交給我，如合選的話便有人約去面談」。得了此消息，有坤想了多天，見於當時家庭環境太差，書不成讀，工不成做，百般厭倦下終於寫了一篇履歷交給他的義兄。此事給他哥哥和父親知道後便力加勸阻，義兄見狀也作吧了，以後也無下文。惟有他們之間共同相識的一位朋友名叫主義，是無親無故的單身漢則得到訓練，事後被送回去大陸，剛越過邊界時就遇不幸。也聽說就義前還高呼「中華民國萬歲」。兩個傳說實為一人。原來他義兄所工作那間工廠就是中共援助越共南侵的間諜巢穴，西貢淪陷後才完全暴露出來。其中在廠裡做經理的劉德，還得到華國鋒派專機接回大陸。當有坤被羈留在財貿處時還曾見到他，只是沒機會打招呼。廠老闆和其他的夥計，也先後逃到美國去。由此可見，美國不僅是難民之家，同時也是共產間諜的庇護所。會否有一天共產黨在海外的間諜又以類似手法去毀滅當地的自由民主制度呢？由於今天全世界的華文傳播媒介其中包括中文報紙，中文廣播電台以及電視台，都已被共產黨所收買，以堵截愛好自由民主的華人對共產黨的批評。全世界愛好自由民主的人們及各國政府對這一點不得不加以注意。

中途午餐

　　一山過一山蜿蜒曲折地爬了半天，路過一處有如屋脊似的山峰，那裡比周圍的高山為矮，山頂是一幅有約一公頃稍平之地，上面建築一間有四個課室，一個教師宿舍，一個廚房的小學學校，車隊就在此停下來讓大家解解困，抖擻筋骨和補充能源。在用膳之前有坤站在路旁欣賞難得一見雲南省大自然風光。望向周圍是一個個大小高矮參差不齊的山峰，山腳被白雲所覆蓋，站在前面不到一公

尺便是峭壁深坑，有坤吩咐他的小孩不要站得太出，小心玩耍。路邊長滿了野草，只可惜沒有可以順手採摘的野花。正在心曠神怡中那位老人家走到有坤身邊問他說：

「你懂得這是甚麼草嗎？」老人指向那棵草而問。

有坤蹲下去留神地看，怎麼會有一條如筷箸大小的蟲蜷曲在一根草的末端呢？他看了看說：

「我沒見過這麼奇怪的草。」

「這一棵呢？」老人指向另外一棵問他。

這棵與剛才那棵是一樣，不過末端不是蜷曲的蟲而是如絲似的草花，有坤看了也搖搖頭表示不懂，老人微笑地說；

「這就是冬蟲夏草喇！因為現在已屆夏天所以有部份開始由蟲的形狀散開成為草，是很貴重的中藥來的。」

「噢！冬蟲夏草就是它，聽就聽得多了，可是見就沒見過，原來如此。」有坤很詫異地說。

「你翻開這張葉的背面看看。」老人指向附近的一張葉叫有坤看。

這是一張有如兩個手指大小的葉長在一棵小灌木上，有坤把葉子的背翻過來，又看見一條蟲附在葉背上。

「這個我也沒看見過。」微笑回答。

「五倍子囉！也是名貴的中藥材之一來的。」

「五倍子也聽過多了，現在才得見它的真面目。五倍子不只是中藥，在某些工業化學原料裡也有它的名字。」

這位老人對有坤來說實在得益不淺，正所謂知者是寶，不知者是草。雲南真是滿地寶。午餐弄好了，剛好正午，負責人叫大家去排隊用膳，就像自助餐，但食式只是單方獨味的湯麵，一碗碗擺放

在地坪草蓆上，各端一碗隨處而吃。有坤找到一塊石板便一家團聚品嚐高山湯麵。小孩們也肚餓得很了，饑不擇食怨聲暫時低沉，以享受雲南大自然的野餐風味。

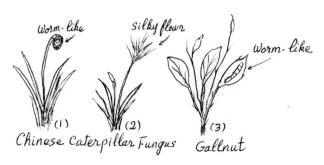

（1）冬眠的蟲形，（2）如絲狀的夏草，（3）葉背蟲形的五倍子。

度宿開遠中途站

午膳後車隊繼續行程，仍然在窄狹險峻蜿蜒曲折山腰間穿插行駛，中國當時尚未有高速公路尤以雲南又屬中國的高山地帶，要築起一條高速公路更不容易，車速可比作龜爬，而且司機經驗要豐富才能勝任。駛足一天還不到兩百公里。時將屆黃昏便在中途的開遠度宿。開遠是個小城有規模較大的旅行宿舍，有坤家庭分配到一間有三張床的房間，算是舒適。這裡也有充沛的熱水，晚膳除了白米飯外尚有魚有肉有菜出自廚師之手，招待夠熱情，不過同行者絕大多數是飢餓已久的來客，看見香噴噴的菜餚便失去自我約束的理智，醜態百出。

翌日繼續行程

在開遠的招待很不錯，房間清雅乾淨，晚餐豐富，第二天臨走

前還有白粥鹹菜和饅頭的早餐供應。車隊離開開遠繼續北進，從這裡到昆明這段路沒有昨天那段那麼曲折驚險，高山也較少，係屬高原地帶，沿途可看到較多的農村。一連兩天都是晴天，但仍然是薄雲覆蓋難見青天，終年如此，雲南的名稱由此而來吧。雲南雖是高山看不到平地，但並非是花崗石一類光禿禿的石山，到處都長著青蔥蔥的樹木或青草，還保有廣大的原始森林，據說慈禧太后的棺木都是從雲南所採的。中午時路經一個小站，列車停下給大家鬆懈，只分派中式餅乾和冷開水供應，沒有燒煮的午餐。

昆明市郊

由半途已出現稀疏的農村漸漸變得越來越密集，過了半小時便進入昆明郊區已是下午四時左右，兩旁均有廣大的菜地，農民是集體式耕作，有些在收割，有些在施天然肥，人們進城前必須先嗅嗅具有中國特色的天然肥水風味，有人能忍受，有人想作嘔，不一會便進入市區。

空軍招待所

空軍招待所是一座五幢樓高長型的大旅館。有坤家庭分配到一間有四張床的房，每鋪床都有墊褥和棉被，一張日字檯四張椅，沒有洗手間。小孩們一進去就各據一張蓋上軟綿綿的棉被先享受一番，因為西貢是熱帶地方終日流汗，小孩們從來都未見過如此溫暖的棉被，覺得很新奇。夫婦放下行李，望那沒有陌生畏縮感的小孩們，心裡感到快慰。時將屆陽曆六月，在西貢氣溫都在三十二度左右，但在昆明卻是上下十五度，對西貢回去的人自當覺得是冷，但對於昆明居民來說就是非常暖和。一名穿格子長袖襯衣，留孖辮

子，藍色西裝褲的女年輕服務生，拿著一個大暖水壺走進去把它放在桌子上，蓮芳好像不問不快的：

「姑娘，現在都將是西曆六月了，怎麼還是那麼冷的？冬天不是凍死人嗎？」

「不！這裡冬天也不會下雪的，穿多一件外套就行了。你的普通話說得很好，是不是從中國去的？」」她感到愕然和微笑的回問：

蓮芳跟她開玩笑的說：

「是啊！不過是好多代以前的了！」笑嘻嘻的。

「這麼多代了還會說，而且還說得那麼好。」

「我們是從南越西貢回來的嘛。」

「噢！南越的華人都會說普通話的是嗎？」

「是啊！不單止會說還會寫呢！」

「哪太好了！」微笑走出去。

旅館的每一層都有公共廁所，是蹲式水廁，算得上是乾淨衛生，但一間可住五百人的大旅館卻只有唯一的一間浴室在底層，裡面有四個間隔，而且還是兩性共用，不問而知昆明也屬不洗澡的一族了。

遊昆明市

昆明是雲南的省會，讀地理時已經熟悉，日常生活裡也常聽到，這次回去是個大好機會給有坤認識一下它的真面目。他穿上大套西裝，太太和孩子們穿著平日在西貢所穿的平服，但看起來就與當地人的藍色制服截然不同，走在街上路人個個駐足觀望，猶如大人物出遊的場面。昆明街道有一個很特別的衛生設施是在行人道上，每隔一百公尺便立有一條矮柱，柱端放置一碗水供人吐痰，如

此可免除有中國特色滿地是痰的醜譽。可是會令路經的外國人一見滿碗是痰當場作嘔，會嘔出更多的痰來。在這裡使我想起中國人是個特別「健談痰」的民族，我們不得不承認這一點。從文章上經常看到某某人有件事如痰上頸，不吐不快。滿清時代的外交官李鴻章出使英國時，在國宴中老人家痰上頸不吐不快，哺！一聲把痰吐在國宴賓館的地氈上，醜態傳天下留千古。毛澤東和鄧小平的客廳及辦公廳也離不了痰盂的陪伴。

鄧小平與華國鋒的會談，茶几下就有個痰盂

　　還記得我年少時經常為到訪的客人掃痰。方法是在客人走後拿來火灰（木炭灰）撒在痰上，然後用掃把（帚）掃來掃去多次之後掃進剷子剷掉。又約在六〇年代以前，世界最大的華埠，越南堤岸（Cho-Lon）的中國餐館滿地是痰的醜態處處可見。後來政府下令每張餐桌底下必備痰盂一個，四周圍的牆壁上要貼上警告字句「禁止隨地吐痰」。今天已進入二十一世紀，痰在外國的唐人街街道上仍然斑斑可見。甚致還有把痰噴到別人身上的失禮醜態，筆者夫婦曾是受害人之一；還有一次有個白人婦女在唐人街上走過時也曾領

受過，這個絕醜的壞習慣，確令華人臉上無光。直到二零零三年的五月，香港，廣州，上海的街道上仍然有著好大的一個禁止隨地吐痰的警告牌，由此可見中國人實是「健談」。

俏皮的光民走近去看個究竟。

「爸爸，這些水是不是給人家喝的？」

「不是用來喝的！是給人家吐痰的。」

「哎呀！骯髒死了！」光民立刻跑開。

昆明百貨商場是一間較有規模的多層大廈，人頭擁擁。女性的服式多數是藍色制服，也有部份穿有花格子襯衣；男的除了藍色制服外還有不少軍人穿插其中。貨式很多，不過都是傳統式的貨品，如布料、裁縫檔、文具、日用品。賣相機櫃裡擺設的相機都是國產品，也有單鏡反光（SLR）的三五厘米相機，客人經過只望不問更不買。鐘表檔還不少人在挑選，但只限於國產。另一隔所擺設的瑞士名牌就無人問津，因為每只的價錢都在四百元以上，一個普通工人一年的工資還買不到一個。電器檔擺有中小型的半導體（Semiconductor）手提收音機，和一些會場用的擴音機，沒有音響。雪櫃部陳設幾部家庭式的雪櫃，更無人詢問，因為當時的中國人家庭尚未達到擁有私人電冰箱的生活水平。櫃檯收銀全部以算盤為計算工具。

昆明賓館

第二天的傍晚，有坤一家剛用完晚膳在休閑時，門口來了一名司機說邀請他夫婦去賓館。蓮芳連忙吩咐小孩不要出去亂跑，到時就要自己睡覺等事宜。兩人便跟隨司機下去，坐上一部上海牌私家車到賓館。這是一間專門用來招待大人物和外國嘉賓的賓館，佈置

得不錯，當他夫婦進去時，裡面已坐著五個人，一名是幹部，兩名是婆灣（Cat-Ba Apowan）島回去的漁民夫婦，另兩名是美國紐約時報的新聞記者夫婦。有坤夫婦本是應邀訪問的，可是記者訪問那對漁民夫婦的時間超時，因而有坤夫婦也變作旁聽者。記者的太太是中國人，記者本身是個六十多歲外表像是正宗的美國人，但在他的會談中猜測或許是帶有中國血統的美國人，能操一口流利的國語。因為那對漁民夫婦遭受到北越排華事件的虐待，便一家舉帆逃回北越沿海，把船賣給越南海產隊後陸上回國而被安排訪問。他倆以血的控訴，採訪後的錄音談話在北京廣播電台連續多個晚播出，以作為呈示越南排華的佐證。

這場訪問的確是長氣，只訪問一對夫婦就足足去了四個小時有多，記者的太太在旁邊閉上眼簾，有坤夫婦也不耐煩地支撐到子夜。回到房裡孩子們已很乖地各自上床睡覺了。雖時子夜但夫婦仍然未能入睡在桌的兩端各倚牆而坐。蓮芳很無奈地說：

「後天我們就要被分配到各地的農場去了，怎辦？」

有坤也無奈地深呼吸了一下說：

「見步行步，聽天由命。」

「前兩天我在河口時遇上兩家北越漁民，我巧妙地查知他們的漁船在進入中國之前，將它賣給越南海產隊後才陸上，真可惜，有船不懂直頭去香港。」蓮芳。

「他們都不知道甚麼叫做國際難民，更不知有國際難民營一事，我也曾經試探過一些北越漁民，他們都說怕香港公安當他們是間諜捉去打靶（在共產國家裡外國人偷越國界往往都以間諜罪判以死刑）。」有坤。

「我們再試圖找機會私下商量。」蓮芳。

「如果在北越尚未進入中國之前遇到他們還有商量的餘地，現在才遇到，一切都是為期已晚了！」倆相默默對望。

分配農場

在昆明過了兩夜，第三天的早上組長拿來一疊紙條分發給各個戶主，上面寫著所要去的農場。當戶主們接過紙條時，驟然起了一陣嘈雜聲，大家都說這些地名從來都未曾聽見過，還互相查問對方的去處，蓮芳也很心急的問丈夫：

「我們被分配去那裡？」

「福建常山農場。」

「哇！老天爺，給我們去那麼遠的地方。」

蓮芳從丈夫手中取過來紙條看了看，好像心有不甘的。

「不行！我要去跟辦公廳主任說個明白。」

夫婦倆走出去，經過一個長長的走廊到了一個臨時辦公廳裡。

「你們有甚麼事？」女秘書問道。

「我們有個問題想跟主任先生談談。」蓮芳回答。

「好，進去跟主任說吧。」

兩人便到主任的桌前，桌前並無坐椅只好站著談：

「有甚麼問題？」主任問。

「主任先生，請你編給我家庭去廣州吧。」蓮芳說。

「你的家庭是分配去那裡的？」

「原本是福建常山農場。」

「不行！不行！分配去那裡就要去那個地方，不能隨便更改。」

「我丈夫是專門機械化養豬養雞人才來的，聽說在廣州有個很

具現代化的養雞場，如果給我們去那裡不只適合我丈夫的技能，而且對國家也有好處。」

主任聽了蓮芳這番游說，便突然提起神來問道。

「你丈夫懂得機械化養豬養雞嗎？」他以奇異的神態望著蓮芳，又望向有坤，有坤面露笑容迎接他的眼光。

「是呀！他是專家來的嘛。」蓮芳加強語氣稱讚丈夫。

主任想了一下便點點頭說。

「好！你家庭就去廣州吧。」

他吩咐秘書寫了一張分配去廣州的紙條交給蓮芳。接過紙條夫婦喜極地向主任道謝便快步走回去。雖然以後的路途仍然十分艱苦多難，甚致幾乎絕望，但畢竟他倆的衝勁已帶給十幾萬人離開共區的一個轉捩點，要是他倆乖乖地進去常山農場的話，這十幾萬人尤以北越華人佔最多，能否到世界各地去享自由，抑或像印尼歸僑一樣落地生根。他倆回到房裡三個小孩焦急在等，光華說：「剛才有人來催快點下去集合」。夫婦背起那三袋簡單的行李，手攜小孩就走。在大廈出口處有數名幹部在指點到有關單位的車輛。約半小時後人群全部上車，車隊開往昆明火車站。這個西南鐵路交通要點，規模很不小，只是建築和設備是清末或是民初時代的，較為陳舊。

第五節　去廣州

廣州途中

　　按照不同目的地，上去不同的車廂，車廂的確乾淨，女服務員彬彬有禮，為乘客整理雜物，斟茶送水，態度親切殷勤。有坤在小九上撑著腮看了一會，便從牆上取下「意見部」寫了幾個讚揚的字句以資鼓勵。不稍半個小時，意見便在廣播上播出：

　　　　這是我第一次在祖國乘坐火車，車上很整潔，服務精神可嘉，已符合了國際水準，跟那又髒又臭，又擠迫兼無人服務的河內火車相比之下，實有天淵之別。
　　　　更上一層樓！
　　　　越南西貢農業技師項有坤

　　中國是個山多平原少的國家，一路上兩旁都是高山峻嶺，間中才看到山腳下有幾塊小田，身穿破衣頭帶笠帽的男丁婦女們，在田裡集體插秧。每當看到水牛，光民總是大聲喊他爸爸或姊姊看牛，並嘆說他還未騎過牛。

　　火車噴出濃煙和炭灰，經過山腰田野，駛過橋樑鑽進山洞，不見柳暗也看不見花明，卻是又一村（Quote the Chinese poetry）。途中停下不少站以加添水和燃料。每站除了鐵路工人外，並無小販兜喊。車廂裡的空間雖比在越南時要寬得多，但要支撐四日三夜不得

躺床的路程也實在不易受。這段艱苦的歲月總算熬了過去，但只不過是前程中暫告一個段落，以後還要面對更多更艱苦的挑戰。

三元里華僑招待所

火車進入廣州車站，已是晚上九時，這裡比昆明火車站更具規模，建設也較合時，還有階（梯）級式電梯設備，但沒有啟動。人群拖男帶女，擔的擔，挑的挑，由石梯級走下。出了大門，便由每一隊的隊長帶領上去排候中的車隊。列車開往三元里，經過不少街道，有坤身體雖已疲憊，但這個中國南方最大的城市，早已聞名邇遐，現在居然能身歷其境，他盡量把握時光不輕易疏漏分秒，四周觀望，他對廣州的第一個印象，覺得廣州街道相當寬敞，但樓宇不高，而且殘舊，車輛極少，更看不到任何一處有廣告燈光，很多建築物的頂部或牆上都寫有「世界無產階級團結起來」等，與資本主義作死對頭，大決戰的大標語。整個城市死氣沉沉。由一個不眠之城變得如此寂寞單調，實在令人匪夷所思。車隊徐徐開進三元里華僑招待所後，由領隊和幹部分批帶進膳堂吃宵夜粥。一個個大飯桶裝盛滿滿的稀粥。又勾起了有坤年幼時的一陣回憶。他在鄉下時每當農閒期，村裡的青少年在武師的指導下，以明月為燈集體在月下習武，經過數小時的打練筋疲力盡後，將屆午夜時，一桶桶的宵夜粥搬出來給大家補充能量。此景一晃就幾十年已過。現在幾個大飯桶又在他眼前亮相，難怪他睜大眼睛看了好一回才坐下與家人同「食過宵夜粥」，不過這餐不是習武時的「食過宵夜粥」而是逃亡。

膳堂裡秩序很混亂嘈雜，有小孩打破碗弄到一塌糊塗。在熱鬧氣氛中，櫃面上所擺設的一座殘舊五管交直流式（5 tube A/D）收音機也同時播出歌頌華國鋒的粵曲來湊熱鬧。一間可容數百人的食

堂只陳設一部家庭式的電冰箱，目的是向歸僑揚威，但實得其反卻是獻醜，顯示出中國的貧窮落後。雖是稀粥，但配上一些可口的鹹菜，大家也吃得津津有味。正當胃口大開時，一名幹部拿來一個空洞話筒走進來站在堂前向大家致歡迎詞：

「同胞們大家好！你們坐了幾日幾夜的火車相信都很累了，「吃過宵夜粥」之後，可以回到已經安排好的房位去休息，明早會有餐票派給大家，一天有三餐，後天便有人來接送到祖國的各個華僑農場去為祖國建設。吃飽一點，大家晚安。」

很好的一段歡迎詞說完後便走出去。有坤目送幹部，無言地望向太太，又轉望隔鄰桌看看他們有否反應。噢！真巧，在越南火車途中遇到那個默默無言的華人家庭，怎麼不約而同的又在此地相逢呢？大家都覺得是奇遇的機緣，兩家人互相對望。有坤夫婦向他們展微笑以示打招呼。對方是一對年輕夫婦，太太懷抱著一個約兩歲大的男孩，和三名年約十三、十五和十七歲的小姨。臨走前有坤前去跟那名男子打招呼，互通姓名，他姓吳名叫阿銓（Ngo-Toan）。

第六節 為理想而鬥爭

第一次坐談會

　　一連數日數夜的車程，實在太累了，直至幹部進去派餐票有坤才醒來，他把家人叫醒作吃早餐準備。一個簡單的早點過後，回到房裡，夫婦開始為明天就要去農場的事而慌張。簡短的商量後，便走去找昨晚剛相識的吳姓家庭商討意見。他也住在同座樓只隔兩間，他那間房裡面有六張床，有些是單人床，有些是雙人床，還有一張日字檯，熱水壺，茶杯，四張椅。除了阿銓家庭尚住有一家三口的六叔。六叔年約五十，太太四十多，她抱著一個由小老婆所生年約三歲的小男孩，也是南方人家庭。小老婆與其親人住在另外一間房。又是那麼湊巧，在河口認識的那個老溫，離開河口時就不知他的去向，竟然又在這裡相見，難得地大家在一起商談。房門口是道走廊，人群來往如鯽有所不便，就坐在最內的幾張床邊好像閑談的樣子。有坤開門見山的說：

　　「明天就要進去農場了，大家有甚麼打算？」

　　第一個搶先回應的是吳銓的太太銓嬸。

　　「哎呀！無論如何我也不進去這些農場，從河口（He Kou）一直到這裡所看到的農村，真是嚇死人，我這麼瘦怎能拿得起一把鋤頭，怎能挑得起一擔屎尿，我聞（嗅）到這個味道都嘔到要死，還要說去挑它，進去不到兩個月我就嗚呼哀哉了！（大哭起來）……我真是走錯了路了！哭……」

六嬸，蓮芳也忍不住哭成一團。蓮芳還帶淚說：

「不錯也都錯了，現在怎辦？」

銓嬸哭帶氣憤說：

「死我也不進去，死在這裡死還多幾個人見。」抹淚擤涕。

「今早有個從農場特地趕出來看我們的人，我問他關於農場裡面的情況，他說在裡面被管制得非常嚴，幹部個個都是凶巴巴，看見他們的臉孔就害怕，幾乎全部進去的人都是抓7。只有一兩個稍為懂字的就在場部幫教書，工資也同樣是廿九元人民幣。食的不再像這裡有魚有肉，是吃自己的，二十九塊，柴米油鹽醬醋茶燈光火亮都包在內，還能吃甚麼？白飯青菜有得捱。兩夫婦做又要養活小孩的話哪就慘了！」六叔。

「抓7是甚麼？」有坤問。這是他首次聽到的新名詞。

「拿鋤頭囉！（大家笑起來），總之比勞改營要好一點就是真的。「自由」兩字已經賣給收購站了！」六叔。

其中有位同道者發問：

「在河口時幹部不是說得很好嗎？」

「阮文紹總統說得一點也沒錯，不要相信共產所說，要看清共產所做。」六叔。

一陣無奈的氣氛之後，有坤問老溫：

「老溫你怎樣打算？」

「想做牛就進去喇！」

「如果不進去！哪應該怎辦？」

老溫答不出來，停了一會。

「我不管他那麼多，剛才我打了個電話去香港給我的親人，現在我要在這裡等他們來見面。」老吳。

有坤：「只是一個家庭留下也不是辦法，留得一天留不得兩天，始終會被迫進農場。」有坤。

大家正在無聲之際，抱著小孩站在房門把風的六嬸看見巡查公安徐徐走來，她敲了三下門板，大家都裝成無所事事的狀態。不一會一名便衣公安經過停下來望進房裡，他看見兩名婦女在抹眼淚不問而知，這是離家的悲傷淚了，調頭而去。有坤繼續說：

「必須要有很多人在一起，大家齊心合力，這樣才有辦法可想，行動才會有效。」

「好！大家就分頭去通知所有南方來的，誰不想進農場就請他留下。」老溫義不後人地搶先說。

在場者都非常同意，並齊聲響應此一號召。看見如此熱烈的反應，給有坤很大的鼓舞，第一次座談會就暫此結束。

三元里收購站

散會後大家分頭進行之餘，夫婦便到樓下收購站看個究竟。窗口裡面有男收購員兩名，窗外排著一大堆北越歸僑青年，他們手拿的都是南方人們熟悉的電器，手提音響和瑞士、日本腕表之類，明顯地都是從南方買回北越後現在帶來賣給收購站以應生活之需。一名收購員在檢驗一個腕表搖了搖，聽了聽然後說：

「這個是瑞士表，不過已經舊了只值兩百元（人民幣）。」

那青年凝視想了一下，並不還價便點頭說好。收購員點了錢交給他，他數也不數就拿走。

接上去的一名青年遞上一個新簇簇有盒裝載的日本精工表，收購員打開來看，無容置疑這是個新表，便對賣者說：

「這個日本表只值六十元。」

賣者凝視收購員，像不忿氣地說（北越口音）：

「這是原裝日本表，我從西貢買帶回河內，沒幾天就帶過來中國，都未曾用過。」

「日本表都是值這麼多而已。」

「這樣的低價我就不賣囉！」說了便走。

另外的一名收購員正在賞識一部單喇叭手提收錄機，看頭看尾並試音，之後說：

「這部機值一千五百元，還有這些錄音帶每卷十元。」

賣者聽到一千五百元內心高興到不得了，只想在錄帶方面討多一點。

「這些帶都是很好聽的歌來的，可以給高一點嗎？」

「這些歌我們都不聽的，買回來洗掉再灌上我們國家准許聽的歌曲。」

賣者也不多求了便答應。把錢接過來喜上眉梢的笑。一部收錄機和十盒帶共得一千六百元人民幣，這個數目對於一般收入只有三四十元的普通工人來說，真是不小啊。這些初期的手提收錄機在西貢並非高級的電器用品，怎麼在中國卻是那麼值錢呢？更離譜的是，有個賣者拿來一部非常老式的台置型錄音機，收購員居然給他二千四百元人民幣。而一九七八年期間人民幣與美金的比值二元換一美元，如此的價錢就相當於古董的收購，夫婦看了微微作笑。有坤低聲對太太說：

「他們是第一次看到這類東西，胡亂給價。」

接下的是一名騎著一部意大利產的威士巴（Vespa）機動車，青年要求估價，收購員走出去叫車主打著火，他繞視一周後說：

「值七百元。」

「老天爺呀（越語）！我從西貢帶回河內，又從河內帶到這裡費了我多少氣力才給七百元。」

「這種車在這裡是不實用，如果你不賣給國家，私人是買不到油來用的。」便走回去。

這部車當時在西貢仍然是貴重車輛之一。起碼也等於五十部手提收錄機的價值。可是在當時的廣州還不及半部收錄機的價格，說來真怪。這不外是閉關自守的後果，對外面世界一無所知。

看了約半小時這場收購之後夫婦倆便離去。值時有數名北越女子經過，口出粗語（越南語），夫婦向她們投以奇異的眼光，怎麼身材窈窕貌美的小姐卻口是那麼粗的？有損少女的天然美態。男人的審美眼光，除了外在美之外，更要口甜溫柔體貼的內在美。

收購站外的交易

一九七八年期間，除了農民的露天農產品自由市場之外，所有的貨物交易一律歸國家管理，私人買賣屬於違法行為。「三元里華僑招待所」一般簡稱為三元里，位於廣州郊區，門前是條柏油路，對面有一間蓄電池工廠。周圍以外的便是一片廣闊的菜地和幾個小水塘，還有一個糞坑式的公共廁所，出入三元里的人潮擁擠流流連連（國音讀為柳柳練練）絡繹不絕。夫婦倆走出了拱門駐足望向周圍欣賞一下廣州的市郊風光。肩挑農具來往的農民還不少，一輛手扶拖拉機拖著一個滿載蔬菜的車兜從他倆面前走過。接著後面來了一名竭盡氣力，韁繩繞肩拖著一架滿載蔬菜牛車的婦女，徐徐而來，她太辛苦了，可是愛莫能助，只有投以同情眼光。跟在後面又來了一名男子拖拉一架類似剛才那名婦人的平臺牛車，但這一回車上所載的不是蔬菜而是一個個有蓋蓋住的木桶，每當路過人們身

邊大家都掩鼻扭頭快步避開，桶裡乾坤不問而知了，它是「便」，或說田裡共同出來的米，在中國被列為國家的財產，無許可證不得挑取私用。眼看這些國寶步步逼近，他倆敬而遠之闊步離去。走了幾步迎面來了四名青年，有穿格子襯衣，有穿藍衣，布鞋塑料鞋球鞋。夫婦倆與那四名青年互相投以友善眼光，大家便駐足打個交道，一名青年問道：

「你們是不是從越南來的？」

「是呀！」蓮芳回答。

「從西貢來的是嗎？」另一名青年問。

「你怎會知道？」蓮芳問（微笑）。

「看你們的打扮和衣著便知道了嘛！跟香港人的裝束一樣，你們走錯路了！我們正在想找路出去，你們偏要竄進來。」一名青年說完之後苦笑。

有坤聽了無可奈何，苦笑以對，心中在想，正如俗語所說，天堂有路你不去，地獄無門偏要來。

「你們是學生？」有坤問道。

「哪裡還有書讀？最幸運也只不過得在城市裡當工人而已，做了幾年工衣服都沒有一件好的來穿。」其中一名回答大家笑嘻嘻的。

「好了我們走了！公安不許我們與外界人接觸的。」說完，四人急急離去。可怕的白色恐怖世界。

夫婦目送這四名有同情感的青年背影，自己也繼續前進。

走了不多遠，有一名青年從後面跟上去同夫婦倆走在一起，不經打招呼，那名青年就問有坤說：

「你的手錶賣不賣？」

有坤望了那名青年一下然後回答：

「你給多少錢？」

「我們坐下才慢慢談吧。」

三人便坐在路邊石磐。有坤在中間，左手橫架膝蓋上讓青年可以看見手上的表，大家裝著像聊天的樣子，青年看了看後問：

「這是甚麼表？」

「這是日本東方牌最尾期的神仙魚。功能是自動上練，可以防水，有星期日期，我們叫做雙曆表。還有夜光，畫面是藍色，鏡面很厚像是水晶玻璃，裡面那條神仙魚驟看有如在水中似的感覺。」

有坤說完，那名青年尚未發表意見便急急地說：

「公安來了！」

有坤輕輕把衣袖一拉，蓋住了手上的表，大家東瞻西望。一名赤腳戴笠帽的中年農夫，在幾十公尺遠路上徐徐向他們走近，那人望了他們一眼。蓮芳故意打亂他的注意力說：

「今天天氣很好，沒下雨。」

「是的，沒雨下，陽光又不很猛烈，真好。」有坤作一應一和的說。

那男子從他們面前走過了，但大家仍然盯住他的行動。那名男子走了不多遠看見前面有幾個人似在進行一項交易，他們並不醒目的識別這名男子的身份而提防，還在繼續行事。那男子也如過路人一樣不加留意以免打草驚蛇靜悄悄地走到他們身邊才突然停下，一手就抓住那名正與別人交易的本地青年，把他拉開，手上還拿著一個表，農夫命令他把雙手合近來好讓扣上手銬，農夫左手又從衣袋裡拉出一條紅絲小繩子，縛在自己的手臂上以示他是公安在執勤，並教訓那青年一番：

「你在搞投機倒把，破壞國家經濟，走！」一聲喝令把那青年帶走。

眼看公安走了，有坤繼續他那場未完成的交易，剛才聽過手錶的功能之後青年便問價：

「你要多少錢？」

有坤在想，那隻全新精工表只值六十元，如果這隻表賣給收購站頂多只得五十元，就隨便開個價吧。

「二百八。」

青年叫有坤拉開衣袖讓他再看清楚些，他看了看之後說：

「二百。」

「二百不行，最少都要二百三。」

「二百二行不行？」

有坤想了一下子說：

「好！就賣給你。」

「帶去對面水塘浸水試試看。」青年說。

三人起身越過馬路向對面菜地裡的水塘走去。

三人蹲在水塘邊洗手，青年把表浸在水裡攪動幾回又停留一陣子，之後再帶上手腕去約兩分鐘以觀察有否進水的跡象。他看了看。

「沒事嘛？」有坤說。

一輪的驗證後，青年感到很滿意說：

「到廁所裡面去還錢。」

一個古老式大糞坑廁所，離水塘不遠，三人就像解急似的走過去。蓮芳站在廁所外面，有坤和青年步上階級走了進去。廁所裡只得他們兩人。青年把錢數好了交給有坤，有坤也把錢點清才放進袋裡。一場愉快的私人交易完成後，青年揚長而去。有坤夫婦也離開

菜地繼續他們的前程。這是在廣州的第一天上午，對這個城市環境完全陌生，巴士路線又不熟，這次出去只是想瞭解一下三元里附近的周圍而已，因為房間裡尚有三名小孩同時也將屆午餐，所以只走了一段路之後又折回去。

在毛澤東掌權時代，私有和私人貿易是刑事罪，觸犯者輕則被送去勞改營再教育，幾時有命回來才是人；重則很可能被判處極刑。不要說是觸犯者，就算提倡者也不行。正如劉少奇因提倡人民應該私有和私人貿易，竟然被打成工賊和走資派，被拉出去遊街示眾，最後被虐待致死。

可是到了鄧小平掌權時，即提出他的「貓論」，說人民應該私有和私人經營，又讓一部份人先富起來（這一部份人是高級共幹的子弟和家屬），一洗過去對這方面的嚴刑峻法。如果嚴格來說鄧小平就是共產主義的大叛徒應該是死罪。這也說明了在共產黨和共產主義國家裡，掌權人的話就是憲法和法律。換句話說，憲法和法律就是出自掌權者的口，打橫打直說都可以。在世界上很多國家的法律所定，人民造反必定死罪，尤以在共產國家更甚，還要誅九族。可是毛澤東為了要鏟除他心腹中的敵人，鼓動工人學生起來造反鬥爭，竟然倒轉來說「造反有理」。由此可見在極權國家裡，憲法如廢紙，掌權者翻是雲，覆是雨，政治之事隨其喜怒哀樂而定，還不是兒戲嗎？

自從共產黨佔據中國大陸後，就犯下一場不必要和不應該有的史無前例大災難，並令中國在世界上走遲了三十年，這場災難的群謀當中鄧也是主謀之一。他的所謂改革開放，只不過他有所覺悟到共產黨已把中國人民趕進了死胡同（巷），不開放共產黨就會滅亡，這一點鄧小平說得很清楚，正如他所說不改革開放就是死路一

條；又如天安門事件，為了維護少數人的特權就要保住共產黨免於滅亡，竟以殘忍無比的手段去對付那些手無寸鐵的和平要求改革者。一個僅次於毛的殘暴者，還厚顏無恥的公開發表說：不怕別人的取笑我們要組織太子黨來掌權。如此殘暴無恥自私至極的為政者，以何角度來稱他為民族英雄？

如果中國沒有那蘇聯極力支持下的中國共產黨去奪得政權的話，中國就沒有這場史無前例的三十年大浩劫，中國便如今天的台灣香港澳門及世界上的自由國家一樣在平平穩穩中進展，那裡需要所謂的「貓論」中國人才有得吃有得穿？所以說只有那些「憨仔」才稱鄧為中國的英雄。

抗拒進農場

在三元里逗留了一日兩夜，第三天就要被分送到各個農場去。一如昨天早上大家先後進入食堂吃早餐，早餐過後不久廣播在響：

「親愛的歸僑們，請大家收拾好行李在廣場上集合，跟隨你們的領隊上車進去你們的華僑農場，開始重新建立你們今後的新家。祖國盡了一切努力給大家作妥善的安置，給大家有個新生活的開始，並祝一路順風。」

歸僑們拖男帶女，肩挑行李擠擁地集合於廣場上。他們的服裝女的多為殘舊藍色大襟衫；男的大多穿著寬舊白色襯衣藍褲，有些還穿著越共軍裝戴軍帽，塑料涼鞋。

多輛客運車停泊在停車場上，嘈雜混亂的人群在領隊悉心指引下分別走到已定的車紛紛上去，大件行李都傳遞到篷頂上並蓋上膠布防雨。

正當這個緊張時刻，在二樓走廊上集中著幾十個家庭無動於衷

的向下望那些正在趕程的歸僑。幹部在揮手催促他們下去，但仍然毫無反應。兩男一女的幹部便走上去，其中一名男幹部：

「你們為甚麼還不快點下去，下面的人都在等著你們，快點！快點！」

瘦弱的銓嬸首先向幹部回答交代：

「我們已經打電話去香港，現在等親人到來見面。」

「不行！不行！一切都要聽從分配，先進去農場以後還有很多機會見面」

人群中並無聲音，與幹部面面相覷。因事情來得太突然幹部們一時不知所措，在無計可施之下，兩名幹部把四個李行袋拿走，幾名婦女追上去掙扎搶回來。所有接運的車輛都在發動著，各領隊均在車旁候命，一名幹部急急地催促：

「下面的車在等著你們，快點下去！」

滯留者仍然無動聲色，幹部只好放棄下去廣場與眾幹事商討。他們覺得留下的只是一小部份，其他的仍然依照計劃進行，不一會一輛輛的客運車陸續開出去。在監管嚴厲只能說是不能說不的共產中國，一場可能會令讀者心寒，毛骨悚然（Creepy）的抗命鬥爭就此展開和暫告一段落。他們從新獲得安置在數間連接的房裡。在這段滯留期間裡不能等閒過日，有坤立刻召集幾名主要人物在房裡商討下一步的行動。正當討論時，一名十六歲身穿背心的少年阿強走進來報訊說：

「喂！公安在隔壁房叫大家過去談話。」

左右兩間房的人都一起擁進中間那個房裡去。三名幹部同坐在一張床邊上，面對一張坐滿人的床，周圍人群還站得滿滿。好多天沒有刮鬍子的有坤和太太出現於人群的後面。一名幹部說：

「你們待在這裡不走，我們還有大批歸僑陸續來到，這樣不是阻礙了我們的接僑計劃嗎？我們已經安排給你們跟下一批歸僑一起走，希望大家不再破壞我們的工作。」

一位婦女（不是銓嬌）搶先發言：

「我們要在這裡等香港的親人擔保去香港。」

「擔保哪有這麼容易！要做很多手續的同時也要很長的時間，必須要先進去農場以後才慢慢解決。」一名幹部。

「我們是國際難民跟普通的大陸人民情況不一樣，只要有人擔保就可以進去那個設在香港的國際難民營。」蓮芳。

「哪有國際難民營這回事？我們從來都未曾聽過。」一名不知袖裡的女幹部說。

「凡是逃避共產的人都是國際難民。」六叔。

因為在共產的面前說逃避共產實在是諷刺滑稽，大家忍不住地哄堂大笑。

「這是轟動國際的大事你們都不知道，還說為國家做事。」阿強。

三名幹部出不了聲，望向群眾，群眾的目光也集中在三名幹部身上。相信這是有生俱來第一次遇到的棘手問題，因為在共產掌握中人民對幹部的訓話只能說是不能說不，更何況反駁，真是他們料想不到的事。自知缺乏跟這班難民談話的本錢，不敢再多說了，所以其中一名男幹部說：

「好的！我們就將你們的意見轉告上級。」三人站起來一走了之。

第一次會談暫此結束，幹部走了之後有坤和太太填下空位，大家又哄來緊張的討論。

「現在我們要怎樣應付？」一名男子。

「怎樣應付？他們到來時，我們又是這樣拖下去囉！」六叔。

有坤想了一下之後向大家發問：

「大家還有甚麼意見？」

「我們都沒有甚麼意見了。」另一名男子。

片刻裡再沒有誰出聲，有坤才慢吞吞地說：

「每次都是這樣的拖，也不是個好辦法，要是他們停止供應飯票，我們再也無能力拖下去了。」

一名中年婦女似心有緊張地問道：

「哪項先生，有甚麼計劃請講出來聽聽看。」

「計劃是有，但問題是大家願不願意去做才是重要。」

「一定做！」群眾像是異口同聲的回應。

「只要老項有計劃我們一意去做。」一名在眾說。

「有甚麼計劃快點說吧！」另一名說。

有坤不焦不急從容地說道：

「我們就乾脆將我們的願望寫成願望書給大家簽名，後天將有一批人來，大家分頭去通知所有的南方人到來簽名，收集名單後就寄去北京給國家領導人。到時我們就有理由在這裡等候北京政府的回答，以後見一步行一步，大家認為怎樣？」

「好！好！我們一意照做。」異口同聲地答道。

幾名熱心青年便走回他們的房間去，拿出一本信箋分類間格，越文姓名，身份證號碼，簽名，並弄成多份大家秘密地輪候進去簽名。一名婦女挨靠在門口把風，看見有公安來便敲門三聲讓裡面的人有所防備。

一名穿白色襯衣綠色褲塑料涼鞋的公安，慢步經過門口停下來

望進去，看見裡面的人都很正常。其中有一名青年在寫信，另一名站在旁邊像是兩人在討論寫信的內容。公安好奇的慢步走進去看個究竟，兩名青年對公安微笑以示打招呼。公安望著信箋說：

「寫信回越南給家人？」公安問。

「是呀！」

「你的中文寫得很好。」

「先生過獎過獎。」

公安觀察了周圍一下之後，才悠遊步出去。坐著的青年做了一下鬼臉表示吃了一驚，便起身離去。另一名接著走進去。就這樣連同後來的人數便有數百名之多，且一式多份，主要是寄去給華國鋒主席和鄧小平副主席，另一份寄去給在美國的趙玉蓮小姐請她複印多一份寄去給聯合國難民總署及卡持總統。當時趙小姐的地址是：

To：Miss Lina Trieu

7449 E。25th St。

Tueson, Arizona 85710

U.S.A.

另外還寫了數封英文求救書分別寄去駐北京的英國、法國、澳洲及加拿大大使館，由老項夫婦和幾名同伴一起送去廣州郵局。

他們走進郵局，一名青年把紙包的信件放在櫃臺上打開，那名女服務員翻開看了看之後便以不尋常的眼光望向這幾名來人，在他們身上打量一下才說：

「寄掛號或是平郵？」

「寄給使館的寄平郵，寄給兩位主席的寄掛號。」那名青年說。

付了郵資郵務員填寫了一會和蓋章將收條交給那青年，他接過收條看了一下，微笑跟郵務員點頭，大家也點了個頭才走。

對抗公安捉人

　　自從那批歸僑離開後，過了兩天又來了一批北越歸僑，其中有少數的南方人在內，加上請願的滯留者人數可有上千人。熱鬧氣氛又填補了兩天前送走那批歸僑時的冷靜場面。晚飯剛過的黃昏，人們三五成群或站或坐的在廣場上乘涼閑談，其中也少不了南方人。

　　六嬸抱著她的小孩，一名上了年紀的婦人大家都叫她做姨婆，和兩個不知名的中年婦女及三四個年輕男子也集成一堆在聊天。就在這時，兩名便衣人員當中一名還穿著綠色軍褲走近這一堆人問道：

　　「你們是從西貢來的嗎？」

　　「是呀！」一名青年回答。

　　「你跟我來。」那兩名人員連請帶推的想把那青年帶走。

　　「去那裡？」青年微力抗拒地問。

　　「到辦事處跟你談話。」兩名人員硬把他拉走。

　　坐在地上的婦人便一齊起來跟上去。一名少年叫阿強，立刻跑回房裡報訊：

　　「老項！公安拉走我們一個青年了！」

　　「現在在那裡？」房裡的人焦急地問。

　　「他被兩名公安拉進辦事處裡。」

　　「快點去通知我們的人。」老項急令房裡的人。

　　阿強快步走出去，一連走進幾個房間。

　　不一會人群從房裡湧出來，流流連連地跟下樓梯走向辦事處。跟在最後的一對阿臘（化名）夫婦卻閃閃縮縮地悄悄離開。阿臘對他妻子說：

　　「別戲他們去幹傻事。」

正當要團結一起去爭取自由的關頭，卻出現如此自私自利和離群的人，令人搖頭嘆息和討厭至極。

兩名公安攔住辦事處門口不給人群衝進去，在門口擠成一大堆，後面又有大批歸僑在圍觀，形成來勢不小。抱著小孩的六嬸接近公安首先發言：

「你為甚麼要捉我們的青年？」

「我們想要跟他談話。」公安。

「有甚麼話可以跟我們大家講，不可以捉他一個人去講。」六嬸。

有坤夫婦在後面隔著兩圍人，有坤小聲耳語阿姨婆：

「快點上去助六嬸的陣。」

有坤的太太蓮芳便和姨婆一起擠上前，站在六嬸的旁邊。

「在越南公安好野蠻隨便捉人，所以我們才逃來這裡，來到這裡你們又是隨便抓人。」姨婆。

站在門口的公安怒目地望姨婆和擠擁的人群以及眾多的圍觀歸僑然後說：

「豈有此理，難道我們公安就會駭怕你們這幾名難民嗎？」

「這不是駭怕與不駭怕的問題，我們這些手無寸鐵的難民有甚麼力量會使到一隊強大無比的公安來駭怕。只是說事實給你們聽而已，我們不習慣在一個蠻不講理的政權下生活所以才冒生命的危險逃來這裡。」蓮芳。

在共產面前說共產野蠻，相信是史無前例的一次，也是公安們首次聽到人們的真正聲音。

「你們放不放人？」一名就近公安的男子放聲。

公安怒目盯著那名男子便一手抓住他的肩膊。

幾隻手一齊撲向公安的手打過去，公安才放手。

「放不放人？」人群。

公安望著聲勢洶湧的人群恐怕事情會鬧大，只好暫時讓步。不一會那名青年在室內的屏風後面走了出來，站在門口的兩名公安也避開好讓他走出去。人群高興地拍掌迎接他的釋放。

滯留期間討飯票

每天早上七時多大家便拿昨天派給的糧票進去飯堂吃早點。早點是饅頭，白粥和少許開胃的鹹菜。到十時左右才派發當日和明早的糧票，由每個家庭的戶主代領。兩三百人排成一條長龍，南方人中有不少是單身漢，輪到一名青年他俏皮地說：

「小姐！請給我「乞」張飯票吧！」

「不是這麼說，不用說「乞」那麼難聽嘛！」女服務員。

「我又不是歸僑不說「乞」是怎樣說？」青年。

「只要你肯進農場就不用「乞」啦！」

「小姐你的對答好靈活呀！不去學外交哪就太可惜了！」青年開玩笑地讚她，

她笑嘻嘻地遞給他一張飯票。

「小姐！現在又輪到我來「乞」了。」一名中年婦女。

兩位小姐含笑的相對，繼續寫飯票。

有些青年還將打工仔那首歌改了歌詞，一邊敲飯具一面唱以打發時間和解悶：

「今朝等到依加（現在），等到心都震震依加乜都系假（不緊要），飯票系最緊要喇！」大家聽了都發笑，尤其是兩位小姐忍不住便開口大笑。

這些風趣小插曲顯現出南北青年大不同。本是同種同族，在不同的政治地區，就會出現不同的生活方式和不同的文化，性格也大不相同。一邊是冷漠無表情，一邊是開朗風趣。

會議室內開會

這是滯留者與接待人員進行第一次討論會議，地點是在飯堂裡。幹部有五名，其中兩名穿著軍褲，滯留者約有一百多人。五名幹部坐在擺長桌的一端，二十多名滯留者圍桌而坐，其中有有坤夫婦，六叔六嬸，姨婆，老溫，阿強等主要人物，其餘的則重重圍站在後面。幹部主席首先發言：

「大家已經在這裡逗留好幾天了，現在應該是做好進入農場的準備了，等一下我們會公布各個農場和各個戶口的名單，明天就要動身啟程，有甚麼要求進去農場才辦理，此地只是接僑的轉接站，我們要繼續做接僑工作，別的事情一概不理，大家還有甚麼意見。」

長著一把濃密密黑黝黝鬍子的老項，望向那鬍子稀疏坐在對面的六叔示意他發言：

「我們來這裡不是進農場的，是借路去香港難民營的。」六叔。

「是誰的意見？」幹部。

「所有從南越來的都這個意思。」姨婆。

「你們可以選出一名代表來跟我們接觸，讓事情容易解決。」幹部。

「這裡是沒有代表的，有甚麼事就好像現在一樣大家一起談。」蓮芳。

「我們的意見書已經寄去給華國鋒主席以及鄧小平副主席，這

是掛號信的收據。」阿強。

阿強將收據遞給幹部，他們傳閱。

「所以我們要留在這裡等候正副主席的答覆。」老項。

「這樣會妨礙我們的接僑工作怎樣可以？」幹部。

「我們只要求給幾個帳幕作臨時性的暫住，這樣就不會妨礙到你們的接僑工作了嘛！」老項。

「住帳幕是很委屈的事，我們不能這樣做。」另一名幹部。

「不要緊，做難民有帳幕住已是很好了，我們非常之感謝。」圍站的一名青年。

「這樣我們要向上級報告由上級去決定。」主席幹部說。

幹部作簡短的商量後便宣告散會。

這次會議雖未能解決到事情，但總算是合理爭取自由的第一步和有理由滯留下來做下一個計劃。回到房裡大家像鬆了一口氣，喜氣洋洋的大讚老項的確是好計劃。

到街上找遊客遞信

第一步已經走過，但不能就此呆著等待北京方面的答覆。大家仍然不能鬆弛，在房裡又擠在一起繼續談論。在談論中，又要找老項來貢獻計劃，六叔問：

「老項，下一步棋我們要怎樣走？」

老項先嘆了一口氣才莊重地說：

「我們是由一個木籠竄進一個鐵籠，現在要想竄出去實在不容易。我們寫信給北京領導人的主要目的，是讓這裡當地政府知道我們之願望是合理的要求，不是搞蛋，不是在破壞他們的接僑工作，不能隨意給我們入罪和戴帽子，我不相信北京政府會為了我們這區

區一千幾百名難民放走來影響他們眾多歸僑的心。到時二十六萬的歸僑也跟我們一起逃走的話，不是破壞了他們的接僑大計嗎？有一個特別要注意的問題是，共產黨一向是心狠手辣的集團，大家都已心知肚明，只要達到目的，就不擇一切手段，到這裡我也不想多說了。」

「哪老項有甚麼計劃要我們去做？」其中的一名婦女。

老項想了一會兒才說：

「我們要衝出鐵幕讓世界知道在中國有一批南越難民在裡面，正在爭取離開中國要到香港難民營去。辦法是撰寫一篇簡短的英文求救信，寫成多份中英對照，然後大家分頭出去找外國遊客，託他們帶回國刊登在當地報紙上引起外國的注意；另一方面，誰有親人在外國的就跟他們緊密連繫，吩咐他們如果超過一個月都收不到這裡寄出去的信件，叫他們緊急向當地或就近的中共外交機構追查我們的下落。」

「好！我們一意照做。」齊聲響應。

他們之中有些是英專學院的人馬，幾個人就坐在一起起稿，到了晚上完成了幾份中英對照求救信。

第二天上午便分成幾個小組出發。老項夫婦和兩名青年成為一小組就像歸僑一般出去逛街。那天的天氣不太好下了毛毛雨，但游人仍然不減，他們藉著在逗留期間盡量賞識一下早已聞名邇遐的廣州街景。老項夫婦撐一把從西貢帶回去的縮骨遮（傘），這類的傘子在當時的廣州來說還是不多見的產品。那兩名青年就頂天立地的承受那可以承受的小毛毛雨，四人在小毛雨中行，朝向市中心。走了十來分鐘的路程，看見遠方有兩個撐雨傘穿裙黃皮膚的少女迎面而來，四人便盯住這對預想中的對象。雙方相對而行很快就看到胸

前所掛的小牌子寫著「日本」兩字。四人便停下來像是讓這兩位美女檢閱似的走過。老項見機不可失便吩咐身邊那兩個小子：

「唉！剛才那兩位小姐是從日本來的，你們快點上去跟她倆打個交道，好好談一番，這個任務就交給你兩人去辦。」

美女當前喜上眉稍，笑逐顏開地應「好！」便快步上前。

兩小夥子走到兩位美女的旁邊先用英語跟她們打招呼：

「Hello！How are you？」

兩名美女便停下來用華語向他倆回答：

「我好！謝謝您。」

「你們是日本遊客，是嗎？」其中一名青年問。

「我們是日本學生訪問團，你們是那兒來的遊客？」其中一位小姐答問。

「我們是越南南方西貢逃來這裡的難民。」其中一名青年。

「噢！哪太好了。」其中的一位小姐。

「你們甚麼時候回去日本？」

「還有三天就要回去。

「我們有一件重要的事想拜託您兩位幫忙。」

「甚麼事？

「事情是這樣的，一九七五年北越共產黨打進西貢佔據了整個南方，大概你們會知道吧。」

「知道知道！」齊聲回答。

「我們不堪共產黨的制度和迫害而逃來這裡，目的是想過境然後到香港難民營。想不到中國政府竟把我們當作歸僑看待，要我們進去他們的農場裡生活。我們正在向中國政府請願，可是我們恐怕中國政府將我們這批難民消滅而外國沒有人知道，所以寫了這封信

拜託你倆位幫帶回日本去，然後寄到日本報紙館請求刊登，讓世界的人知道有一批越南南方的難民滯留在中國，正在爭取要到香港難民營去，令大家留意到我們。」

那兩位小姐注視他兩一下說：

「在這裡不太方便，你兩位可以跟我們到旅館去談嗎？」另一位說。

「當然囉！怎麼不可以。」高興極了的回答。

一男一女像是兩對情人似的撐著傘走，回頭向老項夫婦搖手。

「Good Luck！」蓮芳向他們祝福。

老項一家遊動物園

既然來到廣州，動物園是值得一逛的地方，順便也給小孩解悶一下。裡面的景緻的確不錯，有露天茶水供應，一分錢一碗茶，小孩們貪圖得意每人叫了一碗，不一會三急中的第二急來了，又要帶他們去找廁所。在七九年代的廣州動物園已有不少外國人到游覽，可是裡面的廁所仍然是古老的流水坑式大廁，臭氣沖天，習慣外國生活的人難以接受。當老項帶小孩離去時，迎面來了一個外國遊客，老項好奇地住足看看他的反應如何。在尚未到達廁所時看他的樣子就有所「表態」，鼻子不停地抽捏打霎，當他一踏進去就大叫一聲「哇！我的天呀！」作嘔的跑出來。老項忍不住地笑，笑那個外國人不懂欣賞具有中國特色的社會主義風味。

在園內兜了一陣子遇上了一隊外國遊客，老項夫婦認為有機可乘便前去跟他們打招呼握手。此舉立刻引起那名女導遊的注意加以阻止，連推帶喝的「走開！走開！」

老項夫婦目不轉睛地望那名女導遊，又望向遊客們。遊客們給

這對鐵幕裡的夫婦投以同情的眼光。

遊客離去之後即出現一名便衣人員上前盤問：

「剛才你們接近外國人做甚麼？」

「跟他們打個招呼難道不可以嗎？」有坤。

「你們住在甚麼地方？」

「你問我這一句做甚麼？」

「我有權問你你要回答？」

「我們住在西貢。」蓮方。

大家相望片刻，那名男子走了。

東方賓館遞信

在開會後的第三天大家仍然不知道中國政府的處理方向不敢掉以輕心，盡量把握時間向外國遊客遞信。那天一起出遊的除老項夫婦之外，尚有五名青年男女其中有老溫在內。他們走在一間旅館的附近便遇上了兩名外國男子，兩名英語較好的青年趨前向他們打招呼，簡單寒暄幾句之後便道出來意。兩名老外也很明白中國的一套，叫那兩名青年隨後進去賓館他們的房間裡見面，老外先走大家隨後。

這間名叫東方賓館是一座十層高的大廈，離路面約有三十公尺，門面寬敞。他們一進去櫃面女職員用英語問道：

「What's matter？（甚麼事）。」以不太禮貌的口吻問客人。

「We come to see our friends on seventh floor.（我們來訪在七樓的朋友）」便走進電梯按了第七號。

他們步出電梯在會客室稍候，兩名老外走出來向大家打招呼，那兩名接頭的青年便走進去，兩佬外很友善親切地攀住他們的肩膀

走進房裡。兩青年坐也不坐就從懷裡掏出一封信說：

「我不想耽擱你們的時間，就請您兩位幫帶這封信回到英國後，把它寄到英國最大間的報館去請求刊登，我們十分十分的感謝您。」

「不用客氣，你們放心，我回去英國之後盡快將信寄去報館好讓盡早刊登出來。」接信的老外說。

「哪太好了！這樣就非常的感謝你兩位。」

大家握手之後送客到房門，再次禮貌鞠躬。

看見兩人出來大家都很緊張的問：

「怎麼樣？」

「可以了！他們都很樂意幫我們的忙。」兩人幾乎異口同聲高興的回答。

大家帶著輕鬆的心情走進電梯。

第七節　獲得留置

安置在瘦狗嶺

自開會後的第四天便接到幹部的通知，要將滯留者暫時安置在瘦狗嶺（Leandog Hill）等候日後的安排，大家又擠在一起商討，老是信不過共產黨的話，老項便吩咐眾兄弟說：

「老溫，吃完午飯後你和幾個兄弟去觀察，看是否有一個叫瘦狗嶺的地方？假如是有的話，順便探清楚裡面的情形和周圍的環境回來後再決定。」

跟老溫同去的有好幾名男和女。據他們的回報是的確有瘦狗嶺這個地方，在廣州市東北市郊，沙河再去一點，有公共汽車直達，老溫曾經跟辦事處連絡過得知將有一批歸僑進駐，有坤聽了之後說：

「這樣就證明幹部沒說假話，不過要通知大家明天上車前往途中還要留意，要是發覺路不對徑時就立刻反應，防止將我們送去一個死亡地帶，死得無聲無息哪就太慘了！」

進駐華僑補校

華僑補校位於瘦狗嶺的斜坡上，分為兩棟三幢樓，座南向北，每座長約五十公尺。近坡腳處有個魚塘，一個小型足球場，四個籃球場，坡頂有廚房和公共食堂，周圍都有高大的松樹和其他種類的樹，看來像是民初時代的建築物，專供華僑子弟回國升學時作預科補習之用。補校附近的一處山邊有個地洞，高與闊各約一公尺半，

深約五十公尺，壁上寫著：深挖洞，廣積糧，不稱霸的毛語錄。不問而知共產黨又準備跟他的同志國蘇聯決一死戰。共產黨在國內殘害無數的同胞，現在又要跟老大哥作對抗，這就說明了馬毛思想是非常正確和偉大。

　　一輛輛的客運汽車駛進這間學校圍牆的拱門。下車後先到辦事處領取蚊帳蓆，被褥漱口盅等日用品，然後跟接待員到已分配好的房間裡去。房間本是課室，裡面有一張日字檯，暖水瓶四個茶杯一張椅和傳統的六十瓦燈泡。單身漢就四個人一間房，沒小孩的夫婦就兩伙口一間房。老項一家五口便住一房。走進房裡，小孩們也懂得幫媽媽的忙把蓆鋪好。有坤忙著找地方把蚊帳掛起做好防蚊工作。

傍晚商議

　　搬進這裡地方空曠人少，當入夜時顯得死氣沉沉引人發愁，尤以這些原想尋找自由的難民，每人心中都藏有說不出的苦悶心聲。晚飯過後回到房裡有坤坐在椅上，凝視窗外青蔥蔥的山坡，覆蓋上金黃的夕陽，呈現黃昏時刻的景色，但無心欣賞它的美麗。卻是心亂如麻，像被千絲萬縷所纏繞的心事，解不開放不下，前途有如黃昏愈來愈暗。正當發愁時，門口來了幾個人，抱著小孩的六嬸和六叔，姨婆，老溫，阿強。有坤夫婦齊聲迎接，請進來大家蓆地而坐。六叔問有坤：

　　「老表呀！我看這個情形是不妙的了，老表你的看法是怎樣？」

　　「溫叔你的看法又怎樣？」有坤問老溫。

　　「我看，他們將我們送進這裡是想消沉我們的意志之後才送進農場去。」老溫回答。

有坤想了一下才說：

「原來大家都有著同樣的感覺，哪大家有些甚麼打算？」

「老表認為要怎樣做我們就照做，大家齊心合力幹到底。」六叔說。

「其實跟我們一起滯留的人大家都想離開這裡出去尋找自由，可是真正齊心合力行動的就只有我們這幾個家庭和幾名青年而已，大部份都是貪生怕死採取觀望態度，希望別人做好給他們坐享其成，天下間就有這麼不公平的事。」有坤說。

「真是他媽的！鬥爭的是我們，危險的是我們領，到時成功了他們就先溜人，尤其是我那個外家親戚的家庭陳文X，聽到我們可以在這裡滯留的消息，便遠從緬甸邊界的芒市農場坐了幾日幾夜的火車倒流到這裡，目的都是想離開中國去香港。但是來到三元里之後又不敢跟我們在一起怕受連累，還假慈悲的叫我不要戥那些搞鬥爭的人在一起，真是豈有此理！」老溫氣著說。

六嬸也忍不住氣憤地說：

「今早呀，我們進來這裡之後，隨著有一大批歸僑他們自己坐公共汽車跟進來。幹部說他們不是難民沒有名單不給他們進入拱門，那些青年一點文化都沒有不懂得理論講道理，一開口就是粗語，三言兩語就向幹部動武，外間又說是難民幹的，又記入我們的帳。」

「這班北佬成事不足敗事有餘，他媽的！」六叔。

「我們的處境實在是多方面的困難，不去爭取就連自己和代代子孫，就像歸國印尼華僑一樣永遠被埋沒在這裡，真是氣壞人！」有坤。

「老表你不用灰心，除了我們這幾個家庭之外我還有辦法叫多幾個家庭願意跟我們在一起，有甚麼計劃儘管進行。」六叔。

「我不希望全部的人都要行動，只要有一個可觀的數量就行了，這樣明天我們就出去在街邊聚集向中國政府表明我們的心聲和決心。」

離開華僑補校

地點選定了之後第二天早上二十多個家庭和數名單身男女帶上行李一起拉隊離開校舍向拱門走去，守門者以詫異的眼光望這上百男女老幼，滿手行李的人群而問：

「你們去那裡？」

「我們到廣州去找親人。」難民。

「有沒有領導人的許可？」守門者。

「找親人都要許可嗎？我們走？」難民。

守門者以無可奈何的目光送他們走。

車站就在校園門口側邊，從郊區進入市區前段路的巴士，乘客寥寥無幾空位良多，但也要兩架次才能完成。在車上售票員催他們買票，大家靜著無聲。售票員便轉向催促就近的難民：

「買票！買票！」

「我們是難民沒有錢買票。」那名難民很不願地回答。

售票員向司機投訴：

「這班難民通通都不買票的，把他們送到公車局去。」

「送他們去還是要送回來，他們不是這裡的居民才難搞。」

「要求政府把他們趕出中國去呀！」

「他們正是如此的要求，如果你能把他們趕出去，他們要給你送大禮呢！」司機對售票半開玩笑的說。

售票員氣得眼瞪瞪望住難民們一會無奈地走回座位。

露宿路邊

地點是一處有一截圍牆的路旁，這裡不是十分熱鬧也不算很靜寂的道路，有行人，有騎單車，手扶拖拉機和貨車及公共汽車的來往，百多人就聚集於此作為臨時之家。一個小時後即有大批路人前來圍觀，但只看而不敢說話。約在中午，便有兩名女接待員前來看了一下便走近那位上了年紀有像群中長老似的六叔說道：

「我們政府已經好好的給你們地方住，為甚麼還要跑出來露宿街頭呢？這樣不是故意污辱我們政府嗎？不要這樣做，等一下我們給車送你們回去，好嗎？」

「中國政府給我們的招待，我們十分十分的感謝，但是我們要讓中國政府明白我們是決心要離開中國，而不是在瘦狗嶺那裡就可消沉我們的意志。」六叔答。

「我們想要中國政府給我們一個確實的答覆後才能安心回去。」蓮芳。

「事情不是一朝一夕就可解決的，先要回去住下來才慢慢解決呀！」接待員。

「我早就預料到你們會這麼說，這裡只不過是一小部份人而已，如果事情得不到解決將會全部都要出來。」蓮芳。

勸說得不到要領兩名接待員便乘公共汽車回去。不一會又有幾個提行李，帶小孩的家庭下了公共汽車進去加入陣營。六嬸高興地迎接他們說：

「你們亦都出來了！」

「是呀！我們看情形真唔對路（不對徑）才決定出來，還有很多人也想跟我們一起出來，我勸他們等著看看情形如何再作決定

吧！」來人。

市民的反應

那天的天氣還算好，沒下雨也沒有猛烈的太陽，約在下午三時左右，有一個看來像是女接待的人拿了一張大字報貼在人群聚集的牆上，裡面寫著：

「這些自稱為越南難民的人，他們故意拒絕我政府的招待，露宿街頭來污辱我政府和人民的聲譽。

一個中國人」

大字報一出，引來更多的人前來圍觀。阿強和幾名青年走近坐在地上的有坤低聲說：

「我們也來一張吧。」

「好！你們去買紙和筆漿糊盡快回來。老項。

年輕的小夥子輕快地離去到就近的商店。不稍多久三件寶都來了，幾個人蹲在地上小心翼翼地也完成了一張，把它張貼在那壁報的旁邊，內容：

「我們是來自越南西貢的難民，原本想過境中國然後到香港國際難民營去，想不到中國政府竟把我們當作歸僑看待，要將我們送進那個我們從來都未曾嘗試過的農村生活農場裡去。

越南難民之聲」

這張大字報貼出去之後，徒步的行人和騎單車者擁上圍觀，人多到難以形容。道路上的拖拉機，貨車都被阻塞到大排長龍，笛聲響個不停，圍觀者老是揮之不去，大字報給內地的人有著不小的啟示。就有些青年互相私語地說：

「唉！原來在香港有個難民營我們從來都不知道。」

看來似有啟發他們偷渡的念頭。有些圍觀的婦女則不敢相信地說：

「哪有這麼大隻青蛙隨街跳喇！」（廣東話）。

當中有一名路人也擠逼進去，快手快腳的從衣袋裡掏出一張早已預備好有如兩手掌大的小字報，把它貼在「一個中國人」的大字報中央之後，便匆匆離開騎上單車就走。小字報所寫：

「所謂的招待就是強迫外國客人進去那貧窮落後的農村裡去過活，簡直是落井下石無人道之舉。我們應該同情這批向來都在自由天地裡生活的難民。」

由此可見大陸人民仍然存著自由的理念和對共產制度的憎恨借此洩憤。

圍觀的人群看了回應的小字報之後，對難民非常同情。當時中國人民可以說是貧窮到了底線，但仍然慷慨解囊相濟，給難民糧票，送上一包包的各種餅乾飲料，甚至還給錢說：

「拿去買餅買飯吃不讓肚子餓。」

足足三十年的共產主義制度，想盡量毀滅人與人之間的親情和感情，可是此情此景，中國人民的同情心仍然可見一斑。光民高興地向他姊姊顯示手上的救濟品：

「姊姊！我得了好多糧票和錢（紙幣和硬幣）。」

「給姊姊一點啦！弟弟。」光華。

「你和阿光凱都有嘛！」光民。

「不夠你多呢！」光華。

夜宿街頭

黃昏過後一百多人幕天蓆地躺睡路邊，時值夏天天氣不冷，由

於地近郊區蚊子特別多，打蚊的動作此起彼落徹夜不停。難以入睡的有坤，乾脆坐起來拿扇子趕蚊給孩子和太太。時近半夜十二時，三部公共汽車駛近人群停下來，四名接待員走近人群身邊看見個個在七橫八豎的，便開聲叫道：

「大家起來上車回去罷，不要在這裡過夜，蚊子很多，尤其是小孩子，很容易著涼生病的，快點醒來上車去。」

講了一輪慈祥的說話仍然沒有反應。一名接待員走近六叔想把他拉起來，六叔把她的手推開說：

「不用拉，我們是不回去的。」接待員無奈的放手。

另一位女接待員走向正在坐著趕蚊子的有坤，兩手想把他扶起帶上車，有坤詞良氣正的說：

「接待員，請你不要動我，讓我告訴你。中國政府這樣仁慈的對我們，我們不知道如何感激才好；我也知道你們做接待員的很難做，上級要你們好好地接待我們，可是我們有我們的理想，不能接受這番好意。相信接待員你也會理解到，人總是要求上進的，我們正在一個繁榮進步的社會裡生活，每個人都有自己遠大的理想，我們的前途是光明燦爛的。自從越共佔據南方之後，理想和財物全部完蛋，還要強迫我們過那種貧窮落後的原始生活，要我們變成一個只能聽從不能思考，不能出聲的奴隸，我們實在受不了，所以才到處逃亡。我們逃來這裡的目的，你也已經明白。中國的農村是一個怎樣的地方，你應該比我更瞭解，叫我們怎能夠去接受那種生活呢？」話說到這裡剛好有一個農婦拉著一架牛車，車上載著幾個有蓋蓋住的木桶走過臭氣把有坤的話打斷了片刻。

「我們孩子的前途在那裡？做父母的人如何對得起他們？想到以後的悲慘不是比今晚更悲慘嗎？所以你們這番好意我們只能心領，

我們要留在這裡一直等到中國政府答應不要強迫我們進去農場和給我們一個妥善的解決辦法，這樣我們才安心回去，很感謝你們。」

這兩位女接待員聽了這番話，不斷地抹眼淚，是出於憐憫之心？或是被感動？還有那兩位男接待員無則毫無表情。這時兩個難民男子從睡中坐起來，望著那四名接待員，其中一名說：

「你們走吧！我們不回去的。」

那兩位女接待員更哭起來，四人回車去空著車開走。實在難為他們。

路宿第二天

好不容易才熬過了一夜，太陽已出不能再躺了紛紛坐起來，到就近的傳統公廁去做早事。回來仍然以路旁為家，整夜沒得好睡，個個一身倦意，有些坐著抱膝俯首，有些倚牆閉眼，圍觀的人沒有昨天那麼多，不過到來接濟食物和糧票仍然不少，使得在落難期間不致肚餓。經過一日一夜寢食失常的環境，有幾個大人和小孩感到不適，和一名婦女腳上的傷口發炎，有坤就靠他手上的一點藥物為他們治療洗傷口，總算藥到病除，沒有出現問題。

兩男一女的青年從遠處回來，抱膝坐地的有坤問老溫。

「有沒有碰到外國記者？」

「我們走足大半天，老是碰不到任何一名外國記者。」

有坤低下頭，又望向蜷蜷曲曲躺著的大人和小孩，倚靠牆壁，俯首抱膝的人群，他感到失望和無奈，正在沉思默想中，人群的另一端又來了四名男女接待員，一名女接待員說：

「你們在這裡足足捱了兩日一夜了，吃不成吃睡不成睡，相信有點辛苦了，我們已經將你們的意見轉告上級去，他們正在研究處

理，不過大家還是先回去休息，政府會有解決的辦法，當然這不是一朝一夕就可以辦到的事，但是始終會得到解決的。」男接待員。

「你們已經知道我們決心死都不進去農場的啦！如果得不到解決答覆，下次全部都要出來。」六叔。

「我們知道，我們知道。」男接待員。

「好！既然中國政府已經知道我們的願望，和各位接待員又這麼殷勤親切的對待我們，我們就上車回去聽候吧，大家上車！」有坤。

大家紛紛收拾行李上去那三部在等候的公共汽車，並向圍觀者揮手致謝。

在共產國家裡，政府如此善待這批爭取自由的難民，實屬難得和意料之外。此舉也說明了還有部份共產黨員的心仍然是肉做的，並非全部都是鐵石般的心腸和麻木不仁者。

鍛鍊身體作日後準備

回去後，雖說是等待中國政府的答覆，但沒有誰敢相信會有好的希望。經大家商討之後，要作更壞的打算和準備應付，要是過了一段時間仍然得不到中國政府的妥善答覆，他們就計劃步行到深圳再偷渡去香港。從瘦狗嶺（Leandog Hill）到深圳有三百公里的路途，能坐車的就盡可能坐車，不能坐車的就要步行，就像那些逃難者從越南步行到泰國那樣。到時所有男丁就要負起背小孩和幫助婦女的重責，因此就先要鍛鍊腳力和體魄。每天清早那個頭髮稍長，一副黑鬍子，身穿背心游泳褲，赤腳的有坤，和一大群青年男女在足球場的跑道上練習跑步。一名青年慢步下來喘著氣跟老項說：

「今天我可以跑兩圈了，再過兩個星期就可以跑上五圈。」

「從這裡到深圳不止要走很長的路，年輕人還要幫忙背小孩和

照顧婦女，所以氣要夠腳力要勁。」有坤。

在徒步逃亡途中，除了體力要健壯，沿途還要找到糧水供應，自身也要預備一些數量的乾糧。在中國糧是武器之一，買糧必需糧票，所以一方面盡量收購糧票，另一方面，要節食，將每天早餐的饅頭省下只吃粥充饑。

光華幫她母親將切成片的饅頭攤排在紙上放在窗口曬乾。光凱和光民在旁看得入迷地問：

「媽媽，怎麼我看到很多人都在曬饅頭乾的，曬哪麼多做甚麼？」

「不要問那麼多，你們小孩子不要多口，不要出去亂講給公安知道，懂嗎？」

飯堂一景

飯堂裡擺設有四張桌和長凳形成每桌長約十公尺，四個小型的飯籮分置於每桌的一端。座上已無虛席，兩位鄉村姑娘充當臨時雜工，不時為空籮添飯。飯堂的一端是大鍋飯的廚房，有兩個廚窗，難民在排隊憑票領菜，每人一小碟，碟裡盛的是替換式的各類蔬菜和兩塊有如指頭大小的半肥瘦豬肉。想起在越南時，每個家庭都餐餐大魚大肉有時還不想吃，現在才知道饑不擇食的感受，卻吃得津津樂道。一天三餐，每人的口糧是八毫人民幣一天，比起同在補校另一區住的幾百名公費中學師範生，他們每天的口糧只得四毫錢，幾乎餐餐吃齋的要好得多，難民們每餐多了兩塊小肥肉就令那些學生羨慕不已。飯堂裡的人，家庭成份各有所異，能像有坤那樣一家團圓的無幾個。一名婦女帶著三個小孩在餵他們吃；另一名男子帶著兩個小孩，一個四歲，一個只有兩歲多，那個大的就乖乖地自己

吃，小的就要爸爸餵。可是這個受到家庭離散悲痛的小弟弟，因思娘心發作，不肯吃，以雷聲似的大聲哭喊，抓起爸爸的頭髮，打他爸爸的臉還大聲的用越語粗口罵：

「你媽的！你媽的！」之後又用廣東語說：

「我要去找我媽媽！我要去找我媽媽！哭……媽媽你在那裡！媽媽！哭……」這場感人肺腑的情景，見者無不心酸流淚。

蓮芳把淚水抹乾，走去把小孩抱過手撫慰他說：

「乖乖！乖乖！不要哭，讓姑姑告訴你，你媽媽在外國等著你和哥哥，乖乖的吃飯，很快就見媽媽了，乖！」

可憐的小孩好像得了母愛，兩手抱住蓮芳的頸，頭貼在肩上，哭聲也漸漸的消沉下來。

一名帶著五歲大男孩的年輕漢，每當憶起尚在越南的太太時，往往是吼啕大哭。他看見那個小孩哭叫媽媽，他也嗚嗚大哭起來，他的哭不但未能令人同感悲傷（Woeful），反而弄到哄堂大笑。這不是不表同情，而是他那副樣子和哭聲，的確是惹人大笑，以後就叫他的名字為「悲哀」（Bei ai），他也很樂意接受這個外號。

一個臨工姑娘走到那坐滿年輕人的飯桌去收拾碗筷，她喜氣洋洋的向那班青年搭訕：

「越南話的「你好嗎？」是怎樣說的？」

那些青年興高采烈地笑。其中一名說：

「Em yeu anh」（我愛你）。

那個天真無邪的姑娘不虞有詐，即跟著說，又來一場哄堂大笑。

飯堂的另一端獨坐著一個身穿白襯衣綠色軍褲塑料鞋的公安，抱起一個大碗，一隻腳踏上另一張凳在吃。一個約八九歲大襤衣破褸的男童，手拿一個透明塑料袋，他看見有幾個人把吃剩的飯倒進

飯堂中的潲水桶裡，他即箭步上去快手快腳把潲水中的飯撈起放進塑膠袋裡，還來不及逃走，便被公安發覺，公安發腳（跋足）跑去，左手抓住他的衣領右手一個耳光，小童整個人一偏，飯袋隨即掉在地上，接著狠狠一個飛毛腿，小童即滾地，還口出惡言：

「你媽的！誰准許你進來這裡拿東西！？」

小童驚慌的爬起來哭不成聲，很多人以奇異的眼光上去圍觀。看不過眼的有坤便出聲：

「他拾取潲水桶裡是人家吃剩倒丟的東西，又不是拿飯籮裡的飯，你為甚麼要打他？」

「你是大人嘛！又是公安，他是個小孩，你怎麼可以掌摑腳踢他呢？一點體會別人痛苦的心都沒有。」另一名男子。

「是啦！他這麼小打他做甚麼？把他趕走就算了嘛！」一位同情的婦人。

「這班農村「扑仔」經常闖進來，不是偷潲水就是扒取這裡的落葉（扒回去當柴燒），趕他們也不怕，拿這裡的東西就是侵犯這裡的權利，我就要懲罰他。」（「扑」是廣東人對農民一種鄙視的口語，如扑佬，扑仔，扑婆，扑妹）。

蓮芳前去把小童帶離現場回到座位去，一個原是空置的小提鍋，她拿到飯籮裡盛滿一小鍋飯。有坤提著一大壺開水在旁等，然後大家一起離開飯堂。在回途中好幾個具同情心的婦女也跟小童走在一起好奇地問道：

「小弟弟，你家裡養有多少頭豬？」

「我家裡沒有養豬。」

「哪你拿這些潲水飯回去做甚麼？」

「拿回去吃。」

「嚇！甚麼？拿回去吃？！這麼髒怎麼可以吃？」大家都詫異非常地問。

「帶回家去洗乾淨然後炒乾來吃。」

蓮芳一家人帶那小童回到房裡，蓮芳將小鍋裡的飯裝進一個清潔塑膠袋裡，再用報紙包裹好，吩咐他說：

「帶回去跟弟弟妹妹一起吃，明天這個時候你來這裡等我，不要去飯堂懂嗎？」

小童點點頭但不出聲，雙眼凝視蓮芳示以無聲謝意。之後他走到門口伸頭出去探望，只見難民沒公安，快步走出去下樓梯。

中國在共產黨統治下的三十年間因政治鬥爭所摧殘的人數不用說了，單是人為而造成的大饑荒死亡人數據官方的隱瞞公布數字就有三千萬之多。而那些倖存者，就活得痛苦，不少人竟穿不成衣難以遮羞，但為了自尊不讓別人認面就把炭粉塗烏了臉去行乞，正所謂的「生靈塗炭」。還有一家人共用一條褲子也常聞不鮮；農民吃潲水就擺在眾難民的眼前。然而在一九七六年唐山地震的災難中，聯合國贈予十萬噸食米給正在嗷嗷待哺的災民，卻給那打腫臉去允胖子的共黨總理周恩來所婉拒。說甚麼中國人那麼多，每人每餐只省下一湯匙的飯就足以救濟，簡直是慷中國人民痛苦之概。共產黨所吃的米糧，菜肉，都是農民的辛勞血汗，幹部個個吃得肥肥胖胖，反而那些遭受風霜雪雨日曬，終日在田裡彎腰曲背的生產主人卻要穿百孔衣，吃共幹們的潲水，真不可思議。這就是戰無不勝偉大馬毛思想的成果吧！

探訪農村

既然到了廣州也順便趁機瞭解一下郊區農村生活。在飯堂幫工其中一位村姑娘正當年華十八九歲的阿萍，紮起孖辮活潑可人，

她家就在離瘦狗嶺不遠的一個村落裡。有坤夫婦約好下午兩點去探她，離開補校步上一條坎坷崎嶇的山坡小徑，經過一道竹林，竹蔭夾道，一時令到他倆心曠神怡忍不住「噢！好舒服！」的歡聲。短暫的舒服過後，又要下坡走數百公尺便到阿萍的家，總共約半小時的路程。阿萍的家是一棟矮小蓋瓦，泥磚（Unburned brick）砌牆的屋子，屋外有兩棵果樹，再望出周圍只見小丘山坡，矮樹雜草其間，構不成風景。阿萍雙親尚在田野工作，只有阿萍在家裡招呼這對遠方來客，她站在門口笑臉奉迎有坤夫婦的大駕光臨。

「噢！你們來了！進來坐呀！」高興不已的開歡迎詞。

屋內是兩房一廳，廳中擺放一張日字檯，兩張長凳，一張茶几有暖水瓶和茶杯。一間屋子就是這麼簡單，名副其實牆上所貼的兩張紅紙，一是「南」一是「北」卻沒有「東」「西」。夫婦倆共坐一張長凳，阿萍斟了兩杯茶放在兩人的面前但不會說「請喝茶」只是笑嘻嘻坐在對面，手足無措的。夫婦倆看了阿萍的表情惹來一陣內心微笑。她沒有話題跟客人說，便走進房裡拿出一個兩公尺大小的半導體手提收音機，高興地說：

「澳洲電台點唱節目很好聽，你們有沒有收聽過？」

「這裡給收聽外國電台嗎？」蓮芳。

「偷偷收聽，我們這一區的人大家都在偷聽沒有誰告誰。昨晚還聽到三元里有人點唱回越南給親人，又點給在農場的朋友真好玩。」

「你覺得好玩哪可以寫信去點唱給你的親戚朋友聽呀。」有坤。

「我們都想試一下，不過還不敢用真名。」她笑答。

自從南越掀起了難民潮，那些投奔怒海大難不死的餘生者抵達難民營後，便寫信去澳洲電台點唱回越南給親友們收聽，借此報平

安。至於那些從陸上到中國的難民也不例外。澳洲電台便成了難民向親友報訊的通訊站。

蓮芳轉了話題問道：

「你和那位小姐在飯堂裡做得多少錢一個月？」

「十五塊一個月。」

「甚麼？只是十五塊？」蓮芳詫異地回問。

「十五塊算是好喇！又有得吃。」

有坤聽了便自言自語的算。一個剛開始進入崗位的普通工人工資都能拿二十九塊，她一個月才得十五塊未免是太少了。十五塊得吃兩餐就那麼高興可想而知農村的生活有多苦？

「哪平日你做甚麼工作？」蓮芳。

「平日去挑肥（人糞）。」

「是怎樣的工作？」蓮芳。

「那些生產大隊在有需要時，就來家通知我，到工廠宿舍或學校的糞池去一擔一擔的挑回來倒入菜地的糞池裡，隊長拿著一本部在那邊登記。」

「每挑一擔要走多遠的路？」有坤。

「有遠有近，通常都要走兩三公里才到指定的地方去挑回來，還要過山過嶺，遇著下雨天哪就更難走了！」

「一天能挑多少擔？」蓮芳。

「一天最多是五擔。」

「擔這麼重又要走哪麼遠的一條路，每擔可得多少錢？」蓮芳。

「一擔只得一毛錢。」

有坤驚訝的舉出食指問道：

「一毛錢？！」

「是呀！還不是天天都有得擔哩。」

挑糞不只是重，又是臭不可言。在幾百種行業中是最淒慘的一種，這麼辛苦一天才得半塊錢，就等於當時的二十五仙美金。有坤一面想一面搖搖頭。

「我們住在這裡是屬於鄉下，城市裡的人很瞧不起，叫我們做「扑妹」，連我廣州的表姊都不願意跟我走在一起。」阿萍。

有坤心中似有很多說不出的話，東瞻西望，阿萍繼續說：

「阿姨（指蓮芳）你曾經給我看過你的彩色相片很美，可不可以給我一張留念，讓我放在家，別人來看見時，我說這是我在香港的阿姨，這樣人家就不敢看小我們了。」

「好啊，今天下午飯堂收工之後你到我房去我會給你。」她高興得笑起來。

共產主義，工農兵是社會的骨幹成份，在共產黨所謂「革命」期間曾大力鼓吹農民為他們賣命打天下，當天下奪到手後，農民即被冷落和遺忘了，簡直就是一場大欺騙。一個伶俐活潑的青年本應有著大好前途，可惜生長在優越性社會主義的國家裡，就此被埋沒了，叫人唏噓嘆息。

一小時的探訪，要談的話題也不很多，他倆也要起身告辭了。阿萍送出門口，臨走前蓮芳對阿萍說：

「給我寄話問候堂上。」

「堂上是甚麼呀？」她傻笑的回問。

有坤和蓮芳也忍不住的笑起來。蓮芳答說：

「給我寄話問候你爸爸媽媽。」

「噢！我從來都沒聽過這句話的。」一笑。

他倆揮手辭別。

室內開小會議

在難民駐扎的兩棟臨時宿舍，設有一間專為難民收發信件，診病派藥等的辦公室。工作人員有兩名公安，一名護士，還有三四名北越歸僑，這幾名歸僑也是不願意進去農場而跟進來的，但他們卻得到公安的重用。有一天下午，一名姓馬身形壯碩的年輕公安，帶了一名麻臉很深的歸僑到宿舍去通知大家開會。會場是在阿強和幾名單身漢的睡房，房內有四張雙架床分置兩邊，不一會人群即擁滿了這間小室擠出房門以外，馬公安坐在床邊對大家說：

「明天上午九點在飯堂開會，你們有甚麼意見要表達可提出來，讓我向上級報告考慮之後明天給大家答覆。」

坐在對面床的六叔搶先說：

「我們曾經跟你們公安接觸不知道多少次了，到現在還要問，我們的意見是堅決不進農場和要求中國政府送我們到香港難民營去。」

「你們既然回來祖國，為甚麼不為祖國建設，整天都說要去難民營，去那裡做甚麼喇！」公安。

「我們是投奔自由，去發展我們的大好前途，不是投來這裡拿鋤頭擔大便的。」一名女青年氣昂地說，並獲得一陣熱烈掌聲。

公安睜大眼望她。

有坤向坐在對面的阿強打眼色。

「我們南方來的全部都是投奔自由的，不是投進你們的農場，如果是有心進農場的話，我們早就進去新經濟區，何苦要走這麼遠，這麼困難和危險的一條路。」阿強（CUONG）。

「你怎麼可以拿我們的華僑農場來比作越南的新經濟區呢？」

何處是吾家——越南逃難330天紀實

132

馬公安。

「你們的農場跟歐美國家來比較直頭（簡直）就是新經濟區。」老溫（VAN）。

「你怎能這樣說？！」馬公安。

「直頭是啦！」群眾嘩然先後的說。

「中國的農場不像越南的新經濟區！大家可放心。」北佬。

這句一出，即刻觸怒大眾十夫十手所指。

「你這個衰佬（混蛋）！死佬！呢個死北頭（佬）！……」群眾大聲疾罵。

「這麼好你又不進去，又要跟我們來這裡幹嗎？！死衰佬！」其中一人氣怒大聲罵道。

「進去農場啦！衰佬！」憤怒的群眾。

六叔氣到臉都紅了起來指著那名北佬大罵：

「幹你媽的（廣東語）！你這個死北頭（佬）走狗！，又想跟我們去香港，又要幫公安做走狗，幹你媽的！等一下你就知道我。」

他氣沖沖的站起來，北佬還以為是去打他，即時側身閃避躲到公安的背後，六叔氣怒走出去。

「喂喂！你怎麼可以這樣罵人的？你叫甚麼名？」公安。

六叔轉回頭拍起胸膛大聲回答：

「我叫老李！」之後離去。

公安見狀不妙，和北佬站起來說：

「我們走！」

北佬跟在公安後面，被憤怒的群眾舉起拳頭以示要打他，嚇到他快步跟緊公安。

在鬥爭極度艱苦期間遇上了不少自私鬼，已傷透了腦筋，現在竟然還遇到這個既要想投奔自由，又要當走狗，矛盾兼且愚蠢的人。令筆者想起那些曾拋棄一切財產，冒了九死一生，甚至不少人還遭到家散人亡的慘痛才換得自由，可是到了自由世界後，共產官員跟他握個手拍張相，就感到無限光榮而親共，已完全忘了他換來自由所付出的沉重代價。這種人與上述那個被十夫十手所指的人有同樣的心態，有失做人尊嚴，真叫人嘆息。

室內小討論

剛才公安在第二棟（即老項那一棟）所召開的探討會原來也同時在第一棟裡召開。近晚時，第一招待所三元里有四名青年男女連同第一棟的兩名代表到第二棟裡找老項談話，大家蓆地而坐圍繞著一張象棋盤紙。門口走廊小孩們在玩跳圈。他們正當談論之際醒目的小孩用手拍牆幾下，裡面的人便裝作下棋姿態，故意大叫「將軍」然後哈哈大笑。小孩向裡面點點頭以示公安下去樓梯，然後繼續談論。有坤首先發問三元里的代表：

「這幾天三元里的情形怎樣？」

「這兩個星期從農場倒流的和從河口彭祥兩地不肯進農場而直頭來的，突然增加至四千多人，走廊樓梯底廁所都住滿了人，令人寸步難移。大部份是北越歸僑，那些北仔整天打架，偷東西，有些專門偷南方人的身份證，以備將來去香港做難民證之用，甚至還有殺人命案，搞得天下大亂。公安又進我們難民的帳，真是豈有此理！」

有坤聽了深深呼了一口氣才說：

「在共產制度下長大的人就是這樣，在他們的生命中沒有理想

也不知道甚麼叫做前途。共產黨實施愚民政策不讓他們接受教育，所以文化很低不會說道理，粗言粗語兩三句繼之就動手。為了我們下一代不致像他們那樣，這就是我們死都要逃離共產的主要原因之一。今天三元里的情形足以給共產黨知道，要逃離共產的成份中不單止是我們南方人，連那些在共產制度生活了幾十年的，在共產制度孕育長大的同樣也要敬而遠之。」

「剛才你們這裡開會的情的怎樣？」三元里的一名代表問老項。

「噢！剛才那個不算得是甚麼會，因為明天我們在飯堂裡有個會議，公安想來探討我們的意向以便做好明天他們議程的準備工作。我這一棟是由馬公安主持講話，他帶來一個北佬想要說服我們改變主意進去農場，那個犯眾憎一開口就被大家喊打喊殺，搞到不歡而散。還有第一棟的情形由你（指第一棟的代表）來講。」

「我那一棟有兩名公安來和我們講話，難民中老謝（TA）同公安對講最多。我們從頭到尾意志一致堅決表現得非常好，只是佬謝（TA）說話不夠婉轉幾乎發生不愉快的場面。」

「唔……明天早上我們在飯堂裡開會，你們回去第一招待所裡叫多些人到來旁聽以作參考，相信不久你們那邊也有同樣的開會。」老項對三元里的代表說。

飯堂大會

在飯堂裡一張用飯桌排成十多公尺長的會議桌，五名公安分成二行坐在其一端，三前兩後，前排發言後排紀錄；難民圍桌而坐，後面圍站著重重的難民和歸僑旁聽者，人數不下於三百，前排中坐的幹部公安首先發言：

「這次因為越南在蘇聯的指使下發生了排華事件，我們政府盡

了最大的努力做好接僑工作，依照政府的計劃接回來的歸僑都要安排進去農場，其他的事我們一概不理。」

難民中首先由上了年紀的姨婆回答：

「我們都不是歸僑，為甚麼老是要我們進去你們的農場呢？」

「你們不承認是歸僑哪就是不承認你們是中國人，這樣為何要來到我們的國家？」中間的一名幹部。

這正是個好題材給蓮芳發洩鬱在南方人肚裡已久的心聲。

「越共在中國共產黨鼎力支持下打進了越南南方，奪了我們的財產，當我們是罪人，有些被屠殺，有些被捉去坐牢，剩下來的就全部被強迫進去他們所謂的新經濟區，在裡面任由自生自滅，弄到多少人家散人亡（用手抹去眼淚），很明顯的是一場大災難。我們就在恐慌中到處亂竄亂逃，所以才逃來這裡，你們就硬說我們是中國人，那麼哪些逃到泰國的，難道就是泰國人嗎？哪些逃到馬來西亞的，難道就是馬來西亞人嗎？」

有如一場大控訴，全場鴉雀無聲。

「你們既然不承認是中國人，哪你們是甚麼人？」左邊幹部。

「我們是越南共和國（REPUBLIC OF VIETNAM）的越南人。」蓮芳。

「你們來的時候憑甚麼護照？」右邊的幹部問。

「逃亡逃難都要申請護照的嗎？哪些從中國游水偷渡去香港的人，你們中國政府有沒有發給他們偷渡護照？」蓮芳。

對答得非常妙，搏得全場掌聲如雷。

「你們不是中國人為甚麼能說流利的中國話？」中間幹部。

「我們越南共和國（REPUBLIC OF VIETNAM）是個自由政體的國家，人民可以學習自己所喜歡的語文，所以很多越南人都會

說中國話寫中國字，難道會說中國話的人就一定是中國人了嗎？同樣的，很多中國人都會說英語法語，這樣他們就是英國人法國人了嗎？」蓮芳。

全場掌聲。

「你們憑甚麼紙張來說你們是外國人？」幹部。

「我們個個都有越南共和國的身份證。」六叔。

「我們國家是不承認反動政府一切的紙張。」幹部。

幹部說完這句話之後全場一時無人回應發表，會場稍靜片刻，這正是猛人在後的發言良機，有坤舉手發言。全場目光就集中到他身上。

「聽了剛才這位幹部先生的說話之後，我有兩個問題和兩個意見。第一個問題是，我們持有越南共和國所發給的身份證明紙張，你們居然否認我們是越南人，那麼請問你們又憑何種證件來說我們是中國人呢？第二，所謂的反動政府，我不知道你們是站在那一個角度來說這個名稱，相信說這名稱的，必定是站在黨的利益而說的吧。可是這一說法已忽略了民族的利益了！因為要是站在維護民族的利益，就不應該用這種不文明不進步的名詞來稱號我們的國家。請你們看清一下，在我們自由政體國家統治下，中國人的後代獲一視同仁，可以經營從最小的商店到最大的工廠企業；可以成立數以百計的各個姓氏相濟會，各地的同鄉會，華人社會可擁有六間規模宏大的，設備齊全的現代化『華人公立大醫院』，以及數百間華人學校供華人後裔去學習自己祖宗的文化。就以我們現場的越南南方華裔青年來說個個都有初中以上的中文程度，幾歲的兒童都會操流利的中國普通話，如此的政府對中華民族來說還應該稱為反動政府嗎？相反的，在你們素來所尊稱「同志加兄弟」的北越政權統治下

的華人，他們的財產早就被沒收完蛋，華人社團早就被解散連華人的祖宗文化也都被消踪滅跡了，在場亦有不少你們的歸僑青年，他們就是在所謂的『同志加兄弟』的政體下長大的，有那一位是據有真真正正的中文小學程度的請站出來給大家見見面。」

全場一片靜寂，大家望來望去沒有人舉手也沒人發言。那幾名幹部眼睛睜得大大似乎有點臉紅的望住老項。前排有兩名幹部在交頭接耳細語說：

「不是他們的對手，我們散會。」

「忍耐一點，他還未說完。」幹部。

一陣子的冷靜並無任何反應，有坤繼續說：

「我的一個意見是，我們既不是歸僑，又不習慣這裡的農村生活，強迫我們進去農場，對雙方都得不到好處，倒不如將我們送到香港國際難民營去。」

「我們政府不能這樣做的。」幹部。

「要是這個方法行不通的話，另外一個辦法是，那些北越漁民歸僑回國後通通都將船賣給水產隊而陸上農場，就請中國政府將這些船賣給我們讓我們自己去。」有坤。

「在大海裡漂流是很危險的事，中國政府是講人道的，不能這樣做。」右邊的幹部。

「我們只要能離開這裡，就算死在大海裡也心甘，老是要我們進去一個不適合我們生活的地方去生活，這樣才是真正的無人道。」蓮芳。

前座中間的幹部左右望了一下說：

「好！我們就將大家的意見向中央報告，等待中央解決。」

說後便起身離座。

室內座談

　　在等待期間他們並無休止或鬆弛，曾選派代表上京去見國務院有關部門。可惜這個重責並不是人人都能勝任，結果只得空手回來向老項報告。三名三元里的男女青年陪同北上代表（忘了名字）來到老項的房間座談。這次的會談已不像往時那樣秘密，因為要做的事都已進行，心意和目的已赤裸裸的向公安表露無遺，不再忌憚任何阻撓，老項問：

　　「去北京的情況怎樣？」

　　「那個駝背佬像白蟻一樣，口硬屁股軟，起初裝得很英勇拍起胸來領任，第二天就腳軟了不敢去，把大家捐給他的途費都交給我叫我去，無可選擇中只好從命。不過這次去（北京）只是白走一趟，進去國務院幾次都得不到要領，不肯給我見任何人員，可能是因為太多人到國務院伸冤的關係。門前坐著一堆堆的人，有些已經昏倒，還看到仵工將一些屍體抬上車，情況真令人失望和恐懼，不去看見真不知道有這麼的一回事。」

　　有坤聽了只得無奈，他起身走去取來幾個國家駐北京大使寄來的黃皮大信封說：

　　「外國大使館已經有了回信。」

　　「有甚麼好消息嗎？」女青年。

　　「美國，英國，澳洲幾個國家大使館的回信中都說要依照他們的移民條例才能辦理移民，就是說全無希望。」蓮芳苦笑回答。

　　老項接下說：

　　「幾封回信中最有人情味的是加拿大，現在我把它譯成中文讀給大家聽：

『親愛的阿強先生及你們的朋友們。

來信已經獲悉，我們非常同情你們目前的處境，於是我曾親自前往會見中國有關人員轉達你們的意見。至為可惜的是，我尚未得到任何有關問題的答覆，不過，請你們不要灰心，我將會繼續努力，希望帶給你們的好消息』。

這是無希望中的一個安慰。」

「也好，雖是無能為力，但起碼也給北京政府知道，已經有外國大使知道和關心這件事，抑止共產佬對我們生邪念。」青年。

「我們三元里很佩服你們沙河瘦狗嶺非常團結，我們那邊往往令人灰心。」另一名青年。

「其實人到處都是一樣，只要懂得方法去應付那些貪生怕死，想要坐享其成的自私鬼就行了。」老項。

「現在項大哥還有甚麼大計？」北上青年。

「計劃中的第一點是，要通知大家意志要堅決，行動要一致，有事立刻跟我們這邊連絡。」

青年們近乎異口同聲的：

「是！遵令。」大家哈哈大笑。

火車站爭奪難民

有一批歸僑行將從昆明路經廣州去福建農場之前，三元里已接到電報，時間是四天後的晚上十一時。他們便緊張起來隨即派數名代表趕去瘦狗嶺商討意見。經有坤智囊團及代表們商量後，有見於瘦狗嶺晚上受到巴士所限，沒法直接參與行動就由三元里全力以赴。到了那晚，動員近百人分批前往廣州火車站以避開公安的注意力。但公安局也早料到會有這一招，所以在車站入口處置障礙物，

並有約二十名公安把守將來人攔截。公安向人群開聲發問：

「去那裡？」

「我們來接親人。」

「今晚沒有任何人可以下車，不准進！」

「那些歸僑才是去農場的，還有南方難民不是進農場為甚麼不可以下車？」

一輪爭論之際，火車已經抵站，並漸漸地停下來。原來每個車廂都有人員看守，不給任何人離車。但難民們都早已準備行李拖男帶女，當火車一停就擠迫在車廂門口強勁的擠下車。車站外的人群也緊張起來跟公安們推推擁擁扭成一團，呼叫聲混混雜雜情況十分混亂。公安局真的沒想到會有這幕鬧劇，所以只用約二十名的公安敵不過數百難民的衝擊，好像一批漏網魚似的全部過關。人群嘻嘻哈哈大笑走離火車站，確是名副其實的鬧劇一番。

偷渡去香港澳門

在瘦狗嶺待了三個月仍然沒有任何官方的消息，大家都感到不耐煩，有些就乾脆自己行動起來。有兩個家庭偷渡到深圳，有三個家庭偷渡到澳門邊境。也同一命運被送回來。據偷渡去香港的陳姓說：

「在火車上，我們和香港客在一起坐，查票員檢查車票和紙張時，港客呈示車票與回港證，我們就遞出車票與越南共和國的塑膠身份證，查票員看了看之後不明白是甚麼即交還給我們，這樣就一直平安到站。下了車通過最後一處檢查關卡時查沒有我們的名冊，就把我們兩個家庭扣留起來，在另一處等候。不多久，一名公安走來對我們說，我們去香港的手續還不夠，請我們上車到附近的辦事處辦理手續然後送回來這裡過橋。我們已明白上車的後果是甚麼，

所以不肯上車，幾名男女公安走來連推帶擁，我們極力反抗，婦女和小孩大聲哭喊，公安見狀便停下手好好對我們說叫我們放心，只是送去他指那間辦事處而已，回來就可以過橋的了。我想了一會，在這種情況下再沒有法子可以想，最後還是乖乖上車，兩名公車跟著上，就一直回到這裡等候過橋。」苦笑一下。

「算是不夠運下次再努力。」有坤。

剛訪問完畢香港偷渡客，房外走廊又傳來陣陣喧鬧聲。正是大家緊張地慰問那被送回來的三家澳門偷渡客。

有仁有義的消息

有仁有義（Hong A Sat Hong A Pat）是有坤的兩個親弟弟。從河口去廣州的一批新難民中，有一個家庭是有坤的街坊，他從熟人口裡得知有坤的兩個弟弟也已過來中國，曾在河口山腰接待所裡見過面。兩兄弟看見周圍的農村生活後大所失望，又將被分派到緬甸邊界的芒市農場去。把兩兄弟都嚇壞了，便在某天的晚上漏夜又偷逃回去。

有坤聽了心裡在矛盾著，因為他不想兩個弟弟留在中國，若是留下處境跟他目前一樣去路未卜。現在已經逃回去了，能否順利過河又是最大的疑慮，要是給越南公安發現，哪生命就堪虞了，他對兩個弟弟的命運極度憂慮。

註：後來得知，那次再偷渡回去，說來有如神話似的。吃過了晚飯，兄弟準備行程，心中在祈求祖先和觀世音菩薩打救給予一場大雨以便行事。果真的，到了半夜下了大雷雨，兩兄弟就漏夜趕上路。由於大雨，河兩岸的邊防公安自然鬆弛，就此順利過河。當渡河時，因雨下得太大導致河水上漲急流，幾乎命喪河中。會否是祖先有靈？最後總算大步跨過這場災難。

校園農場

　　華僑補校的範圍相當廣闊，除了幾個籃球場，足球場，魚塘之外，尚有廣大的空間供在學的師範學生種花生和稻米。已屆收割時，男女學生們在烈日下努力收穫。女生有紮辮子或短髮，不同花色的對胸襯衣，藍色西褲塑料鞋；男生個個戴草帽（Farmer straw hat），穿背心塑料涼鞋。那個已經幾個月都沒理髮刮鬍子，穿背心游泳褲不穿鞋的有坤，同太太和三名小孩，在觀看學生們打稻子和採花生。花生是從坭土裡挖出來集成一把把然後放成堆，此工作多由女生負責；割禾打稻則多由男生負責，把一挑挑收割的禾分成一把把放在腳踏式打稻機輪上去脫穀。光民看得很有趣就跟他們一起做小幫手。學生們對這個家庭很有親切感，小休時大家便走來圍在一起，並請有坤夫婦到樹蔭下坐下聊天，還遞上他們辛勞的成果——花生和茶水顯得非常客氣。

　　一名男生對有坤夫婦說：

　　「看你們南越華人的衣著談吐與北越歸僑相差得太遠了！你可以說一些關於越南的生活情況給我們聽嗎？」

　　「哪你們想要聽是北越的抑或是南越的？」有坤故意開玩笑問道。

　　「當然是南越拉！北越比我們還要差聽來幹嗎？」一名知青。

　　「在南越農村與中國農村有個很大的區別是已經不用牛耕田了，連打穀子都用機器，生產率比中國農村高得多。」有坤。

　　「哪農民的生活是怎樣的？」知青問。

　　蓮芳口癢得很搶先回答：

　　「在這裡你們瞧不起農民，但在南越農民的生活比城市裡的工

人好得多，甚至連小商人也及不上農民。」

「那麼在城市裡人民的生活又怎樣？」知青。

「當然，任何地方都有貧有富，富貴人家的生活私家車洋樓樣樣有就不用說了，就以一般市民來說，起碼的生活水平比這裡我所看到的要好得多。要是沒有北方共產對南方經濟的破壞，哪生活就更加寫意了。」有坤。

蓮芳便叫那正在田裡玩耍的女兒光華回去房裡取來過關時僅剩的幾張彩色相片給他們看以示證實。

相片拿來，大家哄來共賞，嘩然叫聲讚不絕口，那些還在田裡工作的學生都放下鋤頭走來分享。

「哇！好美好美！」

「原來南方人的生活是這樣的！」

「我是第一次看到這麼美的彩色相片。」

「人家的生活這麼好，這麼進步，還要強迫人家進去農場抓7（鋤頭）」，一位女生口快說完之後伸舌頭左瞻右望看有否公安在。

「你是從大陸去越南的或是台灣去的？怎麼你的普通話說得哪麼好？」一名男生問老項。

有坤微笑回答：

「是從大陸去的，不過我已經是第四代了。」

大家一陣哈哈大笑。

「不單止我的家庭會說普通話，整個南越的華人都會說。因為南越是個自由國家，人民可以選擇學習自己所喜歡的語文，我們不但會說還會寫，同時還懂得中國的歷史地理。」蓮芳。

「講到歷史地理我們就慚愧了，我們沒有歷史地理這一科。」一名學生。

　　「他呀！（指剛說的學生）只懂毛屎（史）而已。」一位女學生尖酸諷刺笑說。

　　大家哈哈笑。

　　「你呀！也是一樣。只懂毛屁而已。」那名男生不甘示弱地還嘴。

　　又一陣大笑。

遊黃花崗

　　聞名海內外的革命史蹟黃花崗（HUANG HUA GANG），從瘦狗嶺出去沙河廣州時，動物園和黃花崗是必經之處，當時做難民的個個情緒都很低落大家對它並不留意。但這個名揚中外的偉大革命歷史文物，對有坤來說是個難得的機會不可輕易放過，就算多苦悶都要進去一看以滿足一下身為學者的心願。

　　有一天夫婦倆出去沙河時就先在黃花崗站下車，一下車「浩氣長存」四個大字組成的橫額便在眼前。黃花崗的拱門很高大，可是被共產黨視為敵人的遺物，三十年無人維修，又加上文革時期的文化大毀滅，柱上面所雕有國民黨的字樣都被破壞，以便抹煞國民政府在大陸的痕蹟，因此整座拱門破舊不堪。拱門下有兩名人員在收入場費，每位遊客兩元人民幣，有坤上前向收費員說是難民，人員也不再多問即無阻地給進。他倆禮貌感謝一番便走進去。道旁兩邊樹木參天，範圍很不小，可惜滿園荒草。直走進去烈士們的墓碑便在眼前，是由一塊塊四方形的花崗石以金字塔形式疊成，這些方石是由世界各地華僑所捐贈。國民黨的黨徽只能在此見到，墓碑周圍只見撩亂零落的草木。這批烈士是民族的精英，為了挽救國家免於列強的瓜分而拋頭顱灑熱血。國家已被救起來了，卻被爭權奪利的

共產黨視為敵人而遭冷漠，令有識之士無不感慨萬千。

還有一處不能忽略的，也是夢寐以求希望能得一見的就是越南革命名人范鴻泰（PHAM HONG THAI）志士，他是以記者身份在廣州想刺殺一名法國外交官員失手而壯烈犧牲的越南抗法志士。蓋老項是個兩棲學者，故才有此念頭。他鍥而不捨地竄進叢草裡四處尋找，卒之在距離七十二烈士（Mausoleum of the 72 Martyrs）不遠的一處荒草樹蔭下找到。墳墓是一般形式的墓樣，只是石碑約一公尺多高，刻上「范鴻泰之墓」夫婦倆齊齊行了一鞠躬禮。簡此匆匆也算了卻身為兩棲學者之心願。

逛沙河

觀看了黃花崗，兩人又上車去逛沙河。沙河是在廣州市東北的一處邊區，從瘦狗嶺進出三元里或廣州市也必經此地。平時都沒有心情遊逛，那天夫婦倆將苦悶心情暫拋諸腦後，出去賞識一下當地的人情風土以不枉此留。

電子元件：沙河的街道不很寬大，但也不很小，屋宇店舖看來像是清末民初時代所遺留下來的古蹟。街上並非全是商舖，間中才有一兩間不同貨品的國營商店。經過一間店舖，門前掛著一排排用衣夾所夾住的電子元件。有坤好奇地駐腳望進去，看見屋內有八個中年婦女分為兩組圍坐著兩張矮小方桌。他們將一排排電容器和電阻器的電極浸入煮熔的鉛鍋裡，然後提出來掛在門口的鐵線上。他心中在想，電子元件是電子時代的產品，在中國就用這麼落後的人手去生產，品質將會如何？

沙河粉：在越南堤岸（VIETNAM CHOLON），很多的街邊粉檔都寫上沙河粉以招徠生意。這一回能親臨沙河祖地，想必定可

以大快朵頤。兩人走進去，有坤從袋子裡掏出糧票兩張，每張糧票是二兩，可購一大碗，付票並付錢後，端走兩大碗坐下去就先嚐為快。怎知一進口就覺得味道並不像想像中那麼美好，開始有點失望，勉強吞下幾口，再也吞不下了，兩人就此作罷。剛走出門口就看見一個八九歲大的小童箭步的走進去，很快地把握食機，吃不到幾啖被店員發現要把他趕走，老項上去阻止，並短暫的陪他讓他吃完。難以置信的，兩個大砵碗，不稍多久就被一掃光，吃完走了有坤才隨後跟出去。蓮芳也投以奇異的眼光望那小孩，有坤便以生物病理來解釋給她聽：

「動物跟人都有共同的生理結構，當長期饑餓時，肚子和胃都會脹大以便儲藏更多的食物，冀可吸收營養去補缺身體的需要，故此你會看到在長期飢荒環境裡的小孩個個肚子都是很大的，食量是同等年齡正常孩子的好幾倍，這種例子以後會有很多機會去考證要是離不開這裡的話。」一面走一面談。

街邊電話亭：走到一個巷口，看見巷口與行人道之間擺放一張凳，上面有一個舊式手撥電話機，一名中年婦女坐在旁邊的矮凳上看守，適值有個男子經過停下來，遞了幾分錢給看守的婦人之後提起話筒撥動號碼說：

「幫我到中山路（某）號房叫我家人出來聽電話。」然後等著。

看了夫婦倆才知道，這是廣州市的公共電話亭。

黑市收購唱片唱帶：走到一條全是矮屋的街道上，一名青年站在門口望住鬍子蓬鬆的有坤和衣著光鮮如港人的蓮芳，不問而知這必定是越南來客的了，便開聲：

「請進來！我跟你買唱片。」

有坤在他身上打量一下，覺得無可疑，兩人便跟進去。一進

去便是個客廳，內有床鋪和書桌等物，夫婦便住腳，那青年回頭叫「跟我進來」。原來屋內有屋，兩人隨後走過一道狹小走廊，到後面另一間小房子，這房子好窄，只可放下一張雙人床，小衣櫃，書桌和兩張椅在書桌兩端。青年的太太向客人點頭打招呼和請坐，主人夫婦倆坐在床邊。

書桌上擺放一部學外語用的手提小錄音機，一部較為巨型的手搖唱機，有坤好奇的看它側邊的小牌子，上面寫著「北京製造‧一九七七年」，這個年份還是很新，剛出品一年左右。

「這個是怎樣用的？」有坤問。

青年向有坤介紹中國的新產品並順語入題：

「這個比過去的要新式得多，是晶體唱頭，半導體擴音器，上一次練可以唱兩首歌，你有唱片和唱帶嗎？有就拿來賣給我或者錄音機都好，要是收錄兩用的更好，不要賣給收購站，這部錄音機也是我跟你們難民買的，八百塊，收購站最多給六百塊而已。」

有坤一面聽，一面暗自想，早在六〇年代世界各地已流行自動落碟唱盤，身歷聲音響，現在將近八十年代，在中國還是手搖式唱盤，連最簡單的錄音機都還沒有，中國真是落後到這個地步。

女主人抓開小几上所蓋著的一塊花布，裡面有十多張三十三轉唱片，面上一張印有鄧麗君的封面和幾盒唱帶，她對有坤夫婦說：

「這些都是台灣唱片很好聽，誰有就叫他帶來賣給我們。」

「唱片唱帶之類的東西，要找那些北越歸僑才有。」蓮芳。

「哪！你們不是歸僑嗎？」青年很詫異的問道。

「我們是南越的難民而不是北越的歸僑。」蓮芳。

「怎麼南越沒有這些東西的？」青年。

「有！你們這些唱帶和那部小型錄音機都是南越的。」有坤。

「哪怎麼你們又沒有？」青年。

「自從南越淪陷之後，北越的人民可以到南越去，他們將幾十年的積蓄拿到南越去買了很多的東西帶回北方，現在他們回來中國就整家搬運過來；還有我們南方人民就要以偷渡方式進入北方，然後再過來中國，所以甚麼也不能帶。」有坤。

「噢！原來如此，不說真是不知，如果你們曉得那些歸僑誰有唱片唱帶唱機這類東西，就叫他們拿來賣給我們，不要拿去收購站。」青年的太太。

「好的，好的。」蓮芳。

國營商店：兩人路經一間國營商店，門口擠著一大堆人向內望，好像發生了甚麼事。他倆也趨前看個究竟。一望進去，看見兩男兩女的南方難民正在跟那名女售貨員罵架，鬧得臉紅耳赤。他倆急著躋進去。

「什麼事？！」老項問。

「這麼討厭的人都有的！想買點東西問了幾聲，她在看書不理不睬的，再問多一聲就給她罵，這麼無禮貌的人都是來中國才看到。」女。

「這種態度真是難忍！」男。

「你有本事就到別處去買呀！我這裡就是這樣的。」售貨員。

「我一個耳光就打死你。」女的氣得舉起手掌作勢嚇她。

「算了！算了！這裡是鐵飯碗制度，做是三十六（元）不做也是三十六，我們出去喝碗涼茶降一降溫就沒事了。」蓮芳。

門外眾心大快地說：

「好啊！好啊！要西貢的難民才能治得她，我們給她欺負慣了。」

他們走出去到左近的涼茶檔，每人喝一碗涼茶。

佛山遊

　　佛山（Foshan）是廣州市西邊的一個小衛星城。因為在越南堤岸（Cho-lon）有一間大酒樓名叫佛山。因此令西貢難民慕名而去。那天老項夫婦約了十多名同伴，並得到一位當地人當導遊，在廣州市西邊搭渡船過江才上火車，這道火車乘客實在太多，大家只能站不能坐，就像城裡搭公共汽車一樣，不過行程很短只有二十分鐘便抵達。下了火車向四周一望真叫人大失所望。在他們心目中還以為佛山必是個風景優美古樹參天的名山，山上會有很多佛寺，原來大家都被佛山的美名所騙倒，佛山是沒有山的。在失望中，問導遊，是否這裡有很多佛寺？導遊答道，只有一間。既來到，一間都要去看個究竟。又令大家再一次失望，這並非是佛寺，樣子很像堤岸的阿婆廟，而且還是文革大破壞的遺跡，裡面的雷公神，天神等的部份鬍子都已脫落，正如廣東人所說的「甩鬚」（無面子），敗興而歸。

逛廣州街

　　廣州市街道寬敞，白天街上來往的人很多，沒有交通燈，在繁忙的十字路口才有警察站在路中間指揮車輛，人們隨處橫過馬路，汽車笛聲響個不停，險象環生。看不到有私家車，個人交通工具以單車為主。公共交通有普通巴士和無軌電線車，並且兩廂相連。由於車輛不足，造成人們爭先恐後地爭上車的醜態。那些從西貢逃來的難民他們都有禮讓的習慣，可是在廣州禮讓令他們吃大虧，自己上不了車，以後再也不做君子了。這就是俗語所說的，是因地水的關係，要入鄉隨俗。

在民國時代，廣州是個不夜天的城市，其名遠播整個東南亞，在共產黨盤據大陸之後，全中國的各大小城市一夜之間變為死城，當然廣州也不例外。後來政局隱定後才恢復部份商店，但全部都是國營，所以在每條漫長的街道上，只是寥寥可數的幾間店舖，僅在外國遊客常到的地方，商店才較為密集些。南方大廈（Nanfang shoppingmall）是一間數幢樓高的大商場遊客必到之處。

在很多商店中都有個特別之處，就是免費供應避孕套，有些商店還擺設一架有如收銀機似的供應機。上面有三個手按把，分別是大中小的尺寸，每拉按一下，掉下一個，數目不限，大中小隨君選擇。不過都是原始型，沒有包裝，更沒有潤滑劑。

中國政府此舉，說明了無冕皇帝毛澤東開金口「人多好辦事」錯了！現在要急起節育，大派恩愛禮物。社會學教授馬寅初（Mayin Chu）先生因為提倡節育計劃，觸犯了毛金言而被整肅，太冤枉了！

三元里開大會

瘦狗嶺第二接待所大會過後幾天，接下是三元里大會。這次大會通知的時間很短，早上出通告，下午一時即召開，但仍然有足夠的時間去連絡。當接到報訊後，瘦狗嶺的百人大隊及時趕至。主持大會的幹部們早有預料，所以把大鐵門都關起來，援兵不得其門而入。對著在傳達室內眼瞪瞪的守門者大聲叫喊開門，又敲又拍。有些乾脆攀牆進去，守門者看見人多，來勢洶湧恐怕大門會被推倒，便上前把門打開，人群一窩蜂衝進去。一個可容納五百人的專用會堂早已坐滿和圍滿了人。一名被幹部安排從農場出來的歸僑，正在講臺上講述華僑農場的好處。他一把稿子讀完就被台下的人大聲

喝倒采，喝他下臺，越南語，中國語，廣東話混在一起，罵他死狗混蛋，人聲嘈雜喧鬧，秩序大亂。適值瘦狗嶺人馬擁進去，群眾突然以熱烈的掌聲歡迎高呼「來了！來了！」火爆的場面即轉為歡迎場面。

幹部們怒目瞪瞪的望住來者和會場內的群眾。

他們進去後立刻得到在座群眾給予分坐和分位同站。

幹部見狀心中似有來了猛將的感覺，兩名幹部在交頭接耳後，其中一名便宣佈說：

「我們的大會就到此為止，等一下大家出去看布告。」

另一名則說：

「按照我政府的決定，要是誰不承認是歸僑的，就將他們遣送回越南。」

即時獲得全場鼓掌，掌聲長達數分鐘之久。這名發言的幹部本想以恐嚇來警告群眾，料想不到反而得到熱烈的掌聲歡迎。

六名幹部全部被氣得眼瞪瞪的站了起來準備離去。在走之前，其中一名怒氣不服的說：

「豈有此理！難道我們十億中國人就會怕你們這些難民嗎？」

此時坐在前排的有坤即站起來詞嚴語正地說：

「十億中國人並不像你那樣說話，十億中國人並不是用來對付這幾千難民的。」

又一陣如雷掌聲，拍掌拍凳，高聲喊「好！好！……」

幹部們無可奈何的走出去。

群眾以叱！叱！聲，口哨噓噓……聲相送。

兩名幹部在布告欄上貼布告，但大家並不去理他，也不想知道是甚麼，不外都是催促進農場。

第八節　自願被羈留

公安羈留所

自三元里大會後的幾天，在兩處招待所裡出了大字通告說，誰不願意進農場的就要到辦公室裡去登記，以便送進羈留所等候遣返越南，遺下的就全部送進農場。

在第二招待所裡只有六十多戶的南方人，全部都前往登記，在第一招待所裡人數達數千，當中南方人也佔近千，但前往登記的卻只有十多戶而已，遺下的也跟北方人一樣採取觀望態度，只想坐享其成。

登記的家長們於第二天中午一時，公安以專車送到一處離三元里不遠的地方叫做「廣州財貿處」去填寫紙張。室內有如學習的課室，由兩名戴警帽，穿白衣藍褲黑皮鞋的公安沿一桌桌派發表格。台頭橫寫「外國人非法入境填寫表格」的簡體字。在填寫之前，那兩名公安在眾人面前莊嚴地聲明：

「我們的華僑農場只有華人才有資格進去，外國人是不可以進我們的農場。如要堅持是越南人的，我政府就要循外交途徑控以非法入境的罪名拘留起來，然後遣返越南，所以在填寫和簽名之前最好再三考慮清楚。」

公安講完之後，什麼考慮也沒有，大家執起筆就寫。四名在場公安有如監考一樣監視著考生。不到半小時大家都把表格填好，由四名公安逐行收卷，之後排隊出去門口走廊處拍監犯照。回去後第

二天才舉家送進財貿臨時拘留中心。

財貿處有數棟三幢高的排樓，騰出四棟做臨時拘留所，美其名為第三招待所。難民住在二和三樓，底層是辦公廳和駐守的公安武警。公安有秩序地帶進每棟房間，在這裡就完全失去了自由。每層的梯間都有公安看守不得隨意上下，連小孩也不例外。一天三餐，每到餐期由公安帶隊到樓下去領取。菜譜幾乎餐餐都是吃齋。還好，每隔幾天，公安批給數名代表出去廣州市為大家買日用品，藉此可買些罐頭肉類補充營養。

小插曲

一對夫婦進去鄉下，當回來時同伴們已經進入羈留所。他倆哀求公安給進去。

「拜託拜託給我們進去跟他們在一起。」男的說。

「進去裡面的人只是幾百而已，絕大多數都在外面，你們這麼緊張做甚麼？而且這批人是準備送回越南的，還是不要自討苦吃的好。」公安。

「我願意回去越南，回去還可以有機會偷渡，在這裡寧願自殺也不願意活下去。」女的哭著求訴。

「拜託拜託，幹部先生，求求你給我們進去跟他們在一起吧！」男的說。

最後還是不得其門，揮淚離去。

通訊連絡

在財貿羈留所難民被孤立於四座樓房，斷絕來往，樓上樓下也不得串通。此舉是公安分化的手段以便任由擺佈。雖然公安有張良

計而難民亦有過牆梯。首先在同座樓裡，看守梯間的公安看難民亦非是甚麼大間諜案，看守只是形式而已，鬆弛的機會很多，尤以對那些天真無邪貪玩捉迷藏的小孩們經常竄上竄下也少得理。藉此可以大肆通風報訊；此外在座與座之間就用小黑板或硬紙皮寫大字在窗口互通訊息，老項經常叫他們堅持不進農場，不回越南為兩大原則。

有坤寄信

被關在財貿，有坤恐怕在三元里的同伴會被公安嚇倒。因此他以暗號叮囑他們堅強不屈。

> 老梁：
>
> 我需要一些罐頭，魚露，牙膏，牙刷，牙刷是硬硬的那一種，軟軟是不行無用的，懂嗎？
>
> 謝謝。
>
> 老項　七八年九月四日

把信摺好放進信封內。信封上面寫：

> 廣州第一接待站
> 三元里
> 第一座二樓二號
> 梁善美收

寄信人是寫上他的姓名，好讓同道者知道打開。貼上郵票。叫女兒帶到樓下的郵箱去投寄。

公安召開小組討論會

在羈留期間，中共外交部的確有跟越共外交部聯繫商榷有關收回難民事件。但越共並不妥協，會議結果刊登在報章上，公安要難民大家討論。

每一層樓均分為兩組，每組分別擠在一間房裡由一名公安看管。公安遞給一張南方日報在劃定的一欄裡叫其中一人讀：

「新華社北京消息。中越外交部次長第一次在河內（Hanoi）會議，我外交部要求越南收回滯留在中國境內的越南人，此次會議並未達成任何協定，因為越方拒絕接收，會議還會繼續召開……」

聽完這段訊息，大家毫無反應。稍一會公安說：

「你們大家先討論，將討論後的感想寫一張意見書交到辦事處。」便走了。

讀報者把報紙放下望向群眾微笑地說：

「怎樣寫這個意見書？」

「現在全部意見書是由項先生作主，我們也不知道怎樣寫才好？」一名婦女說。

「是啦！都是老項才有辦法。」異口同聲地說。

「老項發表一下你的心聲給大家聽聽看。」其中一名男子。

這時老項才慢吞吞地說：

「照我個人的觀感來看，越共是不會接我們回去的，大家不必擔心。不過，老實說，中共一定要將我們押回去的話，我們也不須要反抗，順其自然，甚麼原因大家都會明白的喇。」

「明白！」大家笑答（意思是回去才有機會從海路偷渡）。

他繼續說：

「當然，這個大家心底裡的意向是不能在公安面前表露出來。」

他便指定一男一女說：

「你兩位就做我們的臨時秘書吧。」

人群中很快就把紙和筆遞給他倆人。老項便講述內容，意見書的內容大概如下。

「經全體在會者的討論後，大家的決議是請求中國政府將我們送交聯合國難民總署，這是我們素來的懇切要求，因為，如果中國政府將我們送回越南，下面的情形必會出現。首先的是，越共政府要我們在電臺上醜化中國；其次是無形中中國便增加了好幾百個持槍對抗的敵人。要是中國政府將我們送交給聯合國難民總署，我們得了自由，除了非常感謝中國政府之外，將來在我們這批難民之中，會有不少人再到來中國遊歷觀光，到時又增加了不少的朋友，同時也增加了外匯收益，且說多一個朋友總比多一個敵人要好得多。在價值衡量之下，敬請中國政府三思而後行。」

我的意見大致上就是如此，大家如有更好的意見，請提出來。

大家拍手讚好，未見有加插任何意見，其中還有一位男子大聲說：

「好東西！好東西！」

有坤開玩笑地指女秘書說：

「他說你是河東獅。」

惹得哄堂大笑。

男女秘書在桌子上把有坤剛才的話記錄下來並整理，又另行多抄一份，女秘書把它摺好放進一個小孩的袋裡叫他偷偷送到樓上去。此外男女秘書又走到端邊的一間房和裡面的同伴用小黑板在窗口向隔鄰棟樓通訊。

三元里人群上街示威

　　廣州公安局以為把一批人關起來，可收阻嚇作用，餘下的會乖乖地進入農場。可是事實並非如此，反而各個農場倒流出來的愈來愈多，使到公安一時無計可施。由於七八年的十月十四號在廣州有個叫做「廣州交易會」，屆時世界各地都有商業人仕到來參加，廣州公安局恐怕難民借此機會，向外國人求救而弄出尷尬和混亂場面。因此不得不向難民嘗試強硬手段。

　　七八年九月下旬的某天晚上，約七八點，二十名公安分成五組，到三元里進入各個房間硬把青年拉走。其餘的人見狀便大聲叫喊：「喂！怎麼你們不講理的這樣來捉人！」青年拚命反抗與公安扭成一團，一連幾個房間如此。

　　「公安捉人啊！公安捉人啊！」驚狂的喊叫聲四起。

　　被抓的青年與公安掙扎不想被拖走。人群蜂擁地上前搶救，演成了與公安武鬥。人群愈來愈多，公安寡不敵眾，終於放棄逃跑。憤怒的群眾直追。部份怒者把「廣州三元里華僑招待所」的牌子拆下來扔到地上。上千的怒者一湧而出，朝向就近的東方賓館走去。一路上高呼口號：

　　「中國公安無理捉人！無理捉人！

　　中國政府還我自由！還我自由！

　　自由萬歲！自由萬歲！……」

　　人群集中在東方賓館門前。初時賓館裡的人都很害怕，快步走進賓館裡去躲避，在樓上的人看到蜂擁的人群快快把窗門關起來，不知發生了甚麼事，或許他們還以為是示威反對外國人。後來聽到人群用英語呼喊口號，他們才把窗門打開，有些從賓館走出來向人

群接觸，並問到底發生了甚麼事？青年上前用英語向他們解釋說：「我們是越南西貢逃過來的難民，目的是想過境中國到香港國際難民營去，想不到中國政府竟把我們留下來，強迫我們進去農場，我們不能接受，所以要反抗。當你們回國後，請將這個消息在報章上發表出去讓全世界的人都知道，謝謝你們的幫忙。」

有些青年還用法語向另外一些遊客說明這次示威的起因和目的。

不一會，大批警察趕至，有些是用軍車運到，有些是騎摩托車而來，重重將人群包圍。首先將人群與遊客隔開不許他們接觸，然後用摩托車向人群推撞，使成為多個小單位。人群與警察發生扭打，場面非常混亂，有些被挾持拖上車，有些被一路拖一路打和踢；有些衝出包圍逃回三元里。成千人的大示威就此結束。這次的示威是出自公安所引發的反應，完全沒有組織，也沒有預謀。可說是破天荒的，這是外地人在強權統治下的中國唯一一次大示威。

財貿處公安召集大會

一九七八年十月三日，吃過了早點不久，公安通知各戶戶主及成年人到地面層的一間會議室去開會。四座樓分為兩組，即兩座為一組分別到不同的會議室去。有坤的一組有約八十人，由十名白衣藍褲警帽的公安監管排隊進入一間有如課室的會場裡。室內室外都有公安在巡視，體現得很莊嚴。

會場裡的內端，三名公安面對聽眾排坐著。中間那名公安站起來慢吞吞地說：

「首先我要聲明，今天的大會只是聽，不得發表任何意見（稍停，此時聽眾聚精會神地等著他的道出）。昨天是中越外交次長級，第八次會議，也是最後的一次。越南政府堅決不肯接收你們回去。

經我政府最後決定是……（大家非常緊張）全部安置進去農場。」

哇啦！哇啦！所有的婦女都號咷（嚎啕）大哭起來。

男的則站起來怒氣沖天的「豈有此理」，人聲嘈雜，六叔舉手。

「我早就說過，不許出聲。」公安嚴厲地喝阻。

儘管公安遏止，六叔依然大聲質問：

「為甚麼不把我們送到國際難民營去？！」

兩名公安上前壓制六叔。

「住口！我叫你住口！」

老項站起來大聲質問：

「為甚麼不把我們放走？！」

另兩名公安擠向前想把老項壓下來。

全場立刻騷動起來衝上去。

「你們不要動！你們不可動到老項一條頭髮。」人群齊聲地喝住公安。

兩名公安見勢洶湧，立刻住手。

老項一副怒臉兼無奈。

三名主持開會的公安見狀，也想快點結束此場集會以免節外生枝。中坐者便發言：

「請大家安靜下來！由後面先排隊回去。」

後面近門者先動身，男愁女哭的走出去。

那天剛好是陰天，正反映出愁雲慘霧籠罩著每個成年人的心。數名婦女跟有坤的太太擠在一起互相哭訴：

「走錯了路囉！坤嬸……」哭哭啼啼的說。擤鼻水，抹眼淚。

「我們這一代的前途不用想了，就是這麼多了，還有下一代怎麼辦……哭……」號咷大哭。

恐怖的一夜

開會那天的傍晚，數名公安在操場上的布告欄和牆壁上張貼農場分配名單，大家對這一幕不以為奇，所以當公安張貼時，並沒有人上前接近他們。等到公安走後才以痛定思痛的心前去看看自己命運落在何處。有些看見自己的名單被安排到三水（Sanshui）以及幾個接近澳門（Macao）的農場時，心中沾沾自喜。更有好幾名單身青年走進公安辦事處要求公安給他們去那幾個近澳門的農場，理由是那裡有他們的親人朋友可團聚。這只不過是藉口，在他們心中那幾個地方偷渡去澳門較為容易才是主因。哪是真的，有坤到了加拿大後遇到他的街坊，他是被分配到三水農場的一個幸運兒，他和幾個青年偷了小艇成功地抵達澳門再移居加拿大，驚險百出，還說了一大堆笑料。不過在財貿處那幾名青年的請求卻遭公安所拒。

已知劫數難逃，有坤整夜難眠，似在等待命運的招喚。約在半夜即一九七八年十月四日凌晨四時多光景，已進入半睡狀態的他，忽然間聽到輕微的摩托車聲，繼而是卡車聲，把他從迷惘中驚醒過來。車聲越來越響，他便爬起床坐在蚊帳裡，此舉也驚動了蓮芳跟著坐起靜聽。同房的夫婦也被驚醒坐了起來。大家的心跳如打鼓，緊張地等待著那恐怖的來臨。不一會公安打門叫門的嚴厲聲在多處響起。大家快快下床把衣服穿好。小孩們也被大人慌張動態嚇得呱呱大哭起來。蓮芳連忙把小孩們擁抱一堆免得他們吃驚。

公安雖是多次敲打門戶，但畢竟是無人自願開門。不一會，在有坤住房的隔壁兩間，突然發出一聲破門巨響，接著是婦女們淒慘的哭喊聲，和小孩們驚慌的凌厲叫喊聲，此情此景立刻衝破剛才大家的靜觀態度，不約而同地擁門衝出去搶救。可是在各走廊已滿

佈男女公安堵截他們的搶救行動。時已黎明，眼看四名白衣藍褲的女公安兩人抓手，兩人抓腳把一名體形較重的婦女抬出去沿樓梯而下，那名婦女大聲哭喊：

「中國公安無人道，中國公安無人道……」

一名穿著綠色軍服紮腰帶的女武警隨尾大拳打大腳踢那名叫喊的婦女，繼之是多名公安每兩名挾持一名難民男子拖下樓梯。隨後的是不再反抗抱著幼兒，哭哭啼啼的婦女和剛才驚慌過度的一群小孩們跟著走出來。哭聲震天。在樓上有青年因恐慌過度失去理智想跳樓，嚇得同伴們狂呼大叫，為在場公安和同伴們合力搶救才免了另一幕悲劇的發生。在多個房裡，和其他座樓亦然，均有婦女因失望和驚慌而昏厥，為早已在場等候的護士們用扛架床抬上救傷車急救。

吳銓的家庭提著行李哭哭啼啼的從樓上梯間走下來，蓮芳哭叫吳銓的太太：「銓嬸！」大家號咷大哭起來。蓮芳向攔阻的公安求情說：

「她是我很熟的朋友，請你給我過去跟她打個招呼，見最後一次面。」

公安讓開路給蓮芳走過去，蓮芳擁抱吳銓太太，兩人痛哭。

「銓嬸！……」放聲哭。

「坤嬸！……天公無眼給我們走來這裡……」嗚嗚大哭。

「天呀！天！……」蓮芳大哭。

所有婦女都停下步，大家號咷大哭，哭聲震動整座樓。公安見狀便把他倆拉開，驅趕銓嬸和其他停步人「快走！快走！」並喝令有坤這端房間的人：

「你們快點回去收拾行李，就輪到你們下去了，快！」

人群被眾公安所逼退回房間。

有坤眼看著停車場上的難民被公安連推帶趕的押上車。

他一家人和那對同房住的夫婦回到房間坐在床邊，無動聲色。

三名男公安和一名女公安走進去，一名男公安喝令說：

「項有坤，請你去上車吧！時間不早了！」

大家仍然不聲不動。

那名女公安向蓮芳動手，想將她拉走。

三名小孩眼看母親被抓，霎時間呱呱大哭喊起來。光凱緊抱著他媽媽狂哭；光華光民哭著大拳打那名女公安。光民還一面打一面咒罵那名女公安：「死狗公安你！死狗公安你！哭⋯⋯」

一名男公安動手拉有坤，有坤大喝一聲：

「不要動我！」公安放下手。

有坤望著孩子們，望著太太，再望向公安好一會兒，然後說：

「我們走！」

有坤夫婦拿起行李，和三名小孩慢慢地走出門口。

女公安走去拖起那名尚在床邊坐的少婦，男公安在旁提起他們的行李包，在女公安連拖帶挽下離開曾經悲極一時的房間。她丈夫也在公安們的推押下跟著走。

所有難民都已上了車，只有這兩戶人家是最後的遲來者。停車場上除了十多部運載難民的客車外，還有兩部救傷車，摩托車十多輛。

在多名公安的引導下，到達既定那輛運客車，有坤讓小孩們太太和那對夫婦先登上去，他在最後，但並不上車，腦海中像有很多要說的話，他轉過身來向眾目睽睽的公安們從容地說：

「你們向來都說中國公安說過的話就要算數，可是你們曾經穿起代表著中國政府的制服，莊莊嚴嚴地站在我們面前監看我們填寫那張「外國人非法入境填寫表格」，還說中國的農場」，只說到此

就被旁邊的兩名公安捉住，另一名還把有坤的右手扭轉背後，想把他推上車，有坤大聲喝道：

「不要動！毛主席講過「人民有話儘管說」，你們不得違反毛主席的教導。」

三名公安立刻放下手。

一名外圍公安插嘴說：

「你說的是反動的話。」

有坤接下說：

「毛主席說的，「不得戴帽子，不得加鞭子」既然身為公安，這兩句教導都可以忘記嗎？現在我心中有話就要讓我說，然之後要怎樣對付我，便由得你們。」

就近的公安都轉開臉低頭不敢望有坤，他繼續說：

「你們曾強調的說，外國人是沒有資格進入你們的農場，現在這樣做，不是自己打自己的嘴巴嗎？強迫他人進入自己的農場，不是自己貶低自己農場的價值嗎？」有坤說到這裡，公安長來一個昂頭示令，近身的三名公安就合力把他推上車。

車內的人見狀立刻騷動起來，男女老幼大聲呼喊。

「打他！打他」（叫打公安）。

幾個拳頭一齊中向公安頭和臉，小孩們已化驚慌為力量，執起塑膠瓶和硬物就扔向公安。

鄰近的客車也高呼起來。

「公安打老項！」

所有的難民在車內即時騷動起來，想要衝下車，眾公安連忙攔阻車門，有些青年還跟公安扭打混成一團，霎時間演變成火爆的局面。

有坤見狀不妙便高舉兩手揮動勸阻說：

「好！請大家安靜下來。」

聽到有坤的呼叫，這個騷動一時的場面立刻停止下來。

「現在已不是時候（抗爭），只要大家不灰心，堅持自由的理想，自由始終會屬於我們的。留得青山在，那怕無柴燒。終有一天我們會在自由世界裡見面，好！我們上車。」

看見有坤上了車，大家才返回原座。

第一，第二招待所，也同一日被分送到各個農場去。

第九節　農場生涯

前途坎坷

　　十多輛車開向不同的道路，悲從中來，灑淚上路。跟有坤一道路的只有兩部車。俗人常說「前途坎坷，或一生坎坷」的成語，意指人的一生起伏不常，歷程多波折，命運不理想。這正是體現著有坤的一生，也像他正在走著一條忽高忽低凹凸坎坷又蜿蜒曲折的泥土爛路。煙塵滾滾，車廂內顛簸拋搞（震）得非常厲害。有坤一家坐在最後，太太蜷曲躺在座上，他左右緊抱兩個小孩，卻被拋起至車廂頂，蓮芳被滾到座底，婦女小孩在嘔吐，個個軟弱無力。

　　當車駛進一道山隘（廣東讀拗音），兩邊高山峻嶺突現眼前，對於從來都沒見過如此高大山峰的南方人來說，有如突然進入地獄之感。頓時婦女小孩個個掩臉大哭。埋怨天公無眼給押進這條人煙絕跡之路。

　　熬了三個小時抵達中途站的一個小鎮停下來小休，有茶水和中式餅乾供應，但大家只是補充水不能進食。

新家園

　　在中途站小休半小時後，又要繼續登程。逃離越南最大的目的是尋找自由天地，希望下一代有他們大好前途。可是擺在他們眼前的十萬大山，寥無人煙的偏僻村落，就是他們的新家，錦繡前程就在此地。剛才兩旁的高山峻嶺，現在漸趨矮小的丘陵地帶。到了

下午約三時多才進入一處種茶地方，茶場沿著山丘起伏，車後煙塵滾滾都是紅黃色的塵土。年輕的採茶姑娘停下手上工作向這兩車新客行注目禮。在茶園中走約五分鐘，前面出現了三列排成馬蹄字形的老舊平房，圍繞著中間一個水泥鋪成的禾場（打穀場Threshing floor）車便在此停下。場上擺放著兩張長桌，幾張長凳，桌上面有茶水和中式餅乾糖果。幾名幹部，十來名男女知青在那裡向新來客拍手歡迎。

行李隨手，大家紛紛下車，對於歡迎的掌聲似乎充耳不聞。因為大家在緊張自己所置身於一個怎麼樣的世界。向四周張望一回，發現已被送進一處連發夢也沒想到過的大荒山野嶺窮鄉僻壞。婦女們腳軟無力蹲下去放聲大哭……。

光民可能因暈車嘔吐，肚餓又缺水之故，所以下車走了兩步便昏倒地上，他父親急忙上前把他抱起坐在長凳上，一面搖他的耳朵，一面喊他的名字「光民！光民！……」

蓮芳跑過去，把孩子抱過手裡大聲哭喊「光民噯！光民！……天啊，天！……」悽慘無比的哭喊聲。

「快快叫赤腳醫生來，快！」一名幹部。

大家見狀以同情之心趨前去，蓮芳哭得更悽慘。

「媽媽的孩子！……光民噯！……」大聲哭喊。

有坤望著不省人事的孩子內心有難以形容的悲痛。喉嚨咽硬，淚水湧湧而出，猛吞淚水，見者也難禁心酸。

不一會，一名身穿白襯衣，留辮子，藍褲，布鞋的女青年醫護人員叫赤腳醫生趕到，她用指甲壓在鼻子與嘴唇之間的穴位，光民便慢慢發出微弱的聲音，眼睛微微地張開，他開始哭了。他媽媽將他抱進懷裡，兩母子的臉貼臉，淚連淚。

蓮芳舉頭望著可憐的孩子痛哭：

「孩子！……爸爸媽媽害了你們姊弟囉！……我孩子的前途在那裡！？……」

光凱扶在他媽媽的背。光華摸著光民可憐的小臉，不知道要說些甚麼來安慰弟弟，從袋裡拿出一個硬幣放在光民的手裡說：

「弟弟，姊姊給你錢。」

有坤內心悲傷不已，他離開人群走了幾步，獨自站在穀場的邊緣，絕望地凝視對面的小山，把眼淚往肚裡吞，原本有著燦爛的將來，美好的家園，一旦間被那「紅魔」掠奪殆盡，變得一無所有，淪落到這個地部，傷心欲斷腸，感慨萬千，含淚無語問蒼天……。

家

這個鄉村叫做黃陂（卑音，Huangbei）隸屬英德縣，茶園即叫黃陂茶場，茶民約有二千人，分散為多個區。西貢來的難民就被分派到最殘舊的一區裡，兩棟舊屋用作住家，有十個房間，剛好給十戶難民，尚有一棟留來做學校。看見難民情緒稍安定後，幹部向難民致歡迎辭，歡迎華僑回來建設祖國，簡介茶園概況。之後即派發綿襖，棉被，衣物，蚊帳，蓆，廚房用具，和分配房間。房內早已放置有兩張木板床，一張日字檯和兩張長凳。靠門的一個角落放有一堆柴，和兩個用石頭堆成的灶。不過第一個晚餐和接下來的三天是吃大鍋飯，即是在就近的公共食堂裡領取預先弄好的飯菜。這個新環境有幾點叫人難忘的，白天蒼蠅多到不可隨便啟口，因為蒼蠅會衝撞進去，吃飯隨時有加料的可能；晚上老鼠多到令人毛骨悚然，整夜喧鬧和竄進蚊帳被窩裡，難以安睡，這是因為蛇已被人吃所光的緣故吧；蚊子也多到難以形容，還有廿四小時都受到廁所味的薰陶。真是人生一大折磨。

開始新生活

三天大鍋飯過後，往後的日子就是貴客自理。從西貢帶來的衣物，大家都把它放好，留不日之用，換上一套土頭土腦的農村裝束。有坤太太坐在灶邊生火，過去曾經幾許艱苦赤手空拳結合兩人的力量戰勝勁敵得選首都市議員（Alderman, Councilwoman）和中學校長身份顯赫一時的她，這些風光日子，現在已隨灶裡的火煙飄到天空而消散，叫人唏噓歎息；曾經當過高中副訓導主任兼教師，又是位出色的農業技師，以及滿懷抱負的有坤，他幾個月都沒刮過鬍子，頭髮蓬鬆，加上一套土裝，坐在那裡劈柴。原本有著輝煌前程，現在已是前程似錦（錦與廣東字咁諧音，廣東術語意思是說，就是這麼多）；一個曾經生活在幸福家庭的小女孩，平日穿著校服上學，放學回來可看電視，玩她所喜歡玩的東西，吃她所喜愛的食物，還經常一家人出去乘涼，到餐廳去品嚐美餚，現在她也跟村中的女孩一樣，挑著一擔水桶到井邊去跟人群一起打水。年紀小小，又是初學，居然挑得起一擔七八成滿的水桶走著。她父親看見女兒挑起這麼沉重的擔子，快步上前去幫她。

「阿女！初學不要挑那麼重，放下來給爸爸。」

「不緊要喇！爸爸我可以挑的。」

老是不肯給父親幫她，一路挑回去。做父親的自然是不放心，跟在他身邊走，眼看兒女回復原始生活，心中感到無限的悔恨和難過。回到家中把水桶放下，母親也把飯菜弄好，著光華出去把兩個弟弟找回來吃飯。飯桌是一張矮小的圓桌和五張竹做的矮凳，桌中只有一盤青菜和五碗飯，孩子們依照中國的傳統禮節先請父母，然後起筷。一家團圓，雖是青菜白飯，也顯得在苦難中的溫馨。

訪翁城鎮

在黃陂住了幾天，茶場的主管單位特別優待西貢難民，安排到就近的翁城鎮（Wungcheng county）去參觀，所用的交通工具是一架手扶犁田機拖的車兜，只能容納十來個人而且還是站著。開車的是一名戴小笠帽，穿寬體藍色衣褲的知青，軋軋軋的車聲，在山區茶園裡的坎坷泥土路上搖搖擺擺的走過。近在道旁的歸僑們停下鋤頭望向車兜上的乘客，只是眼瞪瞪，不懂打招呼，非常羨慕地說：

「西貢回來的，就有車裝去遊街，我們就沒有。」

經過一群正在鋤地的男女知青們，雙方舉手打招呼笑臉相迎。

「怎麼這批歸僑的衣著跟上兩批的大不相同的？」一名帶奇異眼光的知青說。

過了茶園，走上一條泥石公路，顛簸了七八公里，經過一處看見一棟有五間課室的小學學校。那群約有百名左右正在下課玩耍的小學生，一窩蜂的湧到路旁去觀看這批衣著光鮮似來自太空的遊客。突然之間車上發出一陣恐懼的長喊聲：

「哎唷！……慘了！坤嬸！……（哭）怎麼辦？……（哭）將來我們的孩子也像這樣了！怎麼辦！？（哭）……」幾名婦女一齊掩著眼睛大聲哭起來。

原因是這群學童，身上所穿的是補無可補的襤衣破縷，不堪入眼。她們看到此情此景，感覺到自己孩子的前途無望，痛在群娘之心而厲聲痛哭。她們連想也沒想得到，會來到如此貧窮至極的地方，如何叫人不生悲憫和感到絕望。

再走約數公里才到翁城鎮。這是個很小的市鎮，沿著道路兩旁只有兩列平房不到一百間屋宇，當中有幾間國營小商店買各類雜貨

日用品，縫補店理髮店和一間熟食舖。農民的農產品就沿路兩邊擺賣，他們的衣著全部清一色的制服式，破爛的程度也不用再說了。鎮民以不俗的眼光望住這批新奇來客。

廣東是中國沿海省份之一，人民生活較好的一個省，但在稍為僻遠的農村裡，諸如有坤他們所見到的，便是外界遊客沒法涉足的地方，對裡面民間生活沒法知曉，更難以想像得到。記得在廣州時，一名知青在閑談中曾透露，在內地有不少人家，一家庭共用一條褲，他解釋說，那些屋子殘舊破爛到根本就不像是一間人住的屋，裡面住有幾口人，身上所穿的衣不成衣，一件稍可見得眾的褲子就掛在近門口處，誰要出去就拿來穿，回來又把它掛回原處。當時有坤實在不能想像，因為在南越，能看到穿稍破衣服出街的機會已不多，更不用說是千補萬衲，怎能想像得到一家人共用一條褲的情景。自從進入黃陂能親歷周圍的實況後，他才相信那名知青的所說，不再難瞭解了。

上政治課

住下十天，看見難民的情緒都已漸正常之後，便開始向難民們灌輸共產思想。地點是一間空課室，裡面只有一張日字檯和一張長凳留給幹部用，聽者自備矮凳，對像是成年難民十多名。每人手上拿著一本「第十一次人民大會憲章手冊」的小書，裡面所用的全是共產簡體字。兩名穿著補衲藍色衣服的年輕人坐在前面，看來只有二十出頭的工人幹部。其中一名拿起小冊子叫大家跟著看，他在讀：

「……依照中華人民共和國的憲章，只有一個中國就是中華人民共和國，只有一個黨是共產黨，和只有一個制度，就是共產制度。」說到這裡他放下手上的書加以解釋說：

　　「憲法規定的，就要照做，這樣我們的國家一律是沒有私人財產，有的就是公共財產，這就是「無產」和「共產」的真正意義。」

　　聽完這句話之後，難民們面面相對，像是心中有說不出的感想，他繼續讀下去：

　　「……至於台灣，是我國神怪的領土。」

　　不禁哄堂大笑起來。那兩名幹部緊張地將剛才那句仔細地重看一遍，仍然不知錯在那裡。因為共產簡體字的『聖』字寫為『圣』字，與傳統字的「怪」字有一邊相同，對於這兩名文化修養差勁的共幹讀錯了仍然一無所知。一名跟在父親身邊的兒童為這兩名幹部更正說「是神聖，不是神怪。」

　　那兩名幹部臉紅起來之後說：

　　「這本小冊子，對你們西貢回來的歸僑一點也不難，回去自己看好了。」

　　「這裡有一些「歸僑填寫表格」拿回去填，填好了交給隊長」，說完便將表格分派給每戶的家長之後，很快就溜走。

　　歸僑表格大家完全沒理會到，就拿來當廁紙用。有一天，幹部看見一名小孩拿著一張歸僑表格急急地走向廁所，幹部還以為他走錯路，趕快把他叫住：

　　「喂喂！小鬼你帶那張紙去那裡？」

　　小孩停下來望住幹部，然後回答：

　　「我去廁所。」

　　「這張是表格來的，你怎麼拿去廁所？」

　　「我家裡已經沒有草紙（廁紙）了嘛！」

　　「廁所裡面不是有很多乾草嗎？」

「乾草怎樣用？」

「你拿一抓乾草，這樣……」幹部示範。

「哪留給你用好了！」小童調頭急急走向那座古老高式大糞坑去。

中國到處可見舊式的公廁。

開始鋤頭生涯

過了十多天，開始派發鋤頭，這批冒險逃亡以尋找夢中遠大理想的難民，結果進入荒山野嶺去抓「7」（鋤頭），無形中已被判處終生勞改。一架手扶犁田機拖著一個載有幾十把鋤頭鑊笠帽（Farmer straw hat）等農具的車兜，吳隊長在分派。一名脾氣暴躁的政治指導員並吩咐大家明天七時半便要集合出去工作。命令雖發出，但在受強迫情況下能夠提得起精神去做的，又是另一回事。第二天不約而同的大家懶洋洋地八點鐘才起床，慢吞吞的擺個臉盆在門口刷牙洗臉。政治指導員走去看見這個情形，一向凶巴巴對待人民的他，真是氣得爆肚，要是這些難民是本地人的話，哪肯定被拉出去批鬥泡制，後果不堪設想。可是面對這些難民，他真的沒他們

的法子，只得大聲地說：

「這裡規定是早上七點半鐘上工，現在已經八點鐘了！你們才起床。」

大家充耳不聞，他一肚氣的離去，看樣子像是去向那名專管難民的張隊長投訴和出氣。

他路經大廁所旁邊，遇見有坤拿著手提收音機從廁所裡走出來，他的氣都還未消，現在又遇上這個鬍鬚怪人，他停下來，有坤向他打招呼：

「指導員您早！」

他都沒有回禮就開聲責備這個怪人。

「怎麼你帶收音機進廁所的？」

「是啊！不要走漏新聞嘛，美國之音很多新聞的。」

美國之音，在大陸是禁絕人民不許收聽的，有坤故意戲弄他，他也沒有有坤的法子，不能奈他的何轉臉就走。

果然是，在新屋住的張隊長，很快地來到難民欄裡和聲和氣地勸大家快點上山去工作。一名青年便出來站在禾場上大聲叫：

「誰吃完蕃薯的，拿鋤頭出來！」。

這話意味著，一個家庭若以蕃薯為主要糧食，就是已處在極之窮困的環境裡。

不一會，一個個拿鋤頭戴笠帽走出來，有些換上土裝，看起來像是一身土氣，有些仍然是西貢的平服。出來看見隊長，大家都向他說聲「隊長早安！」可是一向處在「鬥」與「爭」的環境下長大的他，顯得土頭土腦，從來沒有遇上如此的禮待，不懂得說聲「大家早」，只是微微笑。等到人數齊集後，他對大家說：

「剛才政治指導員說大家起床太晏了。」

大家哈哈大笑，便跟隨他朝向屋後面的小山上走。

鋤頭並不是托在肩膊上，故意放在地上拖，發出刺耳的噪聲，有些還高舉鋤頭大聲諷刺的說：

「我們走向7個現代化！」

這個小山丘是黃陂土質差劣中的一個，不能種茶，只好用來種植松樹，是屬於農民公社所有。由於不能解決茶場二千多工人的燃料問題，所以經常都在半夜到山上去偷砍松樹，導致整座山只有稀疏幾棵小樹而已。據說還不時茶場工人與農民因此事故而發生械鬥。

隊長劃分每人的鋤草範圍，限在一個星期把自己範圍內的草鋤光，並把乾草收集起來作日後之用。一部份是用來養活場部那幾頭母牛；另一部份就是堆放在大糞坑裡，以方便到訪之人士。在這裡讀者們可以瞭解，中國古代沒有今天機製的草紙（廁紙），便後所用的清潔材料了吧，用一抓乾草去清理屁股，就像將掃帚擦肛門一樣，清潔程度到那裡可想而知。不過也隨著地方有異，雲南廣西一帶就不用乾草而用類似筷箸長短的竹片來刮，還有些地方用瓦片。藉此，筆者也順便一提有關印度人的清潔方法。吾憶幼年時所住的小城，城郊有個印度家庭以養牛為生，當時小哥兒的我曾看見一個十七八歲牧牛的印度男子，他在草地上「放便」，便後他不用草而是用左手的食指去清理屁股，然後將手指揩在石頭上，又揩在草上，就算完事。由此大家可明白，為何你用左手拿東西請印度朋友吃，他會給你耳光的吧。印度也是個文明古國，但在這方面，中國人較為領先，舉起雙手敢稱清白，拿東西給你，你大可放心吃。

好了，言歸正題，每人分給大約五十平方公尺面積的草地，要是對北越歸僑來說，只須要半天就把它弄妥，哪用到一個星期這麼長的時間，這只不過是給新入行的人先來個見習一下鋤頭入門，以

便日後適應鋤頭生涯。是的，既來之則安之，有機會來到這裡拿鋤頭，大家也不妨試一試拿鋤的滋味。可是只能持續得十多分鐘便覺得手軟腰痠，就紛紛放下鋤頭走去喝茶，唱歌，用笠帽來玩飛碟，搞到飛碟滿山飛。

巡視工作的政治指導員看見這班傢夥不務正業還在大肆玩耍，便氣沖沖的走上去，看見威不可攀的指導員駕到，大家若無其事，毫無畏懼，他火光到說不出話來站在那裡，一名俏皮的青年還故意戲弄他說：

「政治指導員，要不要來參加我們的飛碟演習？」

他怒火更加升高，忍無可忍地大聲罵道：

「這些帽是國家的財產，你們這樣做就是破壞國家財產。」

「廁所裡的大便，你都說是國家的財產，你這麼珍惜就全部拿回去吧！」另一名青年回答。

就幾頂笠帽一齊遞給他，他氣得眼睜睜，一個頓地腳「嘿！」調頭就走。看見他的表情真過癮，大家哈哈大笑，繼續歌唱苦中作樂。

有坤得天獨厚的優待

原來場部早就有了有坤的履歷。所以抓鋤頭只有幾天便接到場部曹（Chao）主任的通知叫他不用上山抓鋤頭，在家撰寫有關畜牧業的資料以供廣東省農業部參考。從此他便可以避過鋤頭生涯。他在廣州時曾到周圍農村的公社去參觀以瞭解中國的畜牧業情況。在這方面他有了不少感想，如各類家畜家禽都是尚未經過改良的品種，經濟效率非常低落，在血統方面，因曾經從蘇聯和古巴，引進大量外國品種與本地種大混合，形成了不中不西的雜種物，再找不到道地的中國純種豬和雞。場所建設談不上規模，而且很髒亂更沒

有科學化的設備。又如他曾到場部裡去參觀過養雞場內的孵蛋室，使他驚訝不已。中國已是原子時代的中國，對於簡單至極的孵蛋機都不懂製造，仍然沿用幾千年前的水浴孵蛋法。方法古老效率極差。外表原子，內裡原始，真是世界奇觀之一。故此有坤便著手寫一本叫做《中國畜牧業概論》。內容談及中國目前的畜牧業情況以及他在這方面的建議，相信這本小書對中國的畜牧業會有很大的啟示。

趁墟

　　中國農村，很多仍然是散居的廣大村落，一般是沒有街市的成立，只有定期的市集叫做「墟」（Fair）。墟有三天的，有六天的。但在黃陂的墟期是一號、六號、十一、十六、二十一、二十六、三十一。西貢難民每天到山上去只是做個樣而已，談不上甚麼工作。尤其是每到墟期，到上山一兩個小時後不須任何人批准便拉隊去趁墟，這是唯一的精神解脫，也是在荒山裡可找到的去處和樂趣。從黃陂到市集，要走上大約三公里長的羊腸小道。這不算遠，有些地方更要走上七八公里，而且還挑著幾十公斤的瓜菜或其他農產品。每屆墟期，天一破曉，趕集的人群便流流連連的從各條小徑趕到市集，別有一番熱鬧。

註：流流連連國音讀柳柳練練，意思是連綿不絕，不要誤作流連忘返。

　　一群穿著時尚的男女走在市集上，自然會給當地人投以特別眼光，尤以有坤的一身土裝，配上數個月都沒剪過的頭髮和鬍子，衣上還畫了一隻雞更加令人矚目。這個墟不算得很大，趁墟的人數約在一千左右。所擺賣的大多是各地的農產品，有瓜菜薯，雞，

鴨，蛋，小豬，豬肉，農產製品，農場用具，也有擺一些似是從廣州買回來的日用品。這類貨品據當地人說是犯規的。因為凡是屬於商品的東西只能由國營或公社商店才可買賣。農民由於沒有固定的收入，所以政府只准許賣些自己所生產的農產品而已。還有一個小布攤女賣主叫嚷著「這是台灣尼龍布。」吸引了不少人趨上前去，看來大陸人民很愛慕台灣的貨品。有坤夫婦和另一對夫婦走到一處公社豬肉檔便停下買豬肉，有坤發現怎麼農村的豬都是肥油，瘦肉少得很，只可在腿臀部才找到一小塊瘦肉。作為一個畜牧專家的他自然有所思索，在他理念中，這必定是餵飼缺乏蛋白質的蕃薯藤，蕃薯和米糠之類的飼料所致，積年累月長久如此下去而形成肥的因子。不過，這也符合中國人的需要。因為長期飢餓的中國人民，極需要高能量的肥肉，只有小孩才喜歡瘦肉，以增長身體之需。

註：這裡是森山農村，在豬隻方面仍保有較為純正的中國型豬。外表特徵是背黑肚白腹部大，致使腰和背向下凹，臉部皺，嘴短。母豬產子頭數多，但生長慢，瘦肉少。故在養豬事業中大家都樂意飼養從外國引進的白色品種，中國型的品種有被淘汰的危機。

　　蓮芳向售賣員問價：

　　「多少錢一斤？」（一華斤折半公斤）。

　　「瘦肉兩塊錢一斤，肥肉三塊錢一斤」大家聽了都很愕然，怎麼瘦肉還便宜過肥肉的？心裡在懷疑：

　　「你有沒有說錯啊？」同伴的太太問。

　　「瘦肉兩塊，肥肉三塊，怎會說錯？」好像很不高興的回答。

　　不過大家都已經習慣了大陸售賣員的態度了，習以為常，不再介意。很高興的每人買了幾斤便走。還告訴同伴去分享。這一回又

輪到售貨員覺得奇怪，怎麼個個都是買瘦不買肥的？這是生活上的自然現象，要是難民們沒有外界的接濟，單靠國家工人身份每月只得二十九元的薪金，用來支付一個月內開門七件事的柴米油鹽醬醋茶，是應付不來的，從西貢帶來的肚腩油一天天的消耗，不久就成為瘦皮猴，到時也會覺得肥肉比瘦肉更可貴了。由此大家可明白為何中國人喜歡吃肥肉的原因吧。還經常用「肥肉」來形容人們所渴望的事物。

走到一處看見同伴們想買鴨，正在跟賣主討價，只聽到賣主很不客氣地說：

「不賣！捻死都不賣。」轉臉望向別處，不理睬顧客。

有坤記得年幼時母親也曾做過小販，她說了一句話：「做生意要吞聲忍氣，求買乞賣」，這正是禮義之邦的典型一斑。可是在共產統治三十年後的中國，從城市到鄉村所看到的售貨員，大多數都是粗魯至極的對待客人，為甚麼？

走到一處看見一個中年男子在地上擺賣一些手寫農曆油印（Roneo）表，有坤好奇的住足觀看，問道：

「怎麼中國沒有通書了嗎？」

「還有個屁！通書。」

這種回答的確是粗，不過，這也可體諒的。因為從中可以窺視出他對制度的不滿敢怒不敢言形成一肚怨氣，以嘴巴放屁來鬆氣作為消極的解脫。

「既然沒有屁通書，我就跟你買這一張好了。」

走到一個雞檔，地上擺有幾隻小母雞，有坤看了看便抓來一隻，用手量度一下腹部，對太太說：

「這是一隻多產雞，買回去再養一個月左右就會生蛋。」

蓮芳拿過手向女主人問價：

「這隻雞賣多少錢？」

「八塊錢。」

有坤細語跟太太說：

「我一個月的工資才買得三隻半這樣的雞，價錢高了一點。」

「五塊你賣不賣？」蓮芳還價。

「不行喇！賣給你六塊好了！」這個語氣還算不錯。

蓮芳望向有坤，有坤說：

「好吧！」

蓮方付錢成交。

打邊爐（火鍋Hotpot）

某個墟日，蓮芳買好了打邊爐的材料作為晚上一家享用，順便也想請那位剛認識的場部醫生夫婦到來共敘分享。趁曾醫生的太太在附近菜地上淋菜時，有坤走出去通知她，向她打個招呼：

「曾太太。」

她放下糞杓，望向有坤傻笑，不懂相應招呼。

「今晚想請你和曾醫生到來我家打邊爐。」

「甚麼叫做打邊爐？」笑嘻嘻的回問。

「你回去告訴曾醫生，他就懂的了。」

有坤受不了那糞水氣味，即邊走邊說：

「我現在到第四隊（西貢難民是第三隊）去寄幾封信，順便買些東西回來打邊爐，請你你兩位早到。」

在買回來的配料中有一小包原本是白胡椒，當打開一看卻是一包麵粉，想不到國營商店也賣假貨。

晚上六時才有電供應，每戶只許一個六十火的燈泡照亮，一張矮小的飯桌中央放置一個自製小炭爐和一小鍋水，周圍擺滿了肉和菜。只有四張竹製的小椅凳供兩對夫婦之用，小孩們在床邊日字檯上另開一席。門要關起來，讓醫生兩夫婦靠牆角處坐，以避開公安或有關人員的視線。因為在難民到來之前，政治指導員曾開會醜化他們，說這些是壞份子，不得接近他們。蓮芳把肉片放進沸水鍋裡一會，又用杓子拿出來給醫生兩夫婦，醫生的太太看見這麼短暫就取出來，心中總是生疑。她看了看之後問：

「這些肉熟了沒有？」

「熟了熟了，放心吃，我先生是專門檢查食品的，不能吃的東西他不會讓任何人吃。」

就像杯弓蛇影那樣的心理吃下去。

藉此，曾醫生問起昨天場部豬場裡有一頭大豬突然死亡，請有坤去查看的事。

「昨天場部那頭豬是怎樣死的？」

「在沒有任何的醫學用具使用下，只粗略地診斷，很可能是急性霍亂而死亡，在檢查書上面，我寫明要「深埋」，在周圍還要加撒生石灰，但他們有否照做我就不得而知。」

「你走了之後，他們就扛出去放在門板上淋滾水，刮毛，剖肚取出內臟，割肉分一人一塊。」曾醫生笑嘻嘻地說。

「唉呀！老天爺呀！他們這樣搞不是把細菌散播到整個場地都是了嗎？病死的豬怎麼可以吃呢？」

「中國俗語有說，大蟲吃細蟲嘛，而且細菌又那麼小，不就是眼不見為淨了嗎？」蓮芳帶笑諷刺的說。

「哪，他們有沒有請曾醫生去打邊爐？」有坤詼諧地問。

惹來一場笑。

正在歡笑中突然有人敲門，大家停下箸留神看，尤以曾醫生兩夫婦好像有點慌張。

「讓我出去看看。」蓮芳低聲地說。

她把門輕輕打開窺視。

噢，站在門口的原來是一個擔著柴的農婦，她鬆了一口氣。看見蓮芳的表情，大家的緊張氣氛相繼解除。

「請進來！」

農婦把柴挑了進去放下。

蓮芳從銀包裡拿出兩塊錢給她問道：

「是兩塊錢嗎？」

「是的。」她把錢收下，但並不立刻離去，她望向桌子的食物忍不住地問：

「你可以給我吃一碗飯嗎？」

「噢！你還沒吃飯呀？」蓮芳。

「我好久都沒吃過飯了，天天吃蕃薯雜糧，看見飯我很想吃。」

正所謂民窮不知恥，看她的樣子也怪可憐，蓮芳連忙拿來一個大碗一雙筷子，弄好飯菜放到日字檯上，請她坐下跟孩子們一起吃。她坐也沒有坐，端起那碗飯菜高興到哈哈笑，狼吞虎咽，蓮芳為她添飯菜，吃完後舒服極了，還問蓮芳：

「明天你還要柴嗎？」

「要啊！」

「還要幾擔？」

「給我三擔好了。」

「好的，好的。」笑走出去。

為何要在晚上才把柴送上門呢？很容易瞭解，這些柴是見不得光的東西。原因是中國的山脈佔土地的絕大部份，又是由花崗石一類所構成的，所以樹林極少，加上近幾十年來，人口增加過速，亂砍濫伐，導致沒有原始森林的存在，更沒有枯枝給廣大的農民作柴用。惟有到就近的人造林裡去偷砍樹木來解決。所以在茶場周圍的人造林幾乎被偷個清光，甚至連深埋在地下的樹根也不放過。

光華每天放學回家，挑完水之後，便同甘隊長的女兒到山坡上去扒乾草。天天去扒，這麼多小孩去扒，那裡還有得扒，除非家裡有人做官就例外（意思是貪污扒錢）。光民放學後，便約小朋友到山坡上去挖樹根，真倒楣，樹根挖不到，鋤頭還被農村的護林人員所沒收。

在難民初到不久，國家所賜給的柴都用完了，場部為他們買柴，一架卡車送到球場上，說是四噸的柴，車旁邊放下一台稱之後司機離去。大半天都沒見回來，大家等得不耐煩便自已動手分攤，結果發現總共重量還不到兩噸，看見大家分配好了司機才出現。大家向他投訴，他說：

「你們自己分配，沒有場部的人見證，所以他不負責。」老是不認帳。

原來是他們故設陷阱，另有一大車他們場部官員分贓，帳就加在難民身上，發薪時照扣除，太柯倒持（別人抓刀柄），眼看他們明搶，出不了聲，這是有坤他們在中國所看到的第一宗貪污事件。教精了他們，以後再不敢託場部做任何事。由於上述的因數所迫，難民們不得不用賊貨。

第二天晚上，一男兩女衣衫襤褸的農民準時送柴到家，收了錢之

後，便望向桌子上香噴噴的豬肉炒粉，不用他們出聲，蓮芳搶先說：

「我知道今晚一定是三個人來，所以我煮得特別多請你們吃。」

蓮芳從鍋裡弄來三大碗，並拉出一張長凳請他們坐下吃，但在共產中國的人民極度飢餓，已經不懂得什麼叫做儀態，就算是在餐館也經常站著吃。他們端起那大碗炒粉，像是這一生難得一見的美味佳肴笑到不合嘴，就站著吃，有坤問：

「平日你們家裡吃的是甚麼？」

「一年裡，有六七個月是吃蕃薯，芋頭（不是美加市場所賣的香芋）之類的雜糧。」男農夫回答。

「公社裡，不是種有很多米糧嗎？」有坤問。

「地方太小，種出來的穀米不多，繳納給政府之後剩下來的才大家分，分得來的米糧吃不到半年就要吃雜糧。」男農夫。

「在公社裡做工，有沒有工資？」蓮芳問。

「工資就沒有，只是公社賣出去的東西所得的利潤，年終才大家分。」一名農婦。

「像你的家庭能分到多少錢？」有坤。

「我家庭有兩個大人，三個小孩（超生），就分得一百五十元（人民幣）有時會多一點。」

「一百五十元一個月？」有坤。

「不是一個月，是一年。」另一名農婦搶著回答。

有坤聽了，一下子吃不下，停下來望向他們身上千穿百補，小衲補大衲的衣服，有話說不出，怪責天公無眼給他帶幾個孩子來到這個窮極人間的地方。他心中在想，在不久的將來，就要兩夫婦共用一條褲子了。

在共產制度下，工人和軍政人員，**餐餐都是白米飯**，反而那些生產穀米的主人，卻大半年要以雜糧充飢。朱熔基在視察中國西南區時，他看見飢民三餐都以蕃薯充飢而可憐兼羞愧到流淚，要是他來到黃陂看到上述的飢民和衣著不堪入眼的學童時，會否大聲疾呼「怎麼偉大的馬毛思想，正確的共產黨路線，搞到人民沒飯吃沒袂子穿的！？馬毛在欺騙人民連我都被騙倒了！」會否嚎啕大哭高呼「哀哉！哀哉！」呢？

大肚婆

有坤在撰寫材料，蓮芳在灶邊生火煮東西。光華從外面走回來告訴媽媽，她所看到的新聞。

「媽媽，吳隊長老婆的肚子好大噢！」

「她剛生了一個小孩，怎麼肚子還會好大呢？」

「不是這個肚子啊！」

「不是這個還有哪一個？」她媽媽含笑的說。

「剛才我站在那裡看她吃粥，一共吃了八碗，媽媽才吃得兩碗呢。」

她媽媽聽了，覺得這也是個新聞，不過還是感到女兒有點不對，便微笑的對她說：

「以後不要站在別人的身邊，眼睜睜地盯住人家吃東西，人家會說這個小孩無禮貌，懂嗎？」

「我懂喇！」走掉。

前面曾說過，長期饑餓的人，胃和腸就會增大以便貯藏多量食物，吸收多些營養去補充身體之所需。這是自然的現象。在沙河時只看到一個如此的小童就覺得奇怪，現在全村都是，已見怪不怪了。

蓮芳繼續說：

「吳隊長的老婆很可憐，她是農村姑娘，嫁給國家工人吳隊長已經兩年了，還剛生了一個小孩仍然不能加進戶口以得買公價米，每個月都要跟人家買糧票去買米糧，長期吃貴米，一天只能吃一餐飯，兩餐吃稀粥。前天我煮月婆雞，拿了一碗給她，看她真可憐。」

「共產主義是以工農兵為主要成份，可是對農民就處處薄待，當是農奴來看待，還口口聲聲說為人民，可是農民就在人民的範圍以外。」有坤。

中國有個美俗，就是婦女在坐月時，親戚和街坊鄉里都送上母雞和豬肉燒酒給月婆進補，叫做「送羹」，意思是送上豬雞給煮點湯來吃。可是在這裡這個美俗已看不見了。

「希望」號

有一天，三姊弟走回家，光民很高興地告訴他媽媽：

「媽媽！阿臘叔（化名）沒希望了。」

「嚇！甚麼事？」他媽媽驚訝的問他還以為出了甚麼事。

「現在我和姊姊弟弟的肚裡有了希望。」笑嘻嘻。

他媽媽更覺得莫明其妙的問他：

「你在說甚麼東西？」

「阿臘叔那隻小狗叫做『希望』，場部不准在這裡養狗，他拿去給甘隊長，甘隊長就帶牠到水圳邊去用木椎把牠扑死。用火燒牠的毛，又割開肚切一塊塊肉。」得意洋洋地說。

「這麼殘忍你們都敢在那裡看？」蓮芳。

「甘隊長弄了一大盒肉帶回去。」光民。

「你們又跟去看？」蓮芳。

「是呀！」光民。

打狗暴行

雲南羅平縣政府近年為整頓街容，官員下令只要在街上看見未繫上項圈的犬隻，無論有沒有人飼養，均一律予以撲殺。一群撲的人員29日使在羅平街頭用膠棒將一隻狗活活打死。只是這樣的作法，卻也惹火了不少愛狗人士。　（美聯社）

雲南羅平縣政府為了整頓市容而殘暴濫殺流浪狗。

「甘隊長加了鹽，又加豉油，還加很多東西進去煮得好香。」光華為弟弟接力說。

「還給我們每人一塊吃，現在我們的肚裡都有了希望。」光民摸摸自己的肚笑嘻嘻。

「看見人家這麼殘忍殺狗，你們還敢吃，這是狗肉來的嘛！」蓮芳。

「你把牠說成三六，感覺就不同啦！」有坤詼諧的說。

「說成香肉更合你的味口。」蓮芳帶笑輕薄地說。

自從進入黃陂就開始節衣縮食，慢慢步入飢不擇食狀態，所以狗肉也照吃。說到殘忍，有坤又想起一件類似的事。有一天一隻農村的狗闖進了茶園領域，竟被一小隊的人拿鋤頭挑鈀木棒所圍剿，活活將那隻誤入歧途的狗打死。大家歡喜若狂地把這隻獵物扛到水圳（Ditch）邊去做世界。在農村的狗只能以糞便蛇鼠之類的東西來

維持生命，已是悽涼無比，還要遭受如此慘無人道的殺戮，真是做狗都要慎選地方，要是選錯了，就會活得淒涼，死得痛苦。

註：水圳，是人工挖掘而成用來引水入田的水溝（Drain），小的叫小圳，大的叫大圳，深的叫深圳，圳與浚濬同義。

見死不救

有坤和另外兩名同伴藉故申請場部醫生批准到英德去看病。英德市是縣府簡稱英德，離黃陂不遠，可朝去晚回，這是個小城，有一間較為像樣的醫院，鄉鎮醫療不能勝任的病人都送到這裡來，所以人數很不少，往往要輪候數個小時。其間有一對年輕的農民拖拉著一架牛車，上面躺著急病的母親從幾公里以外的鄉村到來。見她病重，大家都讓她先接觸護理人員，護士見其病重需要留醫，便著令那兩兄弟先付住院及醫療費。兄弟說，家裡沒錢，請院方先救治，然後回去變賣家畜籌錢還給院方。眾醫護人員齊聲說不行，一定要先付院費。在中國，農民是沒有免費醫療的。無可奈何，哥哥著弟弟快跑回家去變賣豬隻籌錢，又快點趕來醫院。他弟弟火速跑回去，路途哪麼遠，變賣又不是馬上成交的事，那會趕得切來救命。兩個小時還未見弟弟回來，他哥哥急到在那兒哭起來。有坤很不忍心便前去探問關於他們母親的病情，得悉是肚痛又發高熱，從早上便開始到現在都有五六小時了，有坤打開薄被略看一下，發現她的腹部右下角反應特別敏感，他猜，很可能是急性盲腸炎，必需緊急開刀，便走進去跟醫護人員求情，醫護人員說，這是院方所規定的，他們也無能為力。請求無靈，有坤心裡很難過，等到有坤看完病出來，看見他的弟弟已趕到，可是兄弟不再聽聞母親的呻吟

了！呼天搶地大聲哭喊，聞者傷心，見者流淚。今天已進入二十一世，見死不救的人間悲劇，在中國大陸仍然存在，農民的命簡直不如外國人的狗，這是不容狡辯的事，要拜偉大毛澤東之所賜。

回想在共和時代的南越西貢，華人有約一百萬，竟擁有六間規模龐大，設備齊全的西醫院，從來未沒有拒病人於門外的事件發生。更值得華人驕傲的是，在完全沒有任何政府的資助下，每間都能夠設有免費部門，而進住免費部的病人，院方從來沒有半句查問他們經濟收入狀況，也沒有人數的限制，住食醫藥，甚至大小手術，都是費用全免。一百萬人能做十二億人做不到的事。共和時代的南越華人真頂瓜瓜！在這方面敢誇天下第一，當之無愧。同是龍的傳人，為何有天淵之別？是地水問題？還是制度問題？發人深省。

廣州公安巡視難民

住了一個多月，廣州公安可能是周圍去巡視各地的難民狀況。一行六人到達黃陂，在場部曹主任的陪同下走到山坡上去見難民。眾難民一眼看見廣州公安到來，便一窩蜂的湧上前，第一句就是：「公安先生！你們幾時才放我們走？」異口同聲。問了這一句，有些婦女轉臉就哭。

「公安先生！我們實在沒法適應這裡的生活，你們老是把我們留在這些地方，對雙方一點好處都沒有，就把我們放走吧！」你一聲我一句。

幾名公安密斟了一下，完全無話可說便走了。

苦中作樂

　　不用拿鋤頭上班的有坤，只在家中喝茶和寫資料。突然從山坡傳來嘹亮的合唱歌聲和琴聲，他被吸引住了，立刻放下筆，但不是「投筆從戎」而是「投筆從山」。他一面走一面和唱，壯中帶悲的歌聲震撼了周圍。歸僑們放下鋤頭；採茶姑娘停下手；知青們也擱置手中的泥草坯（Unburned bowl），鑽井的工人把發動機關掉，大家面向這班如痴如醉的難民，傾聽他們從來未曾聽過的美妙歌聲。明日天涯，一水隔天涯，月亮代表我的心，打工仔，一首接一首……口在唱，心中在回首往日的美景，尤其是合唱完那首默默祝福你之後，悲淚盈眶，這便人們常說的唱出眼淚來。口乾了，歌聲也隨之低微，抹去眼淚，補充水份。一名青年打趣的說：

　　「當我踏上火車時，火車就哀喊：嗚呼！嗚呼！笨笨笨，笨笨笨……但當時不單止不理睬它，反而高興。」大家嘻哈大笑。

　　一陣哭泣，一陣大笑，長此下去，看來這班人離精神病的日子不遠矣。

　　歌聲剛完，冒出兩男一女的知青加入行伍，同大家談天論地，談得得意時，那名女知青就句句粗語，大家看她說粗語說得很自然，禁不住又笑起來。

　　有一名婦女大惑不解地問她：

　　「怎麼在中國到處的男男女女都是那麼喜歡說粗口的？尤其是廣州的女人說得更離譜。」

　　「不說粗口，就好像滿肚的屈氣出不了那麼難受，我們周圍都是壓力重重，無處可避，惟有用粗語來泄氣。」女知青。

　　她這句話，證明心理學家說對了。不過像這位年輕貌美的小

姐，而口出那麼粗，的確有損她青春美麗的形象。當中有一位婦女想打發她走開故意說：

「公安來了！你還不快點跑開去躲？」

她不但不跑反而說得更露骨：

「他敢來這裡，我就F（中文）他給大家看，怕他的媽！」

這一輪，真的笑到個個臉都紅透了。由此可見大陸人民對共產黨的憎恨已到了何等程度？只不過是在強權下敢怒不敢言。

窯蕃薯（Soil burn sweet potato）

唱累笑飽之餘，有坤想出一個玩意來，他問那兩名男知青：

「你們廚房裡有沒有蕃薯？」

「有啊！你要多少？」其中一名答問。

「你能拿多少就多少。」聽完後兩人就走。

有坤不想讓那位知青小姐說那麼多的粗口，故意打發她去做東西。

「你幫我去搬那大堆乾草來這裡。」

他自己便就地取材，拿起鋤頭挖起一塊塊的泥頭，然後把泥頭砌成燒磚似的小窯（Brick kiln），再把乾草塞進窯裡燒，大約半小時有多，小窯的泥塊被燒得熱烘烘，這時那兩名知青也及時趕到，每人抱著一大攬的蕃薯，有坤看見他們身上滿是泥巴，不問而知他們是從不遠的蕃薯地上挖來的，不過在光天化日下，是明取的不是暗偷，君子可用之。他微笑說：

「就將所有蕃薯放進窯裡去。」

蕃薯放進去之後，有坤拿起鋤頭把窯打破，熱烘烘的泥塊變成泥粉壓在蕃薯上，再用鏟把熱泥打壓，讓熱泥充份與蕃薯接觸。大

約四十五分鐘後，翻開泥土，取出香噴噴的蕃薯，大家一齊分享，讚口不絕，異口同聲地說，從來都未曾嚐過這麼美味的窯蕃薯，老項真是個古今通曉的人物，高呼：

「老項萬歲！」

註：番薯據說是從番區即西域傳進中原的薯類；本篇用蕃薯，因這類薯是蔓藤植物。兩者皆可用。

深山求才

七八年十一月中旬的某天上午，有坤在家寫他的畜牧資料，寫得不耐煩了，便走上山坡去和大家聊天，正當高談闊論時，他們看見遠處田邊車路上有三部土頭土腦的軍用吉甫車慢慢向他們駛近，不一會就在乾旱田邊的道路上停下，一名場部幹部跳下車，越過旱田一面走一面叫：

「項有坤，有人來找你！」

有坤站起來拍拍屁股的泥巴便走下田去見他，談了兩句，他先走回家去，三部吉甫車慢慢開到屋旁，連那名幹部一共十人走進有坤的住家。場部幹部給予雙方介紹後，有坤請他們坐，兩張板床邊和長凳都坐滿了。尚未開口講話，那位廣東省生產局局長先來一支煙，在旁的衛士立刻拿出火機侍以點火，長長的噴了一口霧，這麼長的一條路來到，並沒有甚麼問候的話好說，就開門見山的問：

「聽說你正在撰寫一篇關於畜牧業的文章，寫好了沒有？」

「還在寫，尚未完成。」

「廣州白雲山養雞場，你去參觀過沒有？」

「有，我有參觀過。」

「你認為怎樣？」

「在設備來說，只不過是籠養式的操作，還談不上自動化，在裡面工作的人數是屬於冗多；在雞隻數量方面，以一個擁有四百五十萬人口的城市，只有這間養著三萬隻雞的雞場，實在太少。在人口與廣州市相若的西貢，養有十五萬隻雞的雞場就有三間，養有五六萬隻的，就有十多間，養有三四千隻的家庭式小型雞場就有幾十家之多。至於品種方面，全部都是未經改良的原始品種，耗飼料多，回報率低。這方面還須很大的努力才能達到理想。」

說完，有坤從行李袋裡取出數張在西貢雞場工作時的照片給局長看，局長看完傳閱，讓大家看完後局長才說：

「我們廣東有一個最大的養豬場，位於近香港的光明農場現在養有三千頭豬想請你去那邊管理，我們會給你家庭很好的地方住，和很多的優惠，你認為怎樣？」

說起來五六千頭數量的豬場，在西貢也有好幾個。擁有一千幾百頭的小型豬場就有好幾十間；還有養著幾十頭家庭式的就不計其數。而整個廣東只有一間三千頭的豬場，他們就感到了不得。有坤不想再作比較，恐怕有如向他們潑冷水感到沒趣，故意避重就輕的說，同時也是個很實際的提議，他說：

「其實這三千頭豬也不須要用到我在那裡長駐（意思是大材小用），如果中國想要在畜牧業方面有所發展，哪最好讓我到中央農業部去幫忙策劃，這樣全國的農業都可以有長足進展，就比我整天待在一個地方的好得多。」

「哪你要甚麼條件？」局長問。

一名貴為廣東省的生產局長，率領一小隊人三部車，翻山越嶺

的到訪懇請，有如周文王親身恭請姜太公那樣的天大面子，又還有優厚的生活待遇。對一般人來說，真是天大面子，求之不得。但有坤並沒有被這個尊貴的名利所吸引而放棄尋求自由的目的。他想了一會才回答說：

「首先，中國政府批准我的家庭去香港。第二，給我的待遇像我在越南時一樣五百元美金一個月。這樣我就安心留在這裡永久服務。」

局長聽了有坤開出的條件，知道這是婉拒，如批准他家庭到香港去，他留在中國的時間也不會很久；以當時身為中國的國家主席，在名譽上的薪酬也只不過是六百元人民幣而已，當時的幣值，以一美元兌兩元人民幣，開價五百美元，豈不是比主席還要高得多？當然是不能接受的。所以局長也想了一會才答：

「唔……我會將你的意見向中央報告，等中央答覆，到時再跟你連絡。」說完便拉隊走人。

內幕消息

跟據一名曾經參與調查難民討論的內幕人員透露，他們覺得各個農場裡的西貢難民與北越歸僑情形真不一樣，西貢難民很難適應中國的農村生活，更嚴重的是還會影響到周圍所接觸到的歸僑，本地人，尤其是知青，放下了工作跟他們群在一起學唱歌學跳舞，甚至還偷場裡所養的雞鴨去跟他們做宵夜。雖然預早就有下達命令警告過他們，不得接近這些外國特務壞份子，可是完全無效，只好將情形呈交僑辦和有關方面去討論處理。

寄聖誕卡

　　進入西曆十二月，世界各地的問候聖誕卡，就像雪花似的，在空中飄來飄去，飄個不停。有坤也藉此良機寄出一些聖誕卡，但是實質與目的和普通一般的大不相同。他的聖誕卡是用紙皮自己劃的，寄出去的地址不是親友的家而是一些外國駐北京大使館，除了祝賀聖誕快樂之外，接下的就是求救呼聲。這也是有坤為下一個計劃而鋪路。他想要是中國不肯放人，又沒有別條路可謀的話，到明年夏天，他一家人將會去北京進入加拿大大使館請求給予政治庇護。因為從上次的回信中，他覺得加拿大是最具同情心的一個國家。

註：有坤到加拿大卡城後遇到黃陂難友，難友告訴他說，當他離開黃陂不久，澳地利大使館有寄來一大疊移民申請表格給他（有坤），這證明他自製的聖誕卡已生效。一副土頭土腦的老項，真不簡單。

探訪知青

　　知青們對有坤很有親切感，藉此他也想瞭解一下他們的實地生活。在某個星期天，他特地走到知青們的宿舍裡去參觀。宿舍建築在離場部中心不到一公里的斜坡上。是數列平房，男女有別，屋內分別有兩排雙架床。有些躺在床上休閑，有些在閱讀，有些在戶外活動。他們一看見有坤到來，高聲的招呼：「喂！老項」便一窩蜂地擁近去，請他進去屋內坐。這是簡單至極的宿舍，沒有會客室，也沒有讓到訪者所坐的凳椅。有坤就隨便坐下其中一張床邊去。有幾個女生也一起哄上去，顯得很熱烈的歡迎他。

　　「你們在這裡很好吧？」有坤。

「好什麼！是沒有辦法之下來的。」知青。

大家一片無奈，意味是被強迫而來的。

「每天的工作是什麼？」有坤。

「男的抓7挖泥，女的採茶，還有什麼可做。」知青。

「我和另外幾個女知青天天做「搓泥屎」。」一名女知青打趣的說。

「你們不就是Chinese了嗎？」有坤不明白她的意思。

「她的意思是說做營養坯（Unburned bowl for tea sprout），是用稻草混上這裡的黏土和牛糞，加上水來搓，弄成一個個如大碗似的泥坯，用來栽種茶苗。」其中一名知青解釋。

「哪！真是道地的搓泥屎了！」有坤風趣地說。

哈哈大笑。

有坤看見其中一名女知青燙（電）起頭髮來，和穿著喇叭褲。他以奇異的眼光望她問道：

「唉！怎麼你可以這樣的裝束的？」

「最近鄧小平出國訪問回來後，政府即起了大改革。在政治方面，已把那些政治指導員的職位廢除。所以我們場部那個凶巴巴的政治指導員，這幾天來都要去挖泥了；還有民間方面，鼓勵人民電髮仿外國穿著。在理髮店裡，電髮的比傳統剪髮的要優先，裁縫店裡，做喇叭褲的比做傳統褲的要優先；在教育方面，小學三年級就開始教英語。」女知青。

有坤聽了點點頭說：

「怪不得，前幾天我看見指導員在第三隊裡鋤地。他看見了我，好像有點難為情的尷尬表情，失去凶巴巴的架子；三年級就教英語，事前又沒有英語培訓班，一下子哪有足夠的教師去應付這麼

多的學生？」

「沒狗就押貓吃屎囉！」知青。

「哪！這兩個剛學懂了幾句英語，就去當英語教師了。」一名知青兩手拍著那兩名英語教師的肩脖。

大家哈哈大笑。

「看來，中國人民身上已開始鬆了一度繩縛，相信不久的將來你們就可以回去城市繼續你們的學業了。在這裡不單止是被委屈，而且還是糟蹋了國家的人材。」

有坤這番話正是道出他們多年來心中要講的話，個個好像很舒暢。

「老項說得對，說得對。」知青們。

「我這樣說會不會犯罪的？」有坤問。

「不會不會！」眾口整聲。

「政治指導員都沒有了，還有誰理，放心。」知青。

「你可以說些在南越的工人生活情況給我聽嗎？」知青。

有坤聽了微笑一下，知道在他們腦海裡仍然存著十九世紀時代那種工人被主人剝削的印像，藉此給他們瞭解一下今天自由世界裡工人情況。

「在南越的工人分為兩個形式。一是大工廠，二是私家式的小工廠。大工廠的工人人數少則三幾百，多則數千。工作有制服，廠方包午餐，夜班除了晚餐外，尚有宵夜酬勞。伙食由承包商供應，工人有權選擇承包商。每到農曆初二十六，叫做禡（廣東音讀牙）期，工廠裡做禡，菜餚中有燒豬，雞肉，和其他食物非常豐富。」說到這裡知青們哇！的一聲叫起來說：

「這麼好的，真是流口水囉！我們這裡餐餐都是粗飯和吃

齋。」

　　有坤笑了一下繼續說：

　　「工廠都是設在市郊，有專車接送。一年有十三個月的工資，即農曆十二月裡可多拿一個月的工資以備過年。一個工人養活一家五口是沒問題的；至於小工廠，人數由幾個到幾十個不等，工資往往比大工廠較為優厚，所以做小佬闆比大工廠的佬闆負擔更重。除了午晚兩餐包食和一年十三個月的工資之外，年節老闆還要給工人送禮。」說到這裡有坤稍停一下看他們的反應。果然的。

　　「怎麼？！不是工人給佬闆送禮，反過來老闆要向工人送禮？」一陣奇異的反應聲。

　　「我們這裡想要有較好的工作職位，非向上級送禮不可。」知青。

　　「不要說好職位，就像我們誰想要回廣州探親，非禮莫行，正所謂的，小人無禮寸步難行。」哈一聲哄笑。

　　讓他們哄笑短暫的談論後，有坤繼續說：

　　「一年之中有三個節要送禮。端午節送粽；中秋節送月餅和屁股。」哈！哄堂大笑。

　　（因為廣東人說柚，叫做碌柚，與廣東音的屁股諧音）。繼續說：

　　「到年尾是最大的送禮，有臘肉，糖果，桔橙等生果，還有布料供夥計（工人）的家人做衣服。還有年終非常可觀的花紅，新年向老闆拜年還有大紅包。」

　　知青們聽得太入神了。

　　「我們在電視和報章上，只看見南越的工人示威反抗資本家的壓迫。我們真的被共產黨矇騙了足足三十年了！對外面的事一無所

知。」一名氣憤的知青。

有坤覺得自己講得太多，恐怕被戴上煽動的帽子，於是轉過話題望向擺在另一張床上的一副正在裝嵌中的電子管擴音機。他走去拿起線路圖來看，並叫知青開啟給他聽，音質非常不錯。對知青說：

「你用哪個毫無低音可言的話筒喇叭，能使它發出這麼好的低音。」

「我特別加強低音部的電力。」他指著線路圖給有坤看。

有坤看了一會，便豎起拇指稱讚他說：

「要是你在自由世界的話，你的前途真無可限量。」

知青感到很高興。並問有坤：

「老項你也懂得玩無線電？」知青。

「我家裡的音響都是我親手弄的。」老項。

「真是了不起的老大哥！南越的人真頂瓜瓜。」

「人到處都是一樣，在不同的政治區域，就有不同的性格和不同的文化程度。在南越西貢人人都可以學習自己所愛好的東西嘛。」老項。

所謂的知青，就是自從共產黨佔據中國大陸後，因毛澤東仇視知識份子，他說「越知識越反動（反抗）」。所以將所有的知識份子抓來批鬥，死的死，殘的殘，瘋的瘋。甚至那些正在求學的莘莘學子都被趕到窮鄉僻壤去，美其名為「知青下鄉建設祖國」。其實就是對年輕人的一種摧殘，毀滅整整一代民族精英，致使中國近代出現人材斷層和青黃不接的現象。共產黨不僅毀滅一代民族精英，還毀滅民族的傳統優良文化，比起秦始皇的焚書坑儒更甚千百倍。當毛在大肆反右期間，不少外國報紙說他學秦始皇焚書坑儒，他還沾沾自喜，大言不慚地說，「秦始皇坑儒只不過是四百六十七個而

已，我一坑就是幾十萬，秦始皇跟我比算得是什麼」真是秦始皇還要甘拜下風。數千萬知青下鄉，就是毛坑儒的另一個形式。令今天中國大陸的社會已無道德，文字辭句又一團糟。是文化史上最大災害的一個朝代。

聖誕節野火會

　　一九七八年十二月二十四號平安夜那天，在山上大家商量好準備開野火會來熱鬧一番。並吩咐幾名知青幫預備好一些大柴。知青們很爽快地應承這個責任。不用說，柴都是從大鍋飯的廚房裡去取的，明取或暗取大家不須要知道，總之有柴用就是好。還有幾名難民親自到場部商店去拿免費避孕套，因為知青是不可以取這些東西的。

　　晚飯過後，知青們已預備好一大堆柴，堆放在禾場上，還將十幾個用避孕套吹成的泡泡吊掛在火場周圍，知青和難民在合力生火，不一會大火烘烘。有坤高呼大家出來，兩名結他琴手開始彈奏，有些在敲盆打桶，男女老幼大家手牽手圍繞著紅亮的火堆連唱帶跳，載歌載舞，把一切的憂鬱拋諸腦後去營造快樂。一時之間引來不少附近的居民和男女知青們前來圍觀。

　　十幾分鐘熱啦啦的野火舞之後，又轉為跳交際舞，這是年輕人的專題，老幼者暫停。老項便走回屋裡拿出他的手提收音機在短波波段裡找到了跳舞音樂，好讓兩名琴手出來跳舞。一雙雙，一對對，跳慢步，跳快步，給圍觀者大開眼界，他們看得目瞪口呆。女知青還高興地說：

　　「這是我第一次看到跳交誼舞。」

　　幾個舞過後，在場的舞者並邀請男女知青入場與眾共樂。男知青則蠢蠢欲動，女知青卻心在動，但又羞怯。終於擋不住歡樂的引

力而齊齊出來練習初學舞步。一個極為寧靜的偏僻鄉村一時變得熱鬧起來。

政治指導員也在圍觀，但他不敢作任何干涉，還問有坤說：

「今晚你們慶祝冬至是嗎？」

有坤向他解釋說：

「這是舉世歡騰的聖誕節。」

他聽得一頭霧水，從來都沒聽過這個名稱，只知到冬至，因為西方的聖誕與中國的冬至只有兩天之隔而誤會。由此可見在鐵幕裡是怎麼樣的一個世界？

一個快樂的聖誕直至深宵才結束。

傳來放人風聲

聖誕節已過，西曆年將至期間的一個傍晚，晚飯後大家便聚集在一位姓白長老的家聊天。老伯問：

「這兩天，大家有聽到甚麼好消息嗎？」

大家還以為所問的是從收音機傳來的消息。有一位青年便回答說：

「消息天天有，與我們都無關的，懶得去聽它。」

老伯將已藏了兩天的消息，藉此良機告訴大家：

「前天我侄兒從三水農場來信告訴我，說中國已經放人了，很多人都已動身去北海。」

「去北海做甚麼？」一名青年問。

「那些北越漁民，回到中國後不是將船賣給公社海產生產隊而登岸陸上嗎？現在他們去那裡買回那些越南魚船去香港，大概是這樣。因為一定是要越南的船才是難民船嘛。」他嘻嘻笑了幾聲（老伯）。

有坤聽了還不敢相信有放人這件事,很懷疑的說:

「真的有放人這件事?可能是大家的幻想吧。我真的不敢相信這是事實。」

有坤雖然是口頭上不敢輕易相信,恐是謠言,但他心中在想,難道我們所付出的鬥爭努力,現在已有了收成?有了代價?如果這個消息是真的話,那麼在進入華僑補校時老溫曾說過:「鬥爭的是我們,危險的是我們,到時成功了,他們(歸僑和那些自私鬼)先溜人。」他說對了。如果真的到北海去買船,那我在瘦狗嶺大會時的提議生效了。俗語也有說,孩子不哭,娘不給奶吃。難道娘真的給奶吃了?他在懷疑中。那個自私自利貪生怕死又離群的傢夥阿膃,現在開始表白他的心態,他說:

「你們以後搞甚麼就搞,不再預我的份,我現在在場部教英文,幹部對我不知道多好,正在興建中的那兩列鋼骨水泥樓房,已經留定一間給我家庭。我老爸教導下來的,「人生以拍馬屁為目的」,到時場部會批給我家庭去香港多方便。」

聽了他的表態後,大家一表無奈,如此自私絕頂的人,世間上真的難得一見,稍一會有位青年回應提醒他說:

「阿膃,你不要想得太天真,這麼快就忘記了阮文紹的話了嗎?別聽共產所說,要看清共產所做」

另一位青年忍不住地插嘴說:

「公安不是曾經站在我們的面前威威嚴嚴地說我們沒有資格進入他們的農場嗎?但後來大家都很榮幸的被扛上車呢!這麼快就忘記了?」

大家冷笑他。

果然不出所料,所有的難民都離開黃陂後,他發現不對徑,最

後也舉家逃奔怒海，在加拿大與老項相遇。既是同道者，不同心合力去鬥爭，在三元里時就表現他自私自利的思想行為，以為如此是個聰明仔（人），終於還是要逃。在我們眾難民眼中，他是屬於最令人討厭和瞧不起的一類人。

有坤太太老病發作

有坤的太太可說是一個難以滿足的女人，一九七三年，她當了一間中學的立案校長；一九七四年在夫婦合作努力下又競選成功當了首都議員（Alderman, Councilwoman），名成利就，威風凜凜，是她一生人所渴望的一天。可是不久，她就有微言，嫌這種生活很不好過，經常要開會和應酬，願意留在家中看小孩。到一九七五年的四月三十日，越共進城，這時甚麼職務都完了，只得留在家中看小孩，真是心想事成了。這一輪又來埋怨說，委屈了她的一生，經常與丈夫無理取鬧，要離婚。有坤看在當時的情勢要是離婚，不但對雙方都不好，更連累到下一代。所以一直強忍死忍，希望有一天能夠把孩子們帶離開共產的魔掌才算。在廣州沙河瘦狗嶺期間，也曾有數次鬧事發生。當時正在鬥爭期間，小不忍則亂大謀。故有坤從來不為此而出過聲。

就在聖誕節過後的某天，有坤正在家裡寫東西。蓮芳從外面回來，把鋤頭笠帽放下。

「這麼早就回來喇？」有坤問。

她很不友善地說：

「還做甚麼？！老白的家庭和另外幾個家庭，明天就啟程去北海了，剩下我們幾個家庭不久他們也會跑光，到時只剩下我們一家，怎辦？！」

　　說完她便蹲下灶邊，這一輪真的是發火了，一面生火一面生氣，火氣攻心地說：

　　「我老實跟你說，我嫁給你是千錯萬錯，委屈了我一生。我前生不知犯了甚麼錯？如果這次能有機會出去外國的話，無論如何都一定要和你離婚。」

　　有坤聽了如此絕情絕義的說話頓時心痛如刀割，無可奈何的他撐著腮透了一個大氣才說：

　　「你要怎樣做便由得你，不過在目前這個階段裡，仍然須要共同合作，希望能離開這裡，目的都是為了孩子們的前途。」說完這句話，他心裡感到無限的心酸，悲痛無比。

　　從那個時刻他才真正明白，原來過去她對他的感情說過的甜言蜜語全完是假的，是她一場投資式的婚姻，今天這番無情的說話完全顯示出她的內心，投資失敗了，所以才反目無情。令他想起過去的一些情景。在一般真正有感情的夫婦來說，丈夫得了傷風感冒，做妻子的會拿來一杯水和藥坐在丈夫旁邊叫丈夫服藥。可是他得了病，就沒有這個福氣享受那美好的溫情了，反而給她罵「整天都見你病！真沒用。」

　　之所以會如此的無情，是在她心目中覺得所投資的機器壞了，不耐煩地表露出來。在談情說愛時，只想到她美好的一方，只見到她微笑的一面，那會想到她無情的背後。談情說愛那段美景和結婚後的日子根本是兩回事，很值得那些正在熱戀中的年輕男女作參考警惕。

家裡過年

　　在越南時，年是中越兩民族的共同大節日，故氣氛異常熱鬧。年，源出自中國，在以往的年代裡，是中國人最隆重的一個節日。

不過今時今日，在其他地方情形如何就不得而知，但在黃陂村卻看不到有年到的氣氛，是否因貧瘠的關係，抑或是民俗的遺忘？

十個難民家庭，現在只剩下六家，顯得冷清清，但仍然依照習俗過農曆新年。尤以有坤的家庭，為了使小孩不忘傳統風俗習慣，雖處於極度困境，也依照祖傳年晚以三牲（豬，雞，魚）蔬菜，生果，茶酒飯拜祭祖先，寫揮春，用紅紙製成利是袋給孩子們紅包，教導小孩新年吉祥賀語。

大年初一一早，燒香獻上生果清茶作清貢（清拜）。剛好有四名農村青年經過，他們住足觀看有坤在做儀式和觀賞門對揮春。有坤用國語向他們說「恭喜恭喜，新年進步」。見無反應，再用廣東語說一遍，也無反應，獸獸的望著有坤一會便走了。向別人說拜年話而對方無反應，廣東人視為不吉之兆，真是大吉利是囉！

向隊長拜年

年初一的上午，剩下來的幾個家庭，一起拉隊上去向張隊長拜年。大家都穿上一襲光鮮的時裝鞋襪，小孩也不例外，有坤太太特別穿上越南長衫，格外注目。人隊走過一處耕地小徑，走到一列新建的工人平房住宅，所有的歸僑都走出來向這隊衣著時尚的來者行注目禮。走到張隊長門口便停下來不敢進去，不是怕裡面有惡狗，而是因為他的大門口橫架著一串竹篙的爛褲，兩名年輕婦女幾乎異口齊聲地說：

「呸！大吉利是！新年騳騳，怎麼這樣搞的？！」

一名青年笑說：

「不緊要！大家用手遮住頭進去就行了。」

大家便隻手遮天的竄過去。

　　首先看見的是一身土裝兼赤腳的張太太，大家便向她說：

　　「恭喜！恭喜！張太太新年發財。」

　　又是一身土裝赤腳的張隊長從裡面走出來，大家又向他恭喜發財。這隊人的到訪，真的使他喜出望外，一下子不知所措，拉檯拉凳，還到隔壁去借凳借椅，又趕進廚房燒水弄茶，緊張了一會兒才坐下來接客（招待客人）。但老是傻頭傻腦的望大家而笑，不會說拜年話，也不會向來者問好。大家都被他那副傻相弄到發笑。他也不好意思久坐而不發言，但不知道要說些甚麼好，便隨口說：

　　「昨晚我出去走走，看見很多人『打炮』。」

　　哈哈哈……惹到哄堂大笑起來。他的意思是想說看見人家放鞭炮，卻說成廣東的術語床上功「打炮」來。

　　大家笑得尚未合嘴，有坤便以趣弄趣的問道：

　　「那麼張隊長回來有沒有照樣做？」

　　他笑嘻嘻的說：

　　「我回來又『打炮』。」

　　哈哈哈……這一輪大家更是捧腹大笑。那幾名女士笑到挨在一起，幾乎笑到倒地。

　　笑得大家一身輕鬆後，便告辭到隔壁去向指導員拜年。在一片恭喜發財聲中，他得意洋洋的笑答：

　　「財已經發了！」

　　大家還以為他昨夜玩牌贏錢。

　　「發多少？」其中一人問。

　　「由三十五塊今年得加到四十塊」

　　「這麼說指導員真是發大財囉！」

鄭州市來信

蓮芳有個堂姨叫做華姨住在鄭州市。何以會有這麼的一位親人呢？在一九五四年，南北越分割時，蓮芳一家人為逃避共產而南遷西貢；這個堂姨卻被共產的愛國口號所吸引，自己一人回去建設祖國定居河南省鄭州市。一九七五年南北越強行統一之後，大家取得連絡，當蓮芳回到大陸時，雙方經常以書信聯繫。

農曆年過後的某一天，一名知青郵差背著一個郵袋踏單車逐戶派送信件。有坤接過郵差遞給他的一封信，適值蓮芳「下班」回來，焦急地問：

「那裡來的信？」

「鄭州。」

有坤急不及待地打開，兩人在看。內容是說，華姨的家人在三水（也是從北越逃回去的）準備啟程去北海，叫蓮芳趕緊去跟他們連絡，盡早離開這個可愛的祖國。因為她（華姨）所受過的苦，不忍心讓自己的親人去嘗試。

信看完了，有坤呆著不作聲。蓮芳問：

「現在怎樣打算？」

有坤想了一會很低調的說：

「沒有錢，知道怎樣打算？」

蓮芳也想了一會兒才說：

「去年，華姨的父親和她的弟弟妹妹以及姊姊，不是從海防（北越）來到我母親的家嗎（西貢）？，我媽媽招待他們住宿一段時間；我們也曾經款待過他們，算是很有感情的家族。現在他們自己組織買船，我想去跟他們商量，先給我上船，讓出去之後才悉數

歸還，相信是可以的。一個家庭能夠有一個離開，總會比全部留在此地的好，即管試試看。等一下我去場部申請路條去三水探親，有路條會得到很多方便。還有，我想帶光民一起去，你認為怎樣？」

有坤想了一下才說：

「也好，西方諺語有說，不要把所有的蛋放在一個籃子裡。」

父親的背影

每天只有一班車從翁城經黃陂開往廣州，經過黃陂的時間是黎明六時。而從第三隊出去車站尚要四十五分鐘的徒步。故五時前就要摸黑出發。有坤肩負一個大尼龍袋，手持電筒，蓮芳背上一個旅行袋，一手牽著光民，三人在黑夜中趕路。年紀小小的光民要在黑夜中走上三公里崎嶇不平的山坡黃坭路，好不容易。這可說是他的人生中曾走過一段這麼黑暗的路，他的將來也是從這段黑暗的路走出去的。穿過稀疏灌木叢三人抵達目的地時，前面隱約可見已站有三名候車者。路邊的一條木柱上有塊大約三乘五公寸見方的木板，寫著「黃陂站」三字。客車算是準時，車上人數還不多，其他三名乘客都有大擔的東西推出篷頂，只有兩母子輕便行李上車。客車轉輪時，有坤向母子倆揮手告別，在這臨別依依時刻，光民揮手大哭，叫喊「爸！……」，他母親也同時滴下別離時難辛酸淚。除了丈夫之外，尚有兩名雛子留下來，以後的情景又不知如何，怎可不流淚？。車越走越遠了，光民伸頭出窗口看見一身土裝頭髮蓬鬆父親的背影，他哭得更悽慘，大聲叫「爸！爸！……」，母親把他拉回座位，母子倆相擁抱哭成淚人。父親的背影在滾滾煙塵中消逝了，悲痛的一刻，也隨著距離而減退。抹去淚水，光民低聲對母親說：

「我捨不得爸爸，姊姊和弟弟。」

他母親小聲耳語：

「我們出去外國之後，才一家團圓。」

護理小孩

有坤回到家裡，已是小孩準備上學的時候，他首先蹲下灶邊翻開灶裡的火灰，幾塊昨夜保存下來奄奄一息的火炭，他拿一抓小柴枝堆上去，再拿火筒（寬約四公分，長約四十公分的竹筒）吹了幾下，火即生出來，即常人所說「薪火相傳」也。他燒熱一鍋水，準備給小孩們洗臉。正是嚴冬期間，雖沒下雪，但氣溫都在攝氏兩三度左右，加上房屋破舊透風，冷風刺骨，沒有熱水是不能洗臉。另一邊灶是煮蕃薯，是唯一和無可選擇的早點（餐）。孩子們下床後，第一句先向爸爸請安。繼之光華凝視父親問道：

「唉！怎麼不見媽媽和光民的？」

「你媽媽和光民去三水探親，過幾天才回來。」

便給兩名小孩穿上棉襖，拿來熱的面巾給他們洗臉，叫他們自己刷牙，並為他們收拾好書包，和每人一條炙手可熱的大蕃薯，孩子們說聲「爸爸，我上學」。有坤目送兩個孩子上學後，回到床邊坐下來發愁，望向牆上的揮春（New year motto）「一帆風順」和「從心所欲」有話無處可訴，心中在祝福她母子倆。

燕爾來書

自從別離後，有坤總是朝思夜念她兩母子，不知行程進展如何，天天苦等盼望，好不容易已熬過了十天。那天的下午，他正在搓麵條準備晚餐，一名知青郵差的單車在門口停下遞出一封信，有坤拍拍手上的麵粉出去接信。一看之下，是北海寄來的，當時還不

敢相信，心中在懷疑，難道真的到了北海？便急著打開，信裡寫：

有坤夫君甚念，

　　我母子已於當日傍晚平安抵達三水農場，現在又到了北海，我們的船即將動身，我已連絡好一批人正在等你下來籌組另一隻船，只要你抵達北海車站，就會有一位叫做駝背舅父接你和孩子。盡快下來，祝你早日成功。

妻字　七九，二月廿日

北海

　　有坤看完這封信之後，本應是有莫大的高興和欣慰才對。可是他腦裡頓時顯現出許多很不愉快的矛盾心事來。他坐下矮凳，兩手抱頭在想，想起他太太很無情的對他。

　　當西貢淪陷後，兩人的職位突然間變為一無所有，可說是已處於落難日子，應該更加恩愛相依為命，正所謂天崩眾人頭破，並非是他的錯過。可是她卻兇巴巴的指著他來罵：

　　「你現在已成為世界上最沒有用的男人！找不到錢給老婆享受。」

　　「如果你找到適當的男人，可以開聲商量」。

　　「我找到適合的男人，就立刻嫁給他，為甚麼要跟你商量。」還舉起手肘以示無禮。

　　她這種說話和態度，對於一個男人來說，已是毫無尊嚴可言，非但不同情丈夫的難過心境，還要落井下石，故意傷害丈夫。在越南和在這裡（黃陂）都曾多次說：「我到外國之後，一定同你離婚」。這樣的女人，還有甚麼好留戀，不如就此分手了卻這一生的

情緣罷了。可是，不去，這兩個小孩怎辦？誰能帶他們離開這裡？心裡矛盾重重，去留一時難定。不過稍後還是以後代的前途為重。光華放學回來，向爸爸說聲：

「爸爸我放學！弟弟呢？」

父親望著這個乖女兒，好像得了一點安慰。

「弟弟在外面跟甘隊長的孩子玩。」望著女兒像有難啟齒之言，但還是要說：

「你和弟弟去捉那隻母雞回來殺今晚吃。」

光華對那隻幾乎天天都生蛋的母雞已有感情，一聽到爸爸說捉來殺，她就想哭的反對：

「不喇！不喇！我要留牠生蛋。」

他父親把她拉到懷裡告訴她說：

「你媽媽和弟弟已經到了北海，寫信回來叫我們快點趕下去。明早我們就要起程，那隻雞如果我們不吃，也會被別人吃的懂嗎？」

無可奈何的走出去找弟弟一起到田裡去捉雞。

有坤在家裡為今天豐富的晚餐作準備。兩姊弟把雞捉回來，有坤又吩咐光華說：

「你到曾醫生的家去叫他的太太阿朱姨，說你的脖子痛不能挑水，爸爸叫你去幫挑兩擔水懂嗎？」

「懂！」

目的不是挑水，而是想叫她明早四點鐘到有坤的家把那些不能帶走的被窩蚊帳，和日用品等，偷偷挑回她家。雖然尚有三四家留下，但遲早他們也會離去，所以無須要留給他們。

第十節　展開另一個新的艱苦旅程

離開黃陂

　　晚飯過後，為了避免在街上被人注目，有坤把他那副黑黝黝的鬍子刮掉，並自己剪頭髮。由於時間倉促，未能申請路條，形成另一次偷渡形式。三父子都穿上場部所派發的棉襖衣服和水靴，當人們尚在熟睡中即摸黑出門，路程雖只有三公里，但對於只有五歲大的小光凱，又要在一個黯無天日的山坡坭土路上行走，難為了他兩姊弟。不過早有預算，結果到達目的地並無延誤。上車後，拿出尚在溫暖中的蕃薯，雞蛋和椒鹽，三父子來一個豐富的早餐。

廣州客車站

　　黃陂離廣州只有三百公里，現在回途仍然是坎坷曲折崎嶇和驚險。所以抵達廣州客車站時已是下午三點。下車後，先找個地方安置行李和小孩，他急忙去買下一站的車票。每個票窗都大排長龍，找到了湛江票窗，卻寥無幾人，他上前去問，原來已經沒有當天去湛江的班車，只有明天早上的，在無可選擇之下，明天的早班車也要接受。

又一次露宿街頭

　　顛簸震蕩了八九個小時，甚麼氣力都沒有了，三父子沿街找飯店充餓。他們走到一間飯店門口停下來，有坤發現餐館以一牆之隔

分為兩個世界，一邊是正常餐館的型式，專供港澳同胞之用；另一邊是給那些衣著老土本地人用的公共食堂，看起來有像天堂與地獄之分。一副土頭土腦裝束的有坤，背上兩個旅行袋和帶著兩個小孩想進去港澳同胞餐廳，立刻被守門的職員擋住，用手指指，叫他們過隔壁的食堂。有坤望住他示以愕然的眼光，便用英語跟他說：

「你在幹甚麼喇？我想找點東西吃。」

那個職員一時也愕然起來凝視有坤好一會。可能他心中在想，怎麼這個老土會說英語的？一定是來頭不小，便請他父子三人進去。其實當時的有坤英語很有限，要是那名職員也用英語對答的話，說不定可會露出馬腳。不管如何，兩句英語能把對方嚇退，也算是一次小勝利。父子進去一點也不畏縮，堂而皇地坐在餐座上，點了一道飯菜，吃個津津樂道。

飯已吃過了，可是難關尚未渡過。父子找到了一間旅館，走進接待處問管理員想租房。管理員首先問他路條。有坤說：

「我因為有急事，來不及拿路條，我帶兩個小孩，請你租給我一個房或是走廊的單床散鋪都可以，讓小孩們今晚有個地方過夜。」

「不行！沒有路條，到處都租不到床位的。」

一個無情的回答，無奈的他，帶著兩個孩子離開旅館，他仍然心有不甘，再到別間試看，也是同樣的結果，注定要流浪街頭（Roam on the street）。三父子在一條行人較少的街道上無目的也無方向地走著（Wander）。

經過一處，有個殘疾者向有坤討錢，自身難保的他，那還有能力去理別人。經過一處，又有一個老人在地上擺放一張大字報，訴出他的淒涼身世，討人同情施捨。這張告地狀的狀紙，在陽府肯定

無人理，呈下陰間或有希望。走了不遠又看到一個兒童，年紀小小也要學人告地狀。他的狀紙尚未經過發誓，不知是真或是假，有坤也懶得去理他。心中在想，寫狀紙的人還不夠聰明，要是狀告共產政府的話，定會有很多公安著緊趕來，把他們帶到派出所去好好的「照顧」一番。

共產主義的創造者，他們相信共產主義將會帶人類進入天堂，可是擺在有坤的眼前就剛好相反，凡是實行共產主義的國家，就會哀鴻遍野。這說明了共產主義只能帶人類進入地獄。

繼續流浪著，盪遊著，硬著心頭，在那條路面平滑毫無坎坷的道路上奮勇前進。女兒有所感覺問爸爸：

「爸爸，今晚我們在那裡睡？」

有坤不聲不應。停下來俯身疼他們姊弟一下繼續前進。看見一處有可棲身的屋簷，父子便停步坐下來，背靠牆壁，行李置於面前，兩手抱著兩個孩子，幕天蓆地，人生如戲，戲如人生。有大技師專家不做，甘願流浪街頭，為的是甚麼？只是為尋找已失去的自由。

湛江中途站

露宿街頭，好辛苦才熬過漫長的一夜。天剛亮，父子三人便醒來趕往車站。除了早事外，還要充饑。雖然沒有路條，但早就預備足量的糧票，故此在這方面不會出現問題。上車後，因為整夜被蚊叮睡不成眠，實在太累了，同時目的地又是終站，父子都放心閉上眼睛，不理世間一切，路途多長，時間多久也不知。直至車已停下，剩客紛紛下車，父子仍然不知。司機看見他們還在夢裡，便叫道：

「喂！下車了。」

三父子醒來，趕快收拾行李下車。

湛江（Zhanjiang）市，昔日是隸屬廣東，現在屬於廣西省。他向周圍一望，這裡的房屋都是老舊的平房。望過對面看見有一座新建六層大廈，直寫著幾個黑色大字「赤嵌大旅店」，有坤兩肩背起行李，兩手拖著小孩朝旅店走去。管理處櫃面有一男一女職員，有坤問那名女職員：

　　「有沒有空房？」

　　「有沒有路條？」她第一句又是問路條。

　　「沒有。」

　　「沒有路條是租不到旅店的。」

　　「你可以通融一下給我兩個小孩住一夜嗎？昨晚在廣州街邊被蚊子叮了一個晚上，今晚又再被蚊叮，真是受不了喇！請你幫幫個忙吧。」

　　她好像有點同情有坤的處境，便跟那位男同事商量。

　　「這個人是沒有路條的，給他租地方嗎？」口語欠缺禮貌，但還算有點同情心。

　　「最近從各地來了很多難民，大多數都是沒有路條的。算了，就給他六樓的散鋪吧。」男職員。

　　聽到男職員這句話，他滿懷高興。女職員向他收三塊錢的租費。只要求得一宿，免於再次露宿街頭，就算更多也願意付給。付錢後，便隨那名女服務員沿梯間上到六樓。整座六樓都是沒有間隔的大平鋪，擺置三行床鋪，每列約有七八張床，她給有坤家庭一張大鋪。兩個小孩已累不可言了，一倒就躺下去。有坤問服務員：

　　「順便請問從這裡去北海還有多久的路途？」

　　「從這裡去，先到合浦（Hepu）才到北海（Beihai），大約還有半天的路。」說了便走。

有坤也躺了好一會才帶小孩出去醫肚。藉此也出去認識一下就近的環境。湛江又叫赤嵌，有多大人口有多少是一無所知。在讀地理時，知到它是廣東省雷州半島的一個海港。在這裡人們的口音是介於廣州與防城之間。七九年初屬於尚未解禁時期，故街道上除了朦朧的街燈外，仍然是個死城。間中在街邊也看到三兩檔賣小食的大排檔，如海鮮粥，甜品，炒麵等。相信這都是由某些團體主辦的，生意也不見得旺盛。

北海市

北海是最靠近越南北部的一個港口。在中國尚未拉下鐵幕時經常聽到老前輩提到這個地方，對有坤來說，北海這個地名已不是很陌生。從湛江起程經過大約兩小時多的路到了合浦鄉城，此地只是路過並未留下任何印象。抵達北海已是下午兩點左右。這裡的車站，並不能與越南的鄉城車站作比較，只是在街道旁停下讓乘客下車就離去。當有坤父子下車時，便有一名殘疾駝背男子，手持一張蓮芳交給他的照片逐一對認。

「啊！是這個了。」

有坤被他嚇了一跳，以為又出了甚麼事，便睜大眼睛望他。他竄過人群走近有坤問道：

「你帶有兩個仔兒一男一女是嗎？」（防城音）。

有坤定神的望了他一會，又望自己的兩個小孩，腦海中忽然想起信中所說的那個駝背舅父來，於是再無可疑的回答他：

「是啊！」

「我是來接你們的。我的姊姊，你們大家都叫她做姨婆，她和你的老婆三天前已離開北海。現在我帶你們仔爺到熟人家去住。」

「我怎樣稱呼你呀？」

「大家都叫我做舅父，你也叫舅父好了。」

三父子背起行李跟他走。

北海的街道和屋宇，相信是曾祖父時代所遺留下來的，非常殘舊。

他們從馬路轉入巷裡，又再轉入橫巷。走過十多家才抵達一間破爛不堪的矮屋。門口站著一名上了年紀的婦人迎接他們。駝背舅父向有坤介紹。

「這個叫做三媽，是屋主（防城人叫媽等於阿婆的意思）。」

屋裡早已住了兩家人，戶主一一向有坤自我介紹握手。原來三媽是這間屋的獨身主人。騰出地方給大家暫住，雖然沒說出口是租，但當大家離去時都會懂得怎樣做。三媽叫有坤把行李放在廳中的木板大床鋪上說：

「把行李放在這裡，這張大鋪是預備給你們仔爺的。」

「他就是阿芳姐的老公喇！」駝背舅父給大家介紹。

「大家叫我做老項就行了。」

「在這個時候大家都不必拘禮，就叫老龐老李就行了。」老龐說。

「不過，照你老婆說，我和你是有親戚關係的，不如叫你做老表，你叫我們做表叔表嬸好喇。」老李的老婆說。

「好的好的！表叔表嬸。」有坤答。

有坤這時也閒話少說，就開門見山的問老龐老李：

「現在已經有多少人了？」

「現在已經有十五個，連小孩也有二十多人。」老龐答。

「一張（北海防城一帶的冠詞）可坐五六十人的船，兩個月前

只賣三千塊（人民幣）左右，現在竟賣到六七千，而且在北海的越南船早就賣光了，連本地船也找不到，要到別地方去找。聽人家說或許在中越邊界的歧沙（Chisha）還有貨，不妨去那裡看看。」老李說。

「通常每個大人要多少錢知道嗎？」有坤問。

「大人五百（人民幣）小孩一半，手抱就不收錢。」老李太太答。

有坤心裡算了一下才說。

「這樣我們每人先付一半，就是每人先交二百五十元，便有三千多了。明天我立刻到歧沙去找船，找到船講妥價錢，先給船主三分一的訂金，即可把船拖回來修理。有船自然會有人前來參與，用不著去找。到時看人數欠多少，大約多收十來個就夠了。不過，我有兩個小孩，請大家幫我照顧一下。」

「這點你可放心，有我們這麼多人在這裡，」幾乎異口同聲的說。

老李的太太還特地強調的安慰有坤說：

「老表你可大大的放心，有我在這裡，小孩不會受餓的。」

歧沙落難

歧沙位於中越邊界靠海的一個市鎮。客車一早便開離北海，經過麗娜（Lina），欽州（Chinzhou），防城（Fangcheng）才到歧沙（Chisha）。適值中越關係緊張，雙方準備開戰，在進入歧沙之前，兩邊路傍布滿偽裝的各種戰車，雷達不停地旋轉，有如進入戰區。當車抵達車站時，乘客紛紛下車，一名女警站在車旁逐一觀察下車乘客的臉孔。有坤一步下車，那名女警立刻上前查問。大陸

的警察並不像越南共和國時代那樣有禮貌，對疑人先行個禮然後查問。那名女警甚麼稱呼也沒有就開口：

「路條？」

「我沒有路條。」

「你站過一邊。」

由一名荷槍沒穿制服的民兵看守。等到所有的乘客都走完了，她令有坤：

「你跟我來。」

她走前，有坤在中間，民兵在後。

公安局──派出所

公安局外面掛著「派出所」三字。這是一間舊平房，裡面有一張舊辦公桌，一架古老架式電話機，牆上掛有紅旗和毛像。有坤被帶到公安局，女警向在座的公安長報告和交代妥當後，便和民兵離去。

警長令旁邊的警員：

「你幫我搜他的身。」

警員從頭搜到腳，水靴，綿襪。並無發覺可疑的東西。再令：

「搜看他的小旅行袋。」

警員從小行李袋裡拿出幾件內衣逐一搜開放在桌上。拿出一個美國軍用電筒，此電筒有異於一般常見的電筒，因此他小心翼翼的拆開觀察。但亦無可疑的東西，最後從袋底找到一個紙包取出放在桌上，小心地打開看見一大包的錢。警長望著那包錢然後叫有坤：

「你坐下。」

或許他心裡在想已經有甚麼重大的敵情發現了吧。他點燃一支煙，抽了一口，噴了一口霧才問有坤說：

「你帶那麼多的錢來這裡做甚麼？」

「我想買船去香港。」

「多少個人的錢？」

有坤為了避免順藤摸瓜帶來很多的牽連和大麻煩，所以回答：

「我自己的。」

「你怎會有那麼多的錢。」

「是我在越南帶來的。」

「進入中國時，所帶的是甚麼錢？」

「有人民幣，有美金。」

「你拿美金到那裡去換成人民幣？」

「一部份是在廣州中國銀行，一部份是在廣州的南方大廈
（Quangzhou Nanfang shopping mall）。」

其實不少的美金都是在北海地下錢莊所兌換的，以當時的匯率，
一百美元，倘若在銀行兌換只得兩百元人民幣，但在地下錢莊可兌
得兩百二十元，利潤可觀。此是天機不可洩漏的事，以便利己利人。

「你為甚麼不在北海買船要跑到這裡來？」

「北海已經沒有船了。」

「你知道這裡近來的情勢嗎？戰火漫天，還要冒險而來。你要
留在這裡幾天，東西全部留下，只能留幾十塊在身上買飯吃。」

他叫民兵把錢點清收起來，然後寫了一張蓋有印章的收條交給
有坤。並叫警員帶有坤到羈留所去。

有坤頓時發呆冒冷汗。原因是擔心北海的道友（同路者）一旦
聽到他被扣留，大家會驚慌起來，各自紛飛，留下他兩個小孩怎麼
辦？他已變得六神無主，不知所措。為了逃奔自由又一次冒大險，
這次實在太危險了，所以老龐老李不敢去便是這個原因。

歧沙羈留所

　　歧沙地方太小，沒有正式的羈留所，就用一間新建約4mx8m平方尚未完成的空文房作臨時扣押犯人之用。裡面早已關押了五個青年，有坤是第六名同窗。室內空無一物，大家挨牆抱膝而坐。他們看見有坤，感到同命相憐。一名青年問道：

　　「喂！老兄，你是那一個農場出來的？」

　　「廣東英德黃陂茶場。你們呢？」

　　「我是福建常山農場（原本是有坤家庭要去的農場），還有他們是雲南芒市（Yunnan Mangsi），貴林（Quaylin）農場到處都有。」

　　「你們來了多久？」

　　「十天的有，八天的有。」

　　有坤聽了拍拍額頭，好像被大塊石頭壓在頭上的沉重。再無精力多問其他問題了，就坐下蜷縮在一角落處俯首抱膝。

　　歧沙的氣候和越南北方一樣，時值深冬雖沒有下雪，但晚上的氣溫會下降到攝氏兩三度。一間空房沒有床，沒有被，實在冷得受不了。那五名青年可能身上穿得較單薄，整夜跑步造暖，難以坐下靜休。只有有坤尚可熬得過去不用起來跑步，但也不能入睡。這個晚上有如度夜如年的曼長感覺。

上廁所和上飯堂

　　好不容才捱到天亮，民兵去開門，看見大家在抱膝俯首，便叫：「喂！上廁所呀！」

　　大家醒來排隊出去，民兵荷槍跟在後，穿過馬路，又竄進幾

條小巷才抵達那有階級（梯級）的高式大糞坑廁所。裡面掛有幾個小籮，裝有很多細小的竹片給便後刮屁股之用。事後又押過多條街道，進去一間公共食堂。民兵前去跟掌櫃交帶，免收這幾名拘留者的糧票，遲下派出所會有所交代。各自掏腰包付錢後，到櫥櫃去取湯粉或粥和饅頭。一天早晚兩餐。每次出去都經過多條大街小巷，眾目睽睽，與押犯人遊街示眾沒有兩樣。因為在共黨統治下的辭典裡只有「強權」，找不到「人權」與「尊嚴」的辭句解釋。所以在共產黨掌握中，做人全無人權和尊嚴可談。

經過那個晚的煎熬後，第二天大家向民兵反映，得換了一處雖是更破舊的房子，但較為密封，還有幾張搖搖欲墮的木板床，更有千穿萬補的蚊帳，不過，補得越多衲的蚊帳就越能保暖，更受大家的歡迎。

望穿秋水斷腸之念

盼望子女，掛念子女，是一般父母常見的事，不過像有坤這個場合就特別得很。他時刻日以夜繼的在盼望，在焦慮，萬一那班道友（同道者）都跑光了，誰去照顧這對幼小的孤兒？他想念到幾乎斷了腸，悲從中來。為了孩子，他第二次掉下男人的眼淚。何時何日才能回去見他們？

見廣西僑辦

拘留了五天才有一名青年被帶走，下落如何不得而知。大家都不知道自己還要在那裡待下多久，只好聽天由命。

有一天的早上出去遊街示眾回來不久，民兵把有坤叫了出去帶到一座旅行社，即工人旅館內僑辦所住的一間單人房裡，裡面有一

張單人床和一張小日字桌，兩端各有一張椅。一名約五十多歲的僑辦委員坐在一端。進去時僑辦望住這個一身土氣的有坤說：

「坐吧！」

有坤坐下，民兵離去時，並把房門關起來。僑辦吸了一口煙，噴了一口霧才說：

「我是廣西僑辦，特別為了你們被拘留的事而來，你在這裡多久了？」

「十天。」

「你寫一張自白書給我看，將你從十歲開始到現在的簡單經過寫出來。」

這是一篇履歷調查，因為在這麼多的逃難者中，有坤的身份可說是最為特殊，僑辦很有興趣想瞭解一下他的背景，同時也想考驗一下，一個離開祖國已久的華人後裔到底對中華文化還能瞭解多少，尤其是在他們素稱「反動政府」的南越華人。有坤也明白這一點，所以在他的自白書中刻意地強調在南越華人社會的各種動態，好讓這位僑辦明白並與北越的華人有所比對。這也是從進入中國大陸後第二次所寫的自白書。其第一次是在財貿羈留所所寫的。在財貿羈留所期間，有一天，公安把有坤叫到公安辦公廳去，公安長對有坤說，華國鋒主席已經致到你的信，現在你寫一張自白書寄去給主席參考，以後再跟你連絡。

讀者們或許會以為在三元里時，有坤和一班同道者曾集體上書華國鋒主席，請求釋放到香港難民營去，現在給有坤調查履歷。不！這次的調查與那封集體信完全無關。這是怎麼的一回事呢？讀者們可停下一會兒來猜，看您能猜得到嗎？

說來，當時有坤的心情很複雜和充滿矛盾。自從越共奪取南越

後，他非常痛恨無知的共產黨對南越人民的糟蹋，尤以對華人財產的沒收，特別是那六間華人公立醫院及無數規模龐大的學校和公所工廠等，他心痛不已。當他逃回中國後，發現不是個適合生活的地方，所以一方面要起來搞鬥爭，爭取離開大陸；另一方面也看見在逃往中國大陸的二十六萬人數中，起碼也有十萬八萬的青年壯丁。他想藉此籌組成一支軍力，結合海外的自由越南組織，回去推翻越共政權，重建自由越南。因為當時的越共已與一向死心支持他的中國翻臉成仇，同時還進軍柬甫寨，以實現他雄霸整個東南亞的野心夢想。中國恨他，東南亞國家怕他，是籌組力量反越共的最好時機。可惜得很，當時的中國正處於內鬥，華國鋒日漸失勢。所以那次的調查履歷，就像石沉大海，以後再無下文。到鄧小平奪得權後，即發起懲越教訓之戰。那場戰爭雖中國得勝，但損失相當慘重。

　　好了，言歸正題。僑辦一面抽煙，有坤一面在寫約一個小時有多，有坤交試卷兩張。僑辦拿起眼鏡像在批閱有坤的作文考卷似的留神地看。有坤也在注意他的反應。僑辦好像著了迷並未異動。過了好一會他看完了放下兩張紙，把眼鏡壓在上面，慢吞吞地說：

　　「你的情況，我已調查清楚，像你這樣的人材，我們國家正是須要，北京中央農業部對你感到興趣，為甚麼不留下來幫忙四個現代化的建設呢？」

　　有坤想了一下才說：

　　「我可以不可以說真心話？」

　　僑辦望了門口一下，說：

　　「你說吧！」

　　「首先的，我不喜歡這種主義和制度。它的缺點和害處太多了，一言難盡或說罄竹難書。就以目前我這件事來說，如果是在自

由世界，最多是二十四小時就要解決。可是在這裡，動輒就要十天，十多天。每天要遊幾次街示眾，做人完全失去尊嚴，連起碼的人權都沒有，是一個文明的人所不能接受的。另一個原因就是人民生活太困苦，太可憐，我不忍心留在這裡天天面對這些傷透心的情景，尤其是為了後代，更加不能留下，我很失望。」

僑辦想了一想，避重就輕地只以後一段作回答：

「你要知道，我們中國素來就是一窮二白，有甚麼辦法？」

「在我的觀察中，中國的貧窮與落後，是出自主義和制度的束縛和壓制所致，並非是中國人沒有辦法。」

僑辦想了好一會，轉過話題說：

「當你們在三元里時，以及進入農場後的情形，我們政府已瞭解到，你們是不適應這裡的生活，在外國你們生活有自由，可以找到很多錢，所以也不再勉強留住大家。我們政府在十二月已開始放人，你為甚麼現在才來？」

「我農場裡有一個家庭在十二月底已經離開農場，說去北海，當時我還十分懷疑，中國政府是否真的有放人這件事？同時我住的地方很偏遠，遲遲才接到親友的通知。」

「當第一張船組成的時候，駛船的是越南北方人，他還在怕香港水警捉他當間諜。後來你們南方難民聲聲說保證他他才敢去。大約兩個星期後有電報回來，大家才一窩蜂的擁到北海去，一時之間整個北海的街邊都住滿了人潮。不過有一點我要特別交帶你們，當船將近進入香港水域之際，要將所有在中國帶去的東西通通丟掉，不可留下任何痕跡。一旦被水警發現你們是從中國大陸去的，那就整張船被送回來，你們麻煩中國政府也丟臉，千萬記住。好了，今天已經沒有車回去北海，你還要在這裡多過一夜。民兵先帶你到派

出所取回你的東西，然後帶你回來這個旅行社（旅館）過夜。房租也只有兩塊錢而已。」

他寫了一張紙條，拿出去交給在門外等候的民兵。民兵接了指示之後，把有坤帶走。

再次回到公安局派出所

在派出所裡，穿著綠衣軍裝的警長叫有坤坐下。警員拿出小旅行袋交給有坤，另一隻手拿著一個紙包包裹的錢放在警長面前的辦公桌上。警長說：

「因為中越雙方正處於戰爭狀態，你的錢我們拿去檢驗過，並沒有甚麼可疑的地方，現在還回給你，你點算清楚後，給回我那張收條。」

有坤點也不點，就從衣袋裡拿出收條交給他。

「不！你先點算清楚。」警長不收。

在有坤的心中，就算完全被充公也無話可說，現在被視為失而復得的幸運物，那還敢仔細地點算，只是潦潦草草的做個樣而已。

「夠了！夠了！」

「夠齊了嘛？」

「齊了！齊了！」把錢包好放進旅行袋裡。

警長拿起那張收條，把它撕破。

有坤站了起來，說聲「謝謝警長」而道別。

第二天清早民兵送有坤到車站，登上一輛行將開動的客車。他向民兵揮手但不說再見。

在這裡有一點值得讚賞的是，當在黃陂時，難民的兩車柴，場部的幹部們都要強奪一車拿去分贓；而這裡，幾千元的現金卻能悉

數歸還。如此的廉政美德願永遠保留下去和發揚光大為全中國政府官員豎立典範。

回到北海

在有坤那個場合，對一個心地不正的人來說，他手上拿住這包錢，當下車後便立刻走去地下錢莊兌換美金，回去見到他們，便說錢已被沒收，是個很合理的交代，大家便無可追問和無可懷疑的地方。可是對於自小就養成了正直無貪的他，從來都沒有這種念頭，加上見兒心切，一下車就箭步回去。當輾轉地進入巷口，看見姊弟倆與鄰居的小孩們在一起玩沖天炮（那一區很多家戶都以手工製炮仗為生），噢！他心中的大石頓時放下，開心到不知要如何形容才是。兩姊弟一眼看見回來的父親，就像發了狂似的大叫：

「爸！爸！」飛跑上前，緊緊地抱住父親。

父親蹲下抱攬姊弟左右疼吻。親情盡露，這一刻的感覺有如整個天都亮了起來。

進入這間「老」家，原來的老李老龐尚未逃走。老李婆一眼看見老項，很歡狂的叫：

「噢！老表你回來喇！」

「噫！老項！」老龐也很詫異的叫道。

有坤沒出聲，只是以微笑作回應便坐下床邊。

「你沒事吧？」老龐這一問，似乎在關心有坤是否有受到皮肉之苦。

「我本身就沒事，只是事情未能成功而已。」

「錢沒有損失到嘛」老李。

「還好。」

「噢！真是菩薩保祐囉！」老李婆。

「要是所有的錢都被公安沒收的話，我真的不知道如何向大家交代才是。」

「我們大家都有這個心理準備。現在失而復得，太好了！」老龐婆。

「現在情形怎麼樣？」有坤問。

「當聽到你出事的消息後，有幾個家庭已脫離我們，去參加別人的組織，我們也分頭出去找路，現在已找到了一隻船，都是這幾天內動身，如果你遲幾天回來，就見不到我們了。」老龐。

「是你們搞的，或是別人的？」老項。

「我們現在都是搭客，那裡還有能力去搞。你打算怎樣？」老李。

「我的情況大家已明白，現在既然大家都變成了搭客，我也不夠能力了，也不知道怎樣辦？」老項。

「不用擔心喇！你的為人那麼忠直，我們儘量去跟船主請求，讓你家庭可以跟我們一起去。」兩名婦女幾乎異口同聲地說。

在一個可說是絕望的環境裡作無比艱苦的鬥爭，現在已有了成果，這個不露名的首腦主導人，非但不是第一批離開中國的人，反而淪為寄人籬下的可憐人。人世間就有這麼不公平的事，真叫人唏噓長歎！

第十一節　投奔怒海

偷渡

　　公安部為了避免眾多的船隻在同一時間湧到香港的怪現象，所以安排要離開的船隻都登記起來，然後作有秩序的分批離去。可是登記的船數目太多，有些兩個月前就已登記，到現在都還未輪到出海，而且船一被登記之後，就要集中在一個受監管的範圍內進退不得。倘若有坤他們那隻船也去登記的話，只要等上一個月的時間，他們的食宿費方面都要出現問題。在討論之後，大家都決議要以偷渡方式逃走。船上的糧與水，和私人用品都已準備妥當後，就在有坤回來的第四個晚上出發。

　　這裡所謂的偷渡，情況同在南越偷渡時很相仿，不過就是沒有那麼嚴厲和驚慌。因為就算給捉到也不會被沒收家產和坐牢，頂多就是要等候輪次而已，但始終都是個大麻煩。在提早的一餐晚飯後，就展開越共式的游擊戰術，先分散，後集中。時間是晚上七時半，地點是商討好的一處海邊，時間一到，人群也陸陸續續的抵達。一隻單桅杆，長約九公尺的漁船，因岸邊水淺未能靠岸，就停泊在離岸約一百多公尺的海面上。在黑暗中只看見一盞小油燈，由一張小艇將人群分批運上去。每次只可運載十名左右。在最後一批都上船了，很富責任感的船工仔細地點算人數，男女老幼無缺漏，最後聽到一聲：

　　「六十四人，全部到齊。」船上除了舵工一家四口是北方人之

外，其餘全是南方人。

　　剛才那隻小渡船是租來的，在人數點齊後，他拿了錢，便在黑暗中消失。船工即是舵工，南方人習慣上稱駕駛船的人為舵工。舵工對大家說：

　　「今晚無論如何都要離開這裡，我們這張船沒有登記，倘若給公安查到，就要扣留起來，從頭排隊，起碼也要兩三個月才能開動，到時，穀種都要吃光。」

　　說完，舵工把錨拉上，幾名青年合力起帆，大工把舵朝向南方駛。隱約中的海岸越離越遠。船已小，船艙更小，在一個大約七公尺長，兩公尺半的地方，擠進六十多人，跟疊沙甸魚沒有兩樣。身躺下，雙腳要棟起，這正所謂的委屈。船身不斷地忽左忽右地擺動，兼且拋上拋下，艙裡已有人嘔吐。船在黑夜中行駛了大約三個多小時後，開始下雨打風，浪越來越大，船搖擺拋搖篩簸得更厲害，嘔吐聲也隨之增多。那位一生都與強風巨浪搏鬥的舵工，穿上棉襖和雨衣，獨自一人蹲在船尾看風把舵。有坤在昏昏暈暈中地蹲起來，撐開艙蓋向外窺視。

　　哇！這麼大的巨波捲捲而來把他嚇得縮下頭來，在他感覺上那些巨浪仿如黃陂屋後那座小丘似的。驚慌得很，心跳加速，這不僅是汪洋中的一條船，還是在暗無天日狂風巨浪中穿插的一隻小艇，隨時隨地都會有全船覆沒的可能。他本人的生命已不在乎，但還有兩條幼小嫩苗要顧慮。在驚恐無助之下只好聽天由命。整個晚上在屈膝，心驚膽戰和迷惘中渡過。

　　不知已行駛了多久，也不知道已經到了甚麼地方。有坤張開眼睛從艙蓋邊的罅縫望去，似乎有微弱的藍光出現，他心中在想，是否已到了黎明時刻？披著疲乏不堪的軀體，在半蹲的姿態用力撐開

那塊笨重的艙蓋一個大隙，果然是光明行將來臨，乾脆就把整個蓋撐開爬出去，在搖擺中小心翼翼的攀著船上的繩和竹桿走到舵工身邊坐下。這個時候，只有稀疏的雨點，但仍然是驚濤駭浪。有坤問舵工：

「我們已經到了甚麼地方？」

「我都冇有識得（防城欽州的口音），要等熱頭出來正估得到囉！」

註：北越邊界的華人及婆灣漁民的口音與中國防城欽州口音相同。

不一會，老李老龐，和兩名不相識的男子也都相繼爬出來，大家圍坐在大（舵）工身邊。其中一名男子很擔心地說：

「風哪麼大，浪哪麼高，要不要把帆扯低一點？」

「都冇關事，風一陣間仔就細掉。」

船仍然在矇矓中朝南行駛，在有坤的地理常識中，要是沒有偏向西南而直駛的話，最終會遇上海南島。而他們的行程必需要穿過雷州半島和海南島之間那道淺水瓊州海峽。現在處於狂風巨浪中，無處是岸，也無方向可辨，大家盡在憂慮不言中。就在此刻，船身左邊海面的天涯處露出一道曙光。有坤很高興的指說：

「哪！那邊就是東邊了。」

「是了！是了！」異口同聲。

「現在我們只要把船向東南方行駛，相信不久就會看到雷州半島的岸邊，到時只要沿岸向南駛便可抵達海峽。聽說那裡的水很淺，礁石很多，要在潮漲時船隻才能通過，這一點留遲下看實情才討論。」有坤。

有坤對瓊州海峽的地理常識看來很膚淺，但對航行非常有用。在清朝年代的法國領導人，就是因為缺乏這一點的小常識，錯租了這個海峽而成為歷史笑話。

大家都很同意有坤的建議。之後，舵工輕輕地把舵擺一下，船身慢慢朝向東南駛去。有坤說完不久，因整夜不能入睡，同時船身仍然不斷的強烈地忽高忽低和搖擺，尤以看見如山丘似的巨浪捲來又捲去。把他弄昏了。

「噁！」的一聲嘔出一點黃水，大家都叫他快點回艙去。他爬下艙，挨著船身半坐半躺閉上眼睛等候命運的安排。

怒海第二天

天越來越亮，強風也隨而減弱，大浪也漸漸變小，維持在四級左右一般海上狀況。時間已是上午十時多了，舵工也累不可言。大家都願意為他掌舵，讓他休息一下。舵工的太太和幾名青年在合力燒飯。不過這一餐飯因很多人尚在暈浪作嘔，未能進食，有坤便是其中之一個，只為照顧兩個小孩而動身。

到了下午約三時左右，天氣是陰天，可見度約五公里，在船頭對開的天邊隱約看到海岸似的現象，大家集中精神注視著，果然是岸，一位船伴用越語說：

「我們現在照原定方向行駛，等到接近岸邊兩三公里處，就沿岸南下便是海峽了。」

大家都同意他的意見，這時的海面，雖不是怒濤，但亦非笑浪。有坤仍然在浪的困擾中。與眾人參詳之後，又竄進艙裡。他躺下不久，艙裡便有個婦人發狂似的叫：

「唉呀！我的孩子發了高熱怎辦？」

同艙之中就有很快的回應說：

「快點叫項先生幫幫忙。」

之所以他們叫有坤去幫忙，是因為在準備下船之前，看見有坤買一些急用藥物和用具。正當自身難保的他聽了，也要帶量起來看個究竟。一個只有兩歲多的嬰兒在發高熱達攝氏四十度，原因不明，但很可能是細菌感染。他便從包裡拿出一些退熱藥和嬰兒份量足夠三天用的抗生素，吩咐嬰兒母親給嬰兒用藥。他本身仍然感到量眩欲吐的難受，便快點回去原位躺下。

或許大家會問，為何有坤本身不使用抗量藥呢？這點根據他說，本身有飲用抗量藥，可是這些藥是在中國製造的，效果很不理想。

過了不久又有一位同艙因腳部傷口發炎叫痛，他又要起來為他洗傷口和敷藥。他自己連病的時間都沒有。

船現在是沿岸約兩公里處朝南行駛。時已將進入黃昏，船面已在燒飯，便有人叫喊：

「唉！遠方的海岸好像到盡頭了。」

有坤聽了，量眩中的他也起勁地爬上去。大家都在注視。

「是了！是了！」眾聲。

「都還要兩個鐘頭的行程，吃完飯就差不多喇！」其中一個人說。

飯弄好了，伙頭軍一聲叫「大家拿飯！」。

大家在有秩序中輪候。菜方面雖是簡單，但白飯卻很充足，幾乎每家都以自備的罐頭做配料。不過看來大多數的乘客，仍然在量浪狀態中，有胃口的尚無幾人，小孩們的呈現比大人要來得好，吃得較為開心。

岸邊末端愈來愈近，船頭的人叫說：

「喂！好像看見海底了。」

大家好奇地伸頭出船邊看個究竟。舵工說：

「現在是潮退的時候，海水愈來愈淺。」

聽了這句話，齊聲警惕地說：

「現在都已開始入夜，不要冒險了，就在這裡休息明早才算。」

大工也同意此提議說：

「好吧！幫手下帆。」

幾個青年合力鬆繩，將帆降下。舵工把錨拋進海裡，船就慢慢停下。由於受潮退的影響，風也變得小，浪雖小，但船仍然隨波漂盪，對那些不習慣海上生活的人來說很不好受。就在這時，船艙中躺著一名足月孕婦忽然肚痛起來，尚在暈昏的有坤又要當起接生醫生來。他測量產婦脈博屬正常，但血壓稍為偏低。她既是初產，又因暈浪嘔吐，整天不能進食，故無力將胎兒迫出體外。只得叫產婦一陣又一陣的用力。經過多次仍然無效。在旁的家婆和有坤束手無策地望住她。他實在沒想到在乘客中會有孕婦而需作藥物和護理上的準備。無奈的，要等待明天找地方靠岸去找醫院。

怒海第三天

心裡在焦急中熬過漫長的一夜，潮水已於半夜起漲，又將潮退，約五更之際，趁潮退前，在微弱星光的指引下向瓊州海峽東面前進。不知是否因心急而覺得船太慢，抑或真的是船慢。沿岸航行了整整一天仍然看不到有城鎮的地方。天黑了，認不出方向，就此拋錨。

怒海第四天

　　這裡仍然是瓊州海峽，深度較深，不受潮退的影響，黎明前就舉帆趕程。於上午約十時左右，一個城鎮的跡象出現在遠方的岸邊。在浪小又順風之下，一個小時便可抵達這個叫做騮（柳音）州的鄉城（Liuzhou）。這是個小海港，停泊成百隻各類漁船，難民船便小心地靠岸。孕婦的丈夫急不及待的跳上岸去找醫院。不一會，他和兩名女醫護人員，推著一架牛車（一塊大板架在兩個大車輪的軸上）來到岸邊，幾個人合力將孕婦抬上去。這時有坤發現胎兒已經停止跳動，孕婦的呼吸也隨之微弱，他感到非常內疚，未能把胎兒救活。孕婦躺在車板上，由醫護人員及其家人送去醫院。有坤也跟上去，目的是想跟醫生商談以瞭解孕婦母子的病情。走了十多分鐘的泥巴路，到達所謂的醫院，只有兩列矮小的舊平房，每列有六間病房，每間房擺放四張鋪草蓆的木板病床，和四個茶几，堪稱極其簡陋。一位女醫生前來，有坤將情形告訴她，她聽診了一會說：

　　「胎兒無望，快點救活母親。」

　　一位女醫護人員為產婦注射葡萄糖吊液，和摻進一些看似強心劑和維他命之類的藥物。女醫生又對有坤說：

　　「現在我們要在產婦的陰戶處開刀才能把胎兒取出，這個手術簡單，你告訴她的家人放心。」

　　「好的，醫生您儘管作主，她的家人沒有甚麼意見。」

　　「要不要先繳費？」產婦丈夫問。

　　「我們院方對路經這裡的難民很信任，又特別優待，等到出院才算，這方面可放心。」醫生回答。

　　跟著，一名在船上被熱水湯傷腿部的小孩，他母親也把他帶到

醫院。有坤對醫生說：

「這個小孩前天被滾水燙傷腿部，我只給消毒水輕洗傷處，和一些鎮痛藥飲用而已。」

「哪是很好的，等一會兒我也是這樣做，並無須特別處理。」

由於產婦的療理需要數天，只有她丈夫留下陪伴，等出院後才駁搭後來的船隻，其餘的要繼續行程。在離開醫院之前有坤去「順個便」。那天早上曾下過雨，泥土路面處處爛泥水渦很難下腳。走近廁所旁的周圍，更看見地上都佈滿軟性地雷，又增被雨水打得飛濺四射更加舉步維艱。再望進廁所裡面，唉呀！真叫人毛骨悚然，一重重的地雷陣，叫人望而卻步。醫院卻有如此恐怖的廁所，真是一大諷刺。他在練「忍」功，「忍著歸」（忍者龜諧音），回去船上以「便」放諸大海，不亦樂乎。

在離開醫院途中，又有兩個人扶著一輛自行車（單車）車後座綁著一張籐椅，椅中坐有一個病人朝醫院方向走。在中國牛車和單車是農村僅有的救護工具，即以原始簡陋來迎合核子時代。

回到船上，正是中午，天氣還好，不下雨陽光也不猛烈，伙頭軍在燒飯弄菜。光凱跟他的小朋友玩得樂也融融；光華跟她的朋友們學唱越南歌。在家時，接觸越南朋友的機會不很多，偶而只聽到她婆婆和阿姨們的越語交談而已，但她很少說，只是短短的幾天學習，卻能唱出準確的越南歌詞，和講得順通的越南話，令她父親都有點愕然，看來是個有語言天才的小女孩。

船上已坐著一堆人，有坤回到也被招進去，舵工說：

「我們已經熬了四日四夜的大風大浪，又驚又險的路途。如果繼續這樣駛的話，起碼還要十天的水路。途中或許還會遇上不少的狂風巨浪，能不能抵達香港都很難想。」

大家聽了，好像在默念半分鐘，無言相對之後舵工又續續說：

「我們想要早日到達，同時也為了安全起見，一定要請一張本地機動漁船來拖船帶路。」

「要多少錢？」一名男子問。

「要三千元（人民幣）。」

「哇！要三千元。」一名婦女。

「這是公價的喇，我問過了好幾張船，他們都是要這個價錢，五百元都不肯減。不過大家不用擔心，三千元是無問題，等一下我去交訂，船上的米還有很多，加添水就行了。你們誰想要加料吃飯的，就拿東西上去賣來買到夠，半途不再靠岸的了。東西不要賣給收購站，那是個剝削機構來的。」大家一笑。有坤現在才知道原來大工就是船主。

共產主義是自由經濟的死對頭，共產黨在叛亂其間，將商家說成剝削者以騙取工人農民為他而賣命。政權拿到了，共產黨卻又成為剝削階層，而且更不許反抗。

上岸賣衣服

有坤的隨身財物極度有限，可賣的衣物只找到五件，三件是他的，兩件是太太的，就拿到岸上去變賣，買些補充食物給小孩。他背了一個布袋走在一條泥土小街上，兩旁有著矮小的平房，數名已食髓知味的年輕村姑，早已藏身何處有坤並無發覺，看見時機成熟便一躍而出在後跟上拉住有坤的背袋問：

「有沒有女人尼龍衣服？」

「有啊！」

「在這裡不方便，你到前面右手邊那條小巷轉入去，我們在那

裡等你。」其中的一名村姑說。

　　說完她們便匆匆的向前走去。有坤也慢下步伐以保持一段距離。到了巷口走進去幾間，一名村姑走出來一手把有坤抓住，好像拉嫖客似的拉了進去，剛才那幾名村姑已在屋內恭候。不一會從屋前屋後湧現十多名婦女和三名男青年，團團圍住有坤。他把袋剛放下客廳床上，很多隻手如搶似的伸進袋裡把衣服抓出來。有坤見勢不妙，立刻兩手緊緊地壓住這些從四方八面伸進來的手，然後拿出一件，交易完之後再拿第二件。每提出一件，都有很多隻手相爭拿來看，很多張嘴在還價。開價在十元左右，還價都是五元四元。有坤有一件西裝開價三十元，有個青年十分看好，想買來做結婚禮服，在討價還價後，以二十元成交。在這場混亂交易中，他一個人沒法妥善顧及，一件藍色襯衣被兩母子故意越傳越遠，令他手長莫及而被偷走。無奈的他自我安慰，心中在想「整個家，一生美好的前程都失去了，失去這件衣也算不了甚麼，算了吧！」心裡好像舒服下來走出去。衣袋裡有了幾十塊錢，這些錢，當船一駛離海岸便成廢紙，所以進去商店時盡量買個痛快務使小孩開心。在回船途中一個個左手一篋，右手一籃，滿載而歸。

　　繼續投奔怒海

　　下午五時半，舵工對大家說：

　　「那張拖船現在在外面等我們，向東駛一截路就會看見的了。」

　　他抬頭望天，低頭問就近的人「現在是幾點鐘？」

　　旁人告訴他是五點半。他又向大眾發言：

　　「除了生仔婆兩公婆外，還有誰還沒有回來？」

　　大家互相點算了一會之後，便齊聲說道：

「人已到齊了！」

舵工和數名青年動手起帆。船身慢慢越過一些船隻，朝東行駛。

行駛了大約半小時，便與那隻約定的漁船相遇。下帆靠近這隻十分殘舊十匹馬力的大陸機動木頭漁船。拖索縛好，老爺機隆隆作響，這隻難民船的鼻子被人拖著走，走進那黑暗的世界。

怒海第五天——遇劫

有了拖船帶路，大家都很放心，身在委屈中渡過安心的一夜。黎明已到，旭日初升，大家紛紛起來欣賞那薄霧晨曦美景，心曠神怡，充滿順利抵達的希望。不一會，前面的老爺機聲停止發動，兩隻船也隨之慢慢停下來，大家還以為它是壽終正寢。一名漁夫遞出一條竹篙頂住難民船以免相撞。其中一名漁夫說：

「你們在這裡等一下，我們去那邊下網，不會很久就回來。」

發動機又響起來，他們走了，難民船只得拋錨等候。日上三桿，風和日暖，不見怒潮見笑浪。又增經過幾天的顛簸訓練，大家亦都慢慢習慣下來，不再有嘔吐現象。輕鬆地在船上各樂其樂。有談論，有下棋，有護兒，光華就手執她姊妹的手抄本歌詞大唱越文歌，光凱同他的小朋友不知在玩甚麼。有坤坐在船頭上不知是在沉思默想抑或是望天打卦？

時近中午，伙頭軍在發火，助手在操刀舞技。此際一隻類似機動漁船在遠方出現，船身愈來愈近，它就是難民所僱用那隻魚船。約半小時左右，兩船相靠。一名漁夫跳過難民船來跟船主說：

「你們已經交給我五百塊，還有二千五百塊，現在交齊給我，後面（指向剛才他來的方向）那隻船（尚未看見）會來帶你們到目的地。」

「冇得（不行）！冇得！」船主很不客氣地大聲回答。

「不行！不行！」反對聲音四起。

一名婦女怒氣沖天大聲的指著他罵道：

「你不帶我們到目的地，一塊錢也不能再給。」

漁夫見勢不妙，立刻轉身跳回他的船。一個持斧，一個持大刀，一個持長棒。

難民船這邊也不示弱，立刻總動員起來。持大刀，菜刀，鐵鎚，大柴，所有可作攻擊性的硬物。甚到小孩們也找來餐刀，粥杓以示助陣。

「如果你們不給那些預早講定的錢，我就過去砍死你們。」其中一名漁夫說。

「你有膽就過來吧！」齊聲回應。

雙方對峙了好一會。漁夫們見狀不可欺，便放下屠刀想立地成佛，但佛還成不了便逃之夭夭。難民們也得收隊解除武裝戒備。大家無奈的坐下來。這一輪真的望天打卦了。孤獨無助，汪洋中的一條船，回頭已不是岸了，正所謂的兩頭不到岸，不知所措。

大約過了半小時光景，大家覺得長此下去並不是個解決辦法，便開始討論進程。就在那時一隻機動漁船又出現於大家眼中。注視著，戒備著，擔心是否那隻賊船折返？如果是的話，哪必定凶多吉少了，械劫是免不了的，大家靜觀其來，以不變應萬變。它愈駛愈近，至到清晰地認出，噢！不是剛才那隻，是另外的一隻，在緊張氣氛中總算鬆了一口氣。但仍然不能掉以輕心，因為尚不明白這隻船的來意。兩船已靠得很近，兩名漁夫站在船邊，其中一名開聲問船民：

「出了甚麼事？」

聽了這問話，便知道就是賊船所說的那隻船，大家才安心下來，舵工對他說：

「你們是不是剛才那張船叫來的？」

「是啊！」

「那幾個傢夥想勒索我們，他們同你怎樣說的？」

「他們叫我們來這裡拿五百塊，拖你們一段路。」

「一段路有多遠？」

「從現在拖到明天早上之後，你們大概還要自己駛兩天的路。」

「可以盡量拖遠一點嗎？我們會多給五百元。」另一男子說。

漁夫們商量一會才回答：

「我們只能拖多兩個小時，就要趕回去。」

船主也不敢自作主張便向大家發問：

「大家覺得怎麼樣？」

「好啊！」幾乎齊聲認同。

那邊拋繩過來，這邊把繩縛好。在開船之前，先給難民一餐慰勞。漁夫把一條條的魚拋過來。每家庭都得到額外豐富的一餐。除了魚之外，有坤還一手接獲一隻大蝦，它不是龍蝦，只是一隻普通的肉蝦，但竟足足大如有坤的手腕，長約兩公寸半（長過一個掌跨）是他從未見過，也令他終生難忘的一隻如此大蝦。三父子吃個津津有味。

怒海第六天──遇騙

第一次遇騙，也可說是遇劫不遂。但後來遇上了貴人，總算逢凶化吉，但今次呢？船開了一整夜，直至第二日上午約十時許，漁

船慢駛下來繼而停止，一名漁夫跳過難民船對船主說：

「就拖到此為止，我們要立刻趕回去，你們就照這個方向（東方）直駛，大約兩天後就會進入香港水域的了。」

到了這個「水步」已無計可想，船主便付給他一千塊。大家向他說聲多謝之後他回到漁船去，雙方揮手再見。難民船也只好揚帆而去。這天可說是風小，但海浪可不小。俗語說，無風三尺浪並沒說錯。海水深藍色，是否因海底太深所致的大浪。

難民船自己行駛了好幾個小時，約在下午三四時，一隻香港漁船在後面跟上，已是無助的難民船，當然不會放過這一救命機會。這隻船的馬力相當大，不一會便趕上了難民船，在距離約兩三百公尺處，大家揮手叫喊。漁船經難民船頭兜一個圈後才靠近去。船身高大，有客廳似的船房，四名彪型大漢高高在上向下望，旁邊還站著一隻大狼狗。船主高聲向他們發問：

「幫手拖我們的船到香港得冇得（行不行）？」

「好在你們遇上了我們的船，要不然像你們這麼小的船，路又不熟，往往是到不了香港的。昨天我們一網就撈起幾具死屍，有男有女，真恐怖。」

難民們聽了，大家都被那大漢嚇到魂不附體，面面相覷了好一會。

「哪，拖我們的船到香港，你要幾多錢？」船主問。

那名發言大漢還故意在想而後答：

「嗯……五兩。給你們二十分鐘商量，然後給我們答覆，還有，我們不收人民幣，同時要先收齊。」

這個價錢和條件，都是十分的苛刻。但求成心切，毫無抗拒之意，只有一面倒。船主問：

「現在大家怎樣打算？」

回答問題的首先是一名婦女。

「拖船的事，應該是由船主負責，還要怎樣打算。」

「我沒有這麼多的能力，要大家分擔。」船主。

「你收了我們這麼多的錢和金，現在說沒有能力。在這大海茫茫，若有甚麼三長兩短，你抱住這些金和錢又有什麼意義？」

除了有坤之外，似乎大家對這個問題都有微言。後來有一位年紀較長的男子慷慨地說：

「現在一個折衷的辦法是，船主拿出二兩，我本人一兩，還有二兩由大家盡量拿出戒指，金鏈，耳環來湊到夠。」他就脫下腕上的表說：

「我這個阿米加表，價值也不少於一兩金。」

見狀，大家也義不容辭紛紛脫下項鏈，耳環，戒指，手鏈，放進圍中的一塊手帕上。另一名婦人望向有坤說：

「項先生，你的女兒有一條頸鏈，你還不把它放進去。」

有坤望著坐在身旁的女兒問：

「阿女，你有頸鏈是嗎？」

光華把她的衣領緊緊抓住，心痛起來哭著說：

「是媽媽走之前給我的，我要留住！我要留住！媽！……媽！……」大哭起來。

父親把她抱近來，疼她，低聲說：

「別哭，乖！我們能夠平安到香港，可以見到媽媽，看見弟弟，還好過要這條小鏈。」

父親給她安慰之後，想了好久，才從頸上把它除下放進父親的手掌裡。之後又抱父親的頸大哭起來。

有坤拿這條母女臨別依依的紀念品，在無可奈何的情況下把它放進手帕金堆裡。

將收集的手錶金器包裹起來，派了四名青年護送上漁船去。四名大漢中的一名，粗略點算了一下，其實他也沒計較數量是否足夠，既是橫財總之有勝於無，不過還是照例地說：

「這裡看來還是不足夠的，欠多少也無所謂。」裝著很有同情的樣子。

把它收起來之後，叫四名青年回去等一下會告訴他們要怎樣做。四名青年回到船上後，那四名大漢站在尾部船邊，一名發言人俯瞰船民說：

「現在你們要在這裡等候，因為白天拖船給共軍巡邏船碰見了，就會全部被拘留帶回大陸去，哪就太麻煩了，所以拖船一定要等到黃昏以後才可以進行。我們先去打魚，你們在這裡，不要改變位置以免難找。」

說畢，便退回船內，開動大匹馬力的機器，呼呼呼的「揚水」而去。一去就如黃鶴。

一個九歲大的小女孩，失去那別具情懷意義重大——媽媽臨別的賜品，一直還抱住父親的肩脖在哭。淚水幾乎掉乾了，哭聲也隨之而停，但悲痛的心仍然在。

她父親望了這個很懂事的女兒一下，默默無言地嘆了一口氣，轉望向天空，望向那無邊際的大海。女兒雖小，她以微弱的音調問父親：

「爸爸，我們的家很美麗為甚麼不住，要帶我們來這麼遠，這麼討厭的地方？」

話句雖是簡短，卻情節至盡意義深長。放棄美好的家園，帶他

們遠去千里迢迢攀山涉水，多次幕天蓆地，蚊叮蟲咬，流浪街頭，曾竄進森山絕境，現在又漂泊大海，天涯海角找不到目標，無限感慨心酸，也不知道要說些甚麼好，只說：

「你長大之後就會明白。」

「光民弟弟不見了，媽媽也不見了，那裡才是我們的家？」

這一輪，她父親強忍也忍不住了，一陣辛酸湧上心頭眼淚奪眶而出，他眨了幾下眼睛，輕輕抹去淚珠把淚水往肚裡吞，故意裝作微笑的對女兒說：

「我們的家在很遠很遠的地方。」

「爸爸說很遠很遠是那裡？都不說出來。」

「因為太遠了，爸爸都沒辦法說得出來。」

「我們的家，又是怎樣的？」

問到這裡，有坤的情緒又變得低沉下來。一邊望向遙無邊際的海洋，深呼吸了一下說：

「我們的家不很大，但很溫馨，有爸爸，有媽媽，有你和兩個弟弟，大家在一起。你們姊弟可以去上學，將來又可以讀大學。半夜沒有公安來捉爸爸，又不捉你媽媽。」

望著女兒，疼她一下。

「爸爸，我們現在去那裡？」

「我們去香港？」

「香港是什麼地方？」

「香港有很多人，又有很多高樓大廈，還有一個女人做皇帝。」

「像不像媽媽？」

天真無邪的兒童，一聽到有位女人，就會想到心中極度牽掛的

媽媽。她父親微笑說：

「像一點點。」

漁船開走後，大家都很安心在等。那天天氣尚好，風和日暖，波浪小，有如嬰兒的搖籃在海面上輕輕蕩搖，格外舒服。是否像俗語所說的，錢財去了人安樂？大家在等待，在盼望。見了五彩繽紛燦爛無比的晚霞，又見一群群歸巢的海鷗，只有在漂泊中的人兒無家可歸，俗語說四海為家，現在四面都是海卻沒有家，這句俗語也見不得是對。船兒變得孤獨無助，夜幕已低垂，老是看不到任何船隻的踪影，世界也變得黑暗無光，大家也無言相對的盼望，希望在片刻中會有船來。舵工點燃一盞煤油燈，把它掛在船桅橫桿上做燈標，以作導航指示。時間已是晚上八時了，仍然沒有任何鬼影出現。大家心中有數，知道已是受騙，只是不好意思說出來。靜悄悄的進入艙裡接受委屈。有幾名受不了委屈的青年，拿了衣物走到船面上做個包裹人。到了午夜，有坤心中突然又慌起來。不是害怕大風大浪，而是怕那隻漁船的出現。照他所想，要是在這段時間裡出現的話，必定凶多吉少，他不是來拖船，是來弄沉這隻船以便殺人滅口。因此他整夜戒備未能好好閉上眼睛。

再次遇上貴人

第二天起來，大家都搖頭細說「昨天受騙了」，除此之外毫無怨言。大家討論了一輪無計可施惟有自力更生，舵工叫那幾名青年幫手拉錨起帆，一隻小船在大海裡漂盪著。船駛不到二小時，前面遠處出現一隻港式漁船似的，奇怪的是，怎麼這隻漁船並不走動好像在停著。難民船越駛越近，但仍然保持自己的航線不敢再求救，更不敢去靠近它。漁船上的人形愈來愈看得清楚，船上有男有女還

有小孩，他們不斷地向難民揮手，大家都覺得此船並非昨天那隻。
再看清楚他們的手勢不是揮手，而是招手，於是著舵工把船駛近去
看個究竟。船將接近，便聽到漁船上喊出下帆的叫聲，但不是叫仙
女下凡。船民把帆拉下，船身慢慢靠近，並用竹篙頂住船身。船上
站著一名中年男子，妻子背著嬰兒在旁邊，另外還有一個大約三歲
大的小孩。被騙後一貧如洗的難民，只得眼睜睜的向上望，無話可
說。看見難民一言不發，船長便首先發問：

「昨天你們請人拖船的情形怎樣？」

大家都覺得奇怪，本來是無人知道的事他竟然知道。由於被騙
變得貧窮，同時也感到是一件羞澀的事，所以更加不好出聲，仍然
沉默。

「你們可以照直講啦！不用怕。」

在富有同情感的船長鼓勵下，舵工才敢拿出勇氣說：

「那隻船，他要我們五兩金，我們湊來湊去，只湊得四兩多交
給他，他拿了金之後，叫我們在那裡等他，到黃昏才來拖我們。一
直等到天亮都不見他，覺得不對徑了才自己駛走。」

「你們認得那隻船的名號嗎？」船長問。

看見沒有誰出聲，有坤才回答：

「我只認得出一個『康』字，其餘的都是模糊不清。」

「這是他們故意這樣做，目的是不讓別人容易認得出，船上全
部是青年沒有家庭是不是？」

「對了！對了！一個女子都沒有。」船民說。

「還好，昨晚他們沒有折回，要是折回的話，事情就大了（這
一點說明了有坤的憂慮並非杞人憂天）。昨天我一直都在跟蹤他，
他是黑社會船來的。」

船民們像在夢中驚醒似的，凝視船長，又凝視同伴。之後，船長指著他船內的無線電設備給大家看，使大家相信他的話。

「現在我要回去香港，就順路拖你們到香港水域吧。」

船民高興起來，齊齊鼓掌，心情突然輕鬆到人人露笑臉，樂不可言。

昨天捐出一個阿美加手錶的慷慨者對船長說：

「我還剩下一個阿美加手錶送給你以聊表我們對你的心意。」

「不用喇！這是順路的事，不緊要。」

「收啦！留來做紀念。」船民幾乎齊聲。

船長看到船民的熱情之後才把它收下來。

船民給予熱烈掌聲以示謝意。同時也多謝那位熱心慷慨的同舟者。

船長把繩拋下，船民把繩綁住船頭，乘風破浪而走。好快的一隻拖船，本來要兩天的行程，竟然在幾小時內完成。從一大清早到中午十二時左右便抵達接近香港水域地帶。漁船慢下來而停駛。臨別前，船長交給船民一張手畫簡圖，指示難民船的行程與時間之後，便回到他的船艙裡，船民揮手謝別。此情難忘，這個世間上，壞人故然是多，但好人仍然是有。遇壞遇好，隨你命運而定。

進入香港水域

依照船長的指示，難民船向東行駛了差不多兩個小時，在那白茫茫一望無際的天涯處，凸顯了一個灰暗污點。幾十雙眼集中在這污點上。污點愈來愈明顯，海島的形像已現眼中，大家喜上眉梢的說：

「對了！對了！船長說的一點也沒錯到。」

興奮之際，有坤並未忘記廣西僑辦的交帶，並吩咐大家：

「大家將所有大陸的東西全部扔進海裡，並互相檢查，連一小片報紙都不能疏忽，絕對不能留有半點大陸的痕跡，到香港之後，誰有親人住在北越準備出來的，立刻打電報給他們叫直航香港，這一點相信大家都已經知道的了。」

聽有坤說完之後，大家動手脫下身上的棉衣，大陸衣服，日用品，食物，通通丟進海裡。一時之間海面上呈現一大片的漂浮物。

一個半小時之後，到達海島，非常符合船長的所說：「總共駛約三個小時後便到達海島。」照簡圖所示，島在右邊，船靠左邊駛，直航就是了。過了海島行駛了還不到一個小時，一艘機動船快速迎面而來，不一會便清晰地看到「水警」兩字。警船開始減速，接著聽到廣播聲：

「現在你們已經進入了香港水域，快點下里（榜），我們會帶你們到香港去。」

從這一刻起，有坤在越南時一切的驚慌恐懼都已隨漂浮物「拋諸船後」。在大陸時的絕望，已換上了新的希望。在越南時的夜夜自由夢，現在已成真。噢！把自由的空氣深深地吸進肺腑裡，好舒服！好舒服！，輕鬆到像飛得起的感覺。在拘留所最悲慘的那一天，他曾對眾難民說過：「只要大家堅持自由的理念，自由始終是屬於我們的」。自由已經得到了！，自由萬歲！

時屆黃昏，一日將盡，熱鬧的城市正是華燈初升時。水警船把這隻投奔怒海與死神搏鬥，幾經危險去尋找自由的難民船，徐徐拖向香港。經過燈火稀疏的離島，又經過燈火愈來愈多的近島，好長的一條水道，警船拖了一個多小時才進入市區。

「哇！哇！哇！好美麗的香港！」讚不絕口。

萬家燈火滿佈山上山下，石筍叢林大廈，鑽石似的光輝，閃閃

爍爍。太美了！太美了！船民歡喜若狂亂跳亂舞拍手歡呼。有坤的夢想已成真，歡天喜地。他蹲下抱住兩個小孩，左右疼錫說：

「這就是香港！

是自由的天地！

我們已經得到了自由喇！

明天就可見到你們的媽媽和光民弟弟，哥哥了！」

有坤一家得到了自由。同時也帶給十數萬人的自由。

可歌可泣！

可喜可賀！

自由萬歲！

自由如生命，要珍惜它，不可失去它。

編後感

　　有坤他在少年時曾經接觸過一些共產黨潛伏的地下宣傳共幹給他灌輸了共產思想，他以為共產主義的社會好理想。到了越共打進西貢後，他才看清楚原來以往所聽到的只是一場欺騙人們的宣傳而已，與事實完全相反。在他的觀察中所得出來的結論是：

一、共產主義的經濟理論——唯物論是錯誤的

（一）生產定義錯誤：唯物論裡，要製造出一件有形的東西來才是生產。所以只有工人和農民才是生產者，經商的人被列為中間剝削者，是生產者的敵人，全部被捉去鬥爭打死或勞改。致使在共產制度下的商業無法發展，物資供應也因而短缺，民生困苦。

（二）殺雞取卵：強奪資本家的工廠和各種生產機構，讓工人們自己管理，全部的收入都屬於國家的，這樣國家就會富起來。這個想法實在太幼稚和眼光非常淺見。沒有主人的工廠和生產機構，就是一場胡作非為；殺害資本家，就會斷絕資本來源，是共產主義經濟崩潰的主因之一。

（三）忽略時間觀念：貨物的缺乏，迫使人民浪費極多的時間去排隊輪候購買貨物，浪費了人民的生產時間；人口日益澎漲而工廠和各個生產機構數量並無增加，造成失業率越來越嚴重。

（四）公營和集體生產：在共產社會裡是禁絕工商業私營化，
農業也要集體化。此舉會失去個人思維，沒有創作力，
也沒有競爭力，使到生產機構止步，還令生產率低落。

二、愚民教育

共產的教育是愚民政策，限制人民讀書，教育只著重於共幹
子弟來鞏固共產集團的利益。因恐人民知識越高，更易發現共產主
義和共產黨的不對而反抗，一如毛澤東所說「越知識越反動」。因
此導致人民文化水平低落，科技及經濟人材不足，社會及經濟不能
進展，同時為了要搞群眾鬥爭互相摧殘，就要剷除道德教育，形成
人民缺乏道德，變得冷漠自私和無情，難與人相處。從中國出去的
留學生在世界各地的犯罪情況—殺人綁架勒索偷竊等罪，與台灣以
及淪共前的中國留學生相比，便可看出共產黨統治下的中國道德已
淪亡及可悲。又以國家領導人江澤民為例，他本身就是個極權統治
者，為了要鞏固他個人及少數人的名利地位即罔顧別人的生命用極
其殘忍的手段去陷害千千萬萬的人民。既是無德者，還有什麼資格
說「以德治國」的漂亮口號，真是荒天下之大謬。由此可知在共產
主義國家裡的領導階層根本就不知道什麼叫做道德。我們可以這麼
說：有道德就無共產，有共產就無道德。

三、政治獨裁

以分配糧食來緊扼人民的喉嚨，以路條來綁束人民的腳；不准
新聞自由來塞住人民的耳朵和不准言論自由來封住人民的嘴巴；封
鎖外國消息，以便矇蔽人民；所有的官員都由黨所指派，或是不民主
的選舉。因此官員就等於土霸王，人民就有如奴隸任由共產黨擺佈

和欺壓，還隨時被無理捉拿，給予「莫須有」的罪，形成白色恐怖。

　　至於革命的意義，對共產黨來說，他們完全不理解，以為打倒一個政府把政權奪過來這就是革命。所以他們奪得政權後便胡作胡為，搞到民不聊生，哀鴻遍野，人民紛紛甘冒九死一生的危險到處逃亡。革命的真義是改革的使命，是將過去不好的把它改革過來，使到國家社會比以前更進步，民生比前更好。可是擺在眼前的事實，剛好相反。共產黨太幼稚，太野蠻了！

　　共產主義，原本是想將古代不合理的社會改變過來，成為人類理想生活的社會。當共產黨用槍桿奪得政權後，即用槍桿將人民趕進他們所想像中的天堂之路，可惜得很，這個主義的經濟理論錯誤與實際脫節，致使人民生活一天比一天困苦；在政治方面，只能壯大那些有權力而無理智無道德的殘暴統治者為所欲為，將人民趕進死胡同裡。國家社會弄得不好，反而將人民害慘了！世界上有過半數的人為這共產主義所殘害，有坤一家便是眾多受害者中的一個小單位。最終的是，共產黨領導中心的蘇聯集團不攻自破而瓦解；第二大的共產國家——中國，也要將共產主義的經濟理論全盤去掉來迎合自由經濟才能將共產黨殘延至今。之所以蘇聯這麼大的集團要瓦解而中國共產黨還能活存下來呢？有二大因素。一、中國共產黨懸崖懸勒馬比蘇聯早了十年，說為改革開放，其實說成鬆綁才對。二、中國有而蘇聯沒有的救命條件——香港，澳門，台灣和眾多的海外華人作為中國共產黨活存的啟動力，要不然也像蘇聯一樣走進歷史的墳場裡了。因為在三十年的共產黨統治下袜子都沒一件是好的來穿，何來的錢作起步？越南共產黨也類似中國，但因其在越南經濟中樞的西貢，只實行了十年的共產主義就懸崖勒馬，對於經濟之樹來說，只砍到樹頭，尚未連根拔，所以復元比中國要快；至於

古巴和北韓，苟延殘喘地正在逐步脫離殘害人類的共產主義教條而走向自由經濟。五十年前人家說共產主義和共產黨不好，嫌其時間尚早，可是現在才說不好，又嫌時間過遲。因為全人類所付出的證明代價過於高昂—成億條人命及冤案，和無法估計的財產，還毀掉了多少人的青春和前途。中國古代思想家曾經說過「醫生錯一人糟殃，軍官錯一隊人糟殃，國家領導人錯一國人糟殃，思想家錯更會全人類糟殃和代代遭殃」非常靈驗。人類根本不應該有這場由共產主義所造成史無前例大災難的出現。所以我奉勸世間上所有的，所謂思想家和掌權者要牢牢記住上述的格言。

由上面看來，共產主義就不是人類所生存的主義，做人毫無尊嚴可談。雖然有坤個人曾經得到越共和中共的厚待。但他認為一日政體不改變，這些厚待也不會長久。同時他也不會為了個人的一些優厚待遇而認同這個不合理的共產主義和蠻不講理的共產黨。因此便決心逃亡去尋找自由。

當有坤的家人和朋友們，聽到有坤和一班人在中國搞鬥爭示威的消息時，大家都不寒而慄的起雞皮，怎麼區區幾千人，敢在一個殺人不眨眼的政權下搞鬥爭示威的？但事實勝於雄辯，事情已經實現。這就是他的智慧，毅力以及做事的方法，即是他以一個不露面的領導人去發動群眾，以溫和合理的請願運動所得來的結果。

在這裡筆者連想到那曾一度轟動世界的天安門事件，倘若當時的學生領導者是有坤的話，情勢或許會有改觀。因為由一群入世未深的學生為領導者，不懂得以情以理去說服國家領導人改變國策以適應潮流，而毫不自量地，以潑婦罵街的態度去跟一群有強權而無道德的國家領導人對話。非但喪失了商討改變國策的寶貴良機，更是鑄成這次悲劇的收場。

　　順便一提，有坤除了帶給十幾萬人的自由之外，他還做了兩件有意義的事：

　　一、在香港啟德難民營期間，當時有一萬五千難民，每天都有一兩百人要看病，因缺乏醫生照顧病人，就以他所學的有關醫學知識，幫助了不少人脫離苦海。更值得一提的是，一名帶有三個小孩的婦女，他患上急性扁桃腺炎，躺在臨時醫院病床上一日有多沒人理。當有坤得到難民營的受權後，一進去那名婦女便捉住他的手，以微弱的聲音哀求說：「醫生，你救救我吧！我還有三個小孩，萬一我不幸了，沒人照顧他們，求求你！……」。有坤為她診斷後，吩咐護士給藥。藥到病除。第二天病情好轉，感謝聲說個不停，把她從死神手中搶救回來。

　　或許還會有人記得，曾經有一隻大鐵船匯豐號，載有四千難民不能進香港，在海域裡停留好幾個月，天天要運送糧食接濟。有一天因食物中毒，一百多人被送進啟德臨時醫院裡救治。有坤和幾位護士們徹夜為他們注射葡萄糖海水或洗胃，重者招救護車送往依利沙白醫院。結果全部脫險

　　二、蓮芳在大陸那位堂姨叫做華姨，她在三水的親人已抵達英國，一九八七年她帶著兩個小孩到英國去探親逗留了六個月，家人都沒法為她母子搞居留，不得已要離開英國回大陸。在回程中經加拿大探望她的一名親人，也順道探望有坤。停留將近一個月，她的親人毫無關心到她想居留之事。有坤知道後，懷念在大陸時她對有坤家庭的情誼。便義不後人帶她到移民局去申請。因為在共區裡幾十年，對公安的恐懼心理未能消除，她恐怕一旦申請不成功，回去會遭到審訊。有坤極力向她解釋和打氣，她才以顫震的手簽下以政治理由的申請表格，經兩次的申請才得接受。回來立刻取消尚有

四天就要登機的機票，只扣除四十元的手續費。現在她的大孩子已有好的工作，並結婚生子；小的孩子已大學畢業，並在中國大展拳腳；她本人的工作也很稱心。比起那些要付巨款冒九死一生還要被遣返中國的偷渡者要好千百倍。她的好心已得到好報。有坤的義舉得到人們的讚賞。

後記

難民營

　　船泊岸後，衛生人員先到船上去向每個難民的頭上噴灑殺蟲劑，以防頭蝨在香港散播，然後才安置到一個名叫黑倉的空貨倉裡。此地與兩星期前已抵埠的太太和孩子光民所住的貨倉相隔只有一百公尺，但仍然不得來往，難民只得暗中連繫。有坤得知太太和孩子的所在感到非常開心。一星期後，兩倉難民同時移置到啟德難民營去。早前家庭分道揚鑣，現在終於重逢，此是人生一大喜事。

　　所謂難民營，就是地方窄狹，生活條件困苦。不過香港難民營比起東南亞其他地區的難民營要好得多。在難民營的四個月期間，有坤做過兩件有意義的事。第一件是，以他有關醫學的知識去幫助難民的醫療工作，使到不少人脫離病患的痛苦，甚至從死亡邊緣撿回生命。第二是，有一個晚上獄警例行檢查戶口，查到一間住有很多北越青年的房間時，被他們刻意把燈熄掉，繼而向獄警動武，雙方大混戰，一時之間整個難民營騷動起來，氣氛十分緊張，形成啟德營第一次的大暴動。不一會，大批援兵趕至，把營包圍。觀察了一陣子，看見沒有什麼動靜，武警開始進營想把鬧事者找出來。眾多的難民都站出來好奇觀望，就沒有任何人發表意見。有坤見狀，恐怕等一下會有什麼不良的現象發生，於是便從他所居住的六樓趕下去，他向警察官員說他有意見要發表，獲得九龍副警長接見，並找來一張桌子擺放在營中心讓他站上去講話。他說：

「首先我要感謝香港人民和政府，把我們這些漂泊大海的難民收容起來，並給予妥善安置。第二，是勸告我們難民青年們，大家要明白，香港人民和政府沒有必要接收我們難民的任務，然而現在居然得到收留，這是份外的恩情，我們應該深深的感謝才對，不應該鬧事，做成恩將仇報的無智行為，希望今後大家要自律遵守營規。第三，我順便要說的是，有些濫用職權的警察（後來得到在旁的官員們更正為監獄官），在處罰不守規則的難民時，竟然要他們跪，吃報紙，吃生菸，咬馬桶和毆打等等，不合人道的做作。在此我衷心希望，監獄官們，今後對處罰不守規則的難民時，盡量做得合理。我的話就暫時到此為止，謝謝各位長官和父老。」

大家聽完有坤這番合情合理兩善其美的話之後，一萬五仟人的難民營，一時掌聲如雷，同時還得到副警長的承諾，今後會改善監獄官們的服務態度。並在不久後也都成了開放營，自由出入找工作。不過有坤的家庭和另外幾十個家庭在營寨開放前兩天，得到加拿大的第一架特派軍機接運離開香港飛往加拿大。在香港總共待了四個月，第一個落足地是安省倫敦市。其後營裡的難民亦因為是政治難民身份，紛紛得到西歐自由國家收容而離去。

在這裡筆者遇到一個令人搖頭苦笑的事，難民是因為政治因素而家散人亡，又是因為政治因素而冒九死一生去逃亡，又是因為政治因素成為政治難民才獲得歐美自由國家的收容，現在又正處於自由民主政體的保護下生活。可是當問及他們是否因政治問題而來的，卻十個就有十個搖頭擺手說他與政治無關，令有識之士難忍苦笑。不過這種情形並非是來由無因，原因是出自其所居住的政治環境而引起的心裡恐懼。成百年來亞洲地區多數國家裡，內戰從未休止過，而最嚴重的罪名莫過於「政治犯」。在一般人們的意識中，

「政治」這個名稱的後面往往就跟著一個「犯」字。因此談「政」色變。不過話又說回來，共產黨的白色恐怖的確是可怕，令已到達自由天地的有坤，在難民營期間以及初到加拿大的頭幾年常常發惡夢被越共公安追捕而驚醒，真是心有餘悸。

進入西方國家——加拿大

初到貴境的有坤，有如初生嬰兒對周圍的情景完全陌生。環境的轉變，給他一個極大的打擊，心中有著莫大的感觸和悲痛，但仍然若無其事地接受現實的磨煉（Tempering）。當時的他英語還差，就上午讀英語，下午去做那西歐最基本的工作—洗碗。在這種情況下，一個做妻子的要是對丈夫有真情的話，好應該去安慰他，鼓勵他，就像結網的蜘蛛，被無情的暴風雨毀掉後又得從頭做起。可是蓮芳對丈夫的處境並不表同情，只知道她的富婆夢幻已滅，對丈夫百般厭倦，語出無情。有一天她很不客氣的大罵有坤：「錢找不到，整一世人都說去讀書，你看人家做醫生（指那名華人家庭醫生），他的太太多舒服」，這簡直是在丈夫傷口撒鹽。有坤頓時感到好像一根木棒打到頭上一樣，整個人昏昏頓頓。從那時起，工作讀書都再提不起精神來。

洗碗的工作當然不好做，再去尋找畜牧場一試，他才發覺原來加拿大的牧場已是高度發展，而且大多數都是以家庭式為主，不須要僱用技術人員，裡面都是粗重的工作，對於體質瘦弱的有坤來說，更是承擔不了。聽說西部亞省的卡城工作機會很多，於是在擔保人的協助下搬到卡城與從印尼難民營剛到的弟弟家庭團聚。

當時亞省的社會福利比起其他省份都要好，他家庭除了得到妥善安置之外，還得到安排去工專學院讀書。可是不幸的事從此開

始，他太太離家自奔前程，實現她在越南中國時的許願。一個失去美好前途的他，心中的痛苦可想而知，生活在一個人生路不熟的環境裡，在感情上又受了那麼大的打擊，再加上功課的壓力，就算鐵鑄的人也難以承受。除了照顧三個小孩，又日夜趕功課，每當想起家事，就悶得發燒起來，每次發燒他都用阿斯匹林來降溫。如此不到兩個月他終於患上了胃潰瘍大量出血。到醫院急救時，醫生給他施了九包血，才把他從死神手中搶回來。出院後即在家養病。這部手稿就是他在養病期間所起的草稿，隔二十多年後即零四才告完成。可說是一部擱置最久的手稿了。

體康恢復後，他把孩子交給已離婚的太太自己又出去闖。做過餐館，進過農場，又做過雜工，老是闖不出一條好路來。為了不想看著那些討厭老闆的臉孔來吃飯，便在唐人街開了一間最小最簡單的照相館。再婚後，為了要擴展生意，磨厚臉皮含著眼淚向親友借錢開了一間小型一小時沖曬店，以求度日，建立自尊，不再有任何奢望。如此一晃在加國總共呆了三十多年。青春都在這裡消逝，年輕時的努力奮鬥和遠大希望，就此結束，人家常說「有志者，事竟成」但有坤就是例外。有些人在一生中都是不勞而獲；相反的，有些人卻一生不斷地奮鬥，最終還是一無所有，有坤便是其中的一個，天公就是如此的不公。他所剩下的就是從越南所帶來可以在這廣闊自由天空任由他們飛翔的三件寶，和這段充滿辛酸的人生經歷。

他已認命

離婚後十年的鰥夫日子中，親友們都勸他找個女人來作伴，他本人亦有此感覺，一個人生活實在孤單，於是便答應友人的推薦。鑑於過去擇偶條件太高，最後還是如此的收場，這一輪他便以盲婚

啞嫁隔山買牛的方式，連看都不看一面就擔保這位在香港的小姐到來，因他不相信他的命運是那麼倒楣。怎會想到這個女人的個性志趣與他完全合不來。有坤想要改變她的個性及不良的習慣期望能成為一個可以相處的伴侶。可是並不成功，反而終日爭吵。有坤後來才瞭解到她的心態是不適做人妻之料子……

　　既是無情而來，自然就不會當他是丈夫來看待，以抗拒的態度與他相處，生活無法融洽，故此就無事不爭，無時不吵。伴侶之夢完全破碎，合得苦，離亦難，他承受了時代之災──國亡家破之悲痛。天下間不知道有多少與他相配的女人，老是機緣不恰遇不到，這都是命中註定吧。上不怨天下不可尤人，只怪自己八字生得不正，事業婚姻都與願相違。命也！有名無實的婚姻在痛苦中勉強維持了二十一年，終於離了。一生掙扎奮鬥夢步青雲的他，瞬間已是髮冉蒼霜的孤寡老人，在坎坷路上走過一輩子，嚐盡人間苦與辣，不堪回首，仰天長嘯！

最後我要：

- 感謝先嚴，先慈對我千辛萬苦養育之恩。
- 感謝所有從小學到大學的老師，感謝他們多年來對我教導之恩。
- 向那些在共產黨下受到不人道對待致死的死難者，傷殘者，以及為尋求自由而遭遇不幸的死難者，致以默哀。
- 向那些為保衛自由而犧牲的越美戰士，致以最高的敬意。

血歷史24　PC0205

新銳文創
INDEPENDENT & UNIQUE

何處是吾家
——越南逃難330天紀實

作　　者	山中來人
校　　對	李　森
責任編輯	孫偉迪
圖文排版	邱瀞誼
封面設計	陳佩蓉

出版策劃	新銳文創
發 行 人	宋政坤
法律顧問	毛國樑　律師
製作發行	秀威資訊科技股份有限公司
	114 台北市內湖區瑞光路76巷65號1樓
	電話：+886-2-2796-3638　傳真：+886-2-2796-1377
	服務信箱：service@showwe.com.tw
	http://www.showwe.com.tw
郵政劃撥	19563868　戶名：秀威資訊科技股份有限公司
展售門市	國家書店【松江門市】
	104 台北市中山區松江路209號1樓
	電話：+886-2-2518-0207　傳真：+886-2-2518-0778
網路訂購	秀威網路書店：http://www.bodbooks.com.tw
	國家網路書店：http://www.govbooks.com.tw

出版日期	2012年8月　初版
定　　價	320元

國家圖書館出版品預行編目

何處是吾家:越南逃難330天紀實 / 山中來人著. -- 一版.
 -- 臺北市:新銳文創, 2012. 08
　　面; 公分
 BOD版
 ISBN　978-986-6094-75-0(平裝)

857.85　　　　　　　　　　　　　　　101005948

讀者回函卡

感謝您購買本書，為提升服務品質，請填妥以下資料，將讀者回函卡直接寄回或傳真本公司，收到您的寶貴意見後，我們會收藏記錄及檢討，謝謝！如您需要了解本公司最新出版書目、購書優惠或企劃活動，歡迎您上網查詢或下載相關資料：http:// www.showwe.com.tw

您購買的書名：_____

出生日期：_____年_____月_____日

學歷：□高中 (含) 以下　　□大專　　□研究所 (含) 以上

職業：□製造業　□金融業　□資訊業　□軍警　□傳播業　□自由業
　　　□服務業　□公務員　□教職　□學生　□家管　□其它____

購書地點：□網路書店　□實體書店　□書展　□郵購　□贈閱　□其他

您從何得知本書的消息？

　　□網路書店　□實體書店　□網路搜尋　□電子報　□書訊　□雜誌
　　□傳播媒體　□親友推薦　□網站推薦　□部落格　□其他_____

您對本書的評價：(請填代號　1.非常滿意　2.滿意　3.尚可　4.再改進)

　　封面設計____　版面編排____　內容____　文／譯筆____　價格____

讀完書後您覺得：

　　□很有收穫　□有收穫　□收穫不多　□沒收穫

對我們的建議：_____

_____

_____

_____

11466
台北市內湖區瑞光路 76 巷 65 號 1 樓

秀威資訊科技股份有限公司　　　收

BOD 數位出版事業部

∙∙

（請沿線對折寄回，謝謝！）

姓　　名：＿＿＿＿＿＿＿＿＿＿　年齡：＿＿＿＿　性別：□女　□男

郵遞區號：□□□□□

地　　址：＿＿＿＿＿＿＿＿＿＿＿＿＿＿＿＿＿＿＿＿＿＿＿＿＿＿＿＿

聯絡電話：(日) ＿＿＿＿＿＿＿＿＿＿　(夜) ＿＿＿＿＿＿＿＿＿＿＿

E-mail：＿＿＿＿＿＿＿＿＿＿＿＿＿＿＿＿＿＿＿＿＿＿＿＿＿＿